Les éditions H&O reçoivent le soutien
de la Région Languedoc-Roussillon

la Région
Languedoc
Roussillon

Pour être tenu régulièrement informé de nos publications,
il suffit de nous faire parvenir vos nom et adresse à :
H&O éditions - BP 90 - 34502 Béziers cedex
ou de consulter notre site web : www.ho-editions.com

Le Prince de Kazarkhan

Du même auteur

Bleu Caraïbes
roman, Ed. Cylibris, prix du roman gay 2004

La nuit de Mortefagne
roman, H&O, 2006

ISBN 978-2-84547-155-9

Nicolas
HENRI

Le Prince de Kazarkhan

roman

H&O ÉDITIONS

J'ai quitté les filles pour les garçons
et, pour le vin vieux, j'ai laissé l'eau claire.
Loin du droit chemin, j'ai pris sans façon
celui du péché, car je le préfère.

Abû-Nuwâs

Il est si élégant, d'une beauté unique,
qu'on changerait de foi — sinon de Créateur —
pour ses beaux yeux…

Abû-Nuwâs

JOURNAL DE LUKA

Moi, Luka, précepteur du Prince Djamil…

Ma plume crisse sur le vélin. On dirait presque qu'elle proteste face à toute la prétention contenue dans ces premiers mots.

Moi, Luka…

Je n'ai que vingt ans. Je ne suis ni Prince, ni Docteur, ni Philosophe… Tout juste un esclave à la Cour de Kazarkhan. Privilégié, certes. Jouissant d'une relative liberté, du pouvoir d'écrire, d'enseigner un futur sultan. Mais esclave quand même! Si j'éprouve aujourd'hui le besoin de m'épancher sur un parchemin, c'est que j'ai le sentiment d'avoir vécu, malgré ma jeunesse, un destin peu ordinaire auquel rien ne me prédestinait. Un destin qui a pris une nouvelle tournure le soir où j'ai franchi les portes du palais du sultan de Kazarkhan.

Kazarkhan! Il y a quelques semaines j'ignorais jusqu'à l'existence de cette ville aux confins de l'empire abbasside. Et pourtant me voici installé confortablement dans une vaste pièce du Palais d'Ibrahim, Sultan de Kazarkhan. Par le moucharabieh qui donne sur les jardins, j'aperçois Djamil, son fils, mon élève. C'est un bel enfant. Il a douze ans. Comme souvent, il profite de la récréation que je lui ai accordée entre deux leçons pour jouer du setâr. Il s'est installé sur la large margelle d'une fontaine. Je l'observe. Il a penché sa tête bouclée sur le côté gauche, le ventre du setâr repose sur sa cuisse droite. Ses doigts caressent d'abord les cordes avant que, de l'ongle de sa main droite, il ne les fasse chanter. Des notes qui se marient au clapotis de la fontaine, au murmure du vent dans les tamariniers. Puis la voix du Prince s'élève. Pas de paroles, juste une mélopée qui se fond dans l'air tiède. Une mélodie suave et mélancolique. Une voix qui n'est pas sans me rappeler celles des chœurs des jeunes novices de Sveti Stefan… Sveti Stefan, une des étapes de ma vie entre Raguse et Kazarkhan.

De l'enfant de Zoltan Vlatko, artisan verrier à Raguse, au précepteur de Djamil, fils d'Ibrahim, sultan de Kazarkhan, mon parcours fut sinueux, imprévisible, parsemé d'embûches et de détresses mais aussi d'oasis de paix et de douceur.

Zoltan Vlatko, mon père, était un artisan prolifique. Il lui suffisait, semble-t-il, de croiser ses jambes avec celles de ma mère pour que celle-ci, neuf mois plus tard, ponde un bambin de plus. Trois garçons, dont j'étais le cadet et sept filles, sans compter ceux ou celles qui moururent à peine nés. J'avais sept ans quand ma mère succomba, elle aussi, victime d'une dernière grossesse. Une de trop. Pas assez pour mon père qui aussitôt épousa une jeunette avec laquelle il s'empressa d'éteindre le feu qui consumait à nouveau ses braies. Nous vivions dans une maison accolée aux remparts de Raguse. Une maison trop petite pour héberger toute cette marmaille qui criait, hurlait, pleurait, se disputait. Notre nouvelle mère avait la claque facile et, pour échapper à ses coups de torchon, je disparaissais souvent dès le lever du jour. Je chapardais une pomme, une orange sur les étals du marché. L'eau des fontaines me désaltérait. Et surtout, j'apprenais à déchiffrer les enseignes et les frontons des boutiques, des palais ou des nombreuses églises de la cité. J'aimais les églises pour le silence qui y régnait, tellement reposant après les braillements de mes frères et les piaillements de mes sœurs. Je contemplais les Madones et, déjà, le petit Jésus tout potelé qu'elles tenaient sur leurs genoux m'émerveillait. C'est dans une église dont j'ai oublié le nom qu'un moine de Sveti Stefan me croisa. Il était de passage à Raguse pour fournir à l'archevêque la copie d'un manuscrit très ancien que les moines conservaient dans leur bibliothèque. Il s'émerveilla de m'entendre ânonner quelques mots de latin que je déchiffrais sur un vitrail de la Nativité et s'enquit aussitôt de l'endroit où je vivais. Il lui fut facile de convaincre mon père de l'abandonner à ses soins. Une bouche en moins à nourrir, même si peu, c'était toujours bon à prendre. La jeune marâtre l'encouragea. Elle n'avait que faire d'un gamin qui préférait vagabonder avec dieu sait qui et dieu sait où plutôt que de donner un coup de balai dans l'atelier de Zoltan. Elle se gaussa :

— Il déchiffre le latin ? Grand bien lui fasse ! Mais en attendant, ce n'est pas en latin qu'il mange, qu'il s'habille, qu'il se chauffe. Le latin, c'est bon pour les fainéants, ceux qui n'ont pas besoin de leurs bras pour gagner leur pain quotidien. Comme les princes, les clercs...

Elle faillit ajouter « ...et les moines ! ». Mais, prenant sans doute conscience de qui était son interlocuteur, elle se tut une seconde avant de terminer :

— Vous voulez Luka ? Prenez-le, mon Père, prenez-le ! Mais ne venez pas vous plaindre après si vous n'en obtenez pas ce que vous en espérez...

C'est ainsi que je me retrouvai à Sveti Stefan, un monastère situé sur un petit îlot de la côte dalmate au sud de Raguse.

Aussi étonnant que cela puisse paraître, dans un premier temps, cette famille que je ne supportais plus me manqua. À moins que ce ne fût Raguse, ses ruelles pleines de vie, ses escaliers encombrés, ses remparts, son port animé avec des marchands venus de partout, de Venise, de Gênes, d'Alexandrie, de villes inconnues aux noms épicés comme les marchandises que des marins à la peau cuivrée déchargeaient des galères. J'avais passé des heures à les observer du haut d'un rempart. Leurs dos nus luisaient sous le soleil, j'admirais la façon dont ils gonflaient leurs muscles pour hisser sur leurs épaules un sac ou une jarre. L'un d'eux, parfois, me hélait. Je dégringolais l'escalier qui tournoyait jusqu'au quai. Il me soulevait comme un sac de grain. Je calais mes cuisses maigres contre son cou épais et nous déambulions un moment entre les cordages lovés comme d'énormes serpents, les barriques de vin, les amphores d'huile, les sacs dont les parfums flattaient mes narines et dont le marin me détaillait le contenu. C'était une litanie de noms dont j'ignorais tout mais qui enchantait mon imagination : coriandre, cannelle, cumin, girofle, muscade… Ce n'est que bien des années plus tard, à Damas ou au bazar de Kazarkhan, que je pus me replonger dans ce monde épicé…

Je me retrouvai donc à neuf ans à Sveti Stefan. Un monde exclusivement masculin. Une vingtaine de religieux et une douzaine de garçons de neuf à quinze ans qui s'apprêtaient, comme moi, à revêtir un jour l'habit brun des moines.

Après le cafard des premiers jours, je m'accommodai facilement à la vie simple et studieuse du monastère. Les plus doués d'entre nous, dont j'étais, furent très tôt entraînés à recopier des manuscrits. Alors que certains moines se contentaient de redessiner les textes sans chercher à en comprendre le contenu, je pus rapidement, grâce aux leçons de grec et de latin que nous donnait un vieux moine érudit, déchiffrer les textes que nous reproduisions, jour après jour, mois après mois, pour de riches amateurs comme l'archevêque de Raguse. La bibliothèque de Sveti Stefan était particulièrement bien fournie, et c'est avec un plaisir toujours renouvelé que je me plongeais dans les grimoires inaccessibles au commun des mortels.

— Lire, nous avait dit le vieux moine, c'est ouvrir les portes du savoir. Et le savoir ouvre celles du pouvoir. Un pouvoir intemporel qui défie les siècles. Certes, des Princes, des Rois, des guerriers ont pu écrire l'Histoire du monde à la pointe de l'épée, en lettres de sang. Mais d'autres Princes, d'autres Rois, d'autres guerriers ont effacé les traces de leur gloire. Qui se souvient des pensées de Darius ou d'Attila ? Alors qu'aujourd'hui nous continuons à lire et à recopier les pensées d'Aristote, de Platon, de Jésus, des Pères de l'Église…

À quatorze ans, je fus autorisé à déchiffrer quelques calligraphies reprenant des sourates du Coran. J'ajoutai ainsi un peu d'arabe à mes connaissances.

J'avais aussi atteint l'âge de prononcer mes premiers vœux.

Désormais je portais la robe de bure des moines et je me sentais prêt à consacrer ma vie au service de Notre Seigneur. Bien sûr, la chair nous titillait de temps en temps. Nous nous soulagions, souvent seuls, parfois avec un condisciple. Nous nous confessions alors auprès du Père Anastase. Il avait l'absolution d'autant plus facile qu'il usait parfois de l'un d'entre nous pour se soulager lui aussi. Nos péchés confortaient les siens et vice-versa.

— Il n'y a pas de honte à être pécheur, disait-il. Pierre, le premier des apôtres, le premier pape, n'a-t-il pas péché lui aussi ? Pourtant Jésus lui a tout pardonné.

— Ego te absolvo a peccatis tuis, in nomine Patris…

Le Père Anastase nous absolvait. D'une main, il traçait une croix sur notre front, de l'autre, il nous caressait le ventre. Les plus hardis d'entre nous se confessaient nus sous leur robe…

J'aurais sans aucun doute pu être heureux à Sveti Stefan.

Mais il y eut ce jour funeste. J'avais quinze ans. Nous étions en novembre. Comme chaque année à la même époque nous avions quitté les lutrins de la bibliothèque pour récolter les olives. Car le monastère n'était pas seulement réputé pour sa bibliothèque et ses moines copistes. Il produisait aussi une huile dont la renommée s'étendait sur toute la côte dalmate. Sans doute les gens imaginaient-ils que cette huile pressée par des moines avait un pouvoir surnaturel. Des barcasses accostaient régulièrement le long de la petite estacade de l'île et repartaient chargées de jarres. Ce commerce lucratif permettait aux moines d'acquérir des manuscrits précieux. Aussi n'avions-nous pas le sentiment de déchoir quand nous passions de la bibliothèque à l'oliveraie qui donnait sur la mer.

Nous étions quatre novices cet après-midi-là avec trois moines plus âgés. Une voile blanche cinglait vers l'île. Quand nous découvrîmes qu'il s'agissait de pirates barbaresques, il était trop tard. Nous n'eûmes pas le temps de regagner les murs du monastère derrière lesquels nous aurions été à l'abri. Les trois moines furent égorgés, éventrés sous nos yeux effarés. Nous nous attendions à subir le même sort. Mais un ordre rauque de celui qui devait être le chef des brigands arrêta le massacre. Sans ménagements, ils nous traînèrent vers le rivage et nous poussèrent dans l'eau jusqu'au bateau. C'était un vaisseau à fond plat, muni d'un mât et d'une voile triangulaire. Nous étions à peine embarqués que le bateau reprit le large. L'incursion n'avait duré qu'une petite demi-heure, mais j'avais l'impression qu'une éternité me séparait déjà de Sveti Stefan. Le pire restait à venir. Cette razzia sans autre butin que quatre novices n'avait pas satisfait la plupart des pirates. Pas de pièces d'or à se partager, pas de femmes à violer… Ils se mirent à récriminer. Le capitaine, pour les calmer, n'hésita pas. Il n'avait pas de femelles à leur mettre sous la queue. Qu'à cela ne tienne ! Faute de vagins, il y avait des culs de moines. Les pirates se précipitèrent aussitôt sur nous. Frère Alexis, le plus âgé d'entre nous, voulut se rebiffer. Un cimeterre tournoya, la tête d'Alexis passa par-dessus bord, le cou pissant un flot de sang. Aussitôt, un des pirates s'empara du corps et le projeta de l'autre côté du bastingage, dessinant sur la mer une horrible fleur rouge. Puis ce fut la curée. Nos robes furent arrachées, lacérées, nous nous retrouvâmes tous les trois, nus, les poignets attachés au mât. J'ai honte de le dire, mais le premier pirate qui enfouit son sexe entre mes cuisses me procura du plaisir. Ensuite, je ne sais plus. Les ventres se succédaient sur mon ventre. Les spermes se mêlaient au sang de mes entrailles. C'était une ripaille sans joie. Des bouches successives venaient baver sur ma gorge, exhalaient des relents d'ail et de vinasse. L'un d'eux força mes lèvres, sa langue grasse faillit m'étouffer, j'en eus un haut-le-cœur et je vomis. Furieux, il me gifla, me gifla encore, sans pour autant arrêter de me besogner le cul, jusqu'à ce qu'il mêle lui aussi son foutre à celui des autres. Michka, le plus jeune d'entre nous n'avait que douze ans. Il hurlait chaque fois qu'un pirate l'embrochait. Cela les faisait rire. Je ne comprenais pas toutes leurs plaisanteries. Le vocabulaire des sourates du Coran n'était pas vraiment celui de ces soudards. Mais j'en interprétais, j'en devinais quelques bribes. Les pleurs de Michka, loin de les calmer, les excitaient.

— Vas-y, criaient-ils en battant des mains pour encourager le violeur. Fais-le chanter. Il a une si belle voix! Plus fort! Pousse encore plus fort! Ce n'est qu'un Roumi, un Infidèle. Allah te pardonnera!

Michka avait les genoux en sang à force de racler le pont du navire à chaque coup de queue d'un des pirates. Il finit par sombrer dans l'inconscience… Alors, ils l'abandonnèrent… Kyril, un garçon à la peau fragile, de l'autre côté du mât, avait le corps couvert d'ecchymoses et murmurait des litanies pendant qu'un soudard lui pissait dessus son trop-plein de vinasse, faute d'avoir pu lui cracher son sperme… La nuit tomba comme une délivrance. Les pirates s'assoupirent l'un après l'autre. Je finis par m'endormir, malgré mes poignets entravés, malgré le sang, l'urine, les vomissures et la merde dans laquelle je baignais.

À l'aube, ce furent les roulis qui me réveillèrent. À mes côtés, Michka glissait de gauche à droite comme un pantin désarticulé. Je compris aussitôt qu'il avait rendu son âme au Seigneur et je l'enviai. Quand le capitaine constata le décès de Michka, il entra dans une colère noire. La mort de Michka, après celle d'Alexis, réduisait son butin à presque rien. Ce gamin, hurla-t-il, il aurait pu en tirer un bon prix. Il connaissait quelqu'un à Tripoli qui aimait s'entourer de jeunes jouvenceaux à la peau claire. Les deux derniers, il n'était plus question d'y toucher. Avec un peu de chance, il en tirerait quelques sequins. Pas de quoi pavoiser, mais assez pour reprendre la mer vers de nouvelles conquêtes. Et Allah — Béni soit son Saint nom! — serait sans doute plus généreux la prochaine fois…

De Tripoli, où nous débarquâmes, à Damas, où l'on nous vendit comme esclave, je n'ai d'autre souvenir que celui d'un long chemin de croix dans la poussière et la chaleur. Le capitaine nous avait remis à un marchand d'esclaves damascène et nous nous intégrâmes à une colonne d'hommes, de femmes, souvent très jeunes, venus de tous les rivages de la Méditerranée mais aussi des profondeurs de l'Afrique. Les peaux, souvent nues, allaient du blanc pâle au noir d'ébène en passant par toutes les nuances du bronze clair au marron foncé. Mais nous étions tous égaux sous les coups de fouet des gardes-chiourmes qui escortaient notre colonne. Parfois l'un d'entre nous titubait. Le fouet claquait jusqu'à ce qu'il se relève. S'il mourait, comme cela arriva quelques fois dans les montagnes du Liban, on l'abandonnait sur le bas-côté de la route. Des vautours, des charognards s'en repaîtraient.

À Damas, après une toilette sommaire, on nous exposa sur une place qui servait de marché aux esclaves. Nous étions nus pour la plupart. Une foule bruyante nous entourait. Des acheteurs, mais aussi beaucoup de curieux. Les femmes surtout suscitaient l'intérêt des adolescents dans ce pays où elles ne se déplaçaient que voilées de la tête aux pieds. Les quolibets allaient bon train, les gestes obscènes aussi. Les plus audacieux tentaient de venir palper une fesse, un sein aux filles. Mais les fouets avaient vite fait de les écarter. Seuls les vrais acheteurs pouvaient tâter la marchandise. Ils ne se privaient pas de vérifier la fermeté d'une poitrine, la virginité d'une pucelle. Ils voulaient savoir si nos muscles étaient aptes aux tâches qu'ils nous réservaient, si nous avions de bonnes dents, si nos sexes ne cachaient pas quelques maladies honteuses, si des vers ne nous chatouillaient pas les entrailles. Leurs doigts allaient indifféremment de l'anus de l'un à la bouche de l'autre. Des seins d'une femme aux couilles d'un gamin. Nous devions ravaler toute trace de pudeur.

Kyril trouva bientôt acquéreur. Il me quitta en larmes pour suivre un boutiquier. Au moins échapperait-il sans doute aux lourds travaux pour lesquels il n'était pas bâti.

Vers la fin de la matinée, les curieux commencèrent à déserter la place, car presque toutes les femmes avaient trouvé preneur. Le spectacle n'avait plus autant de piment. C'est alors qu'un homme d'une quarantaine d'années et vêtu d'un ample burnous en laine brodé de motifs argentés déboucha sur la place. Il nous aurait probablement ignorés si le marchand d'esclaves ne l'avait hélé :

— Et alors Omar? Tu ne veux pas profiter des bonnes occasions que je ramène de Tripoli. Ce sont les derniers. Je te ferai un bon prix!

— Voyons Gamal! Que veux-tu que je fasse avec tes esclaves analphabètes? Tes petits paysans savent peut-être remuer la terre, mais moi, ce qu'il me faut, ce sont des gens qui savent lire et écrire!

Est-ce l'ironie qui perçait dans la voix de cet homme, ou cette impression de bonté et de justice qui émanait de sa personne, ou encore cette lueur qui étincela dans ses yeux quand son regard croisa le mien? Toujours est-il que je m'entendis crier en arabe:

— Moi je sais, Maître! Je sais lire, je peux écrire.

Je me recroquevillai aussitôt, les bras autour de la tête, persuadé que le fouet d'un garde allait cingler mon insolence. Il n'en fut rien. Les sourcils de l'homme s'étaient relevés en accents circonflexes et me fixaient:

— Tu sais lire? Écrire? Et tu parles arabe?

— Un peu.

— Mais encore?

— Le grec et le latin. L'italien aussi.

— Mais d'où viens-tu?

— De Sveti Stefan...

Il répéta en s'exclamant:

— Sveti Stefan!

La réputation de Sveti Stefan s'étendait bien au-delà de la Dalmatie. La chance venait de me retrouver. Le marchand, qui était prêt à me céder pour une poignée de dattes quelques instants auparavant, réalisait subitement que le filet des pirates lui avait ramené autre chose que du menu fretin, et il dut regretter d'avoir cédé Kyril au boutiquier contre quelques dirhams. Le marchandage prit du temps. Puis il fallut me trouver quelques hardes pour que je puisse accompagner décemment mon nouveau maître dans les rues de Damas.

Omar était un riche commerçant. Sa vaste demeure, superbement meublée, entourée d'un jardin de roses, témoignait de son opulence. Mais la première chose qu'il fit quand nous pénétrâmes chez lui, ce fut de me conduire à la bibliothèque. De prendre un livre au hasard, de l'ouvrir et de me le tendre.

— Lis. Montre-moi que j'ai eu raison de te faire confiance!

C'était de l'arabe. Une calligraphie harmonieuse que je déchiffrai assez facilement. Mes joues s'empourprèrent. Je lus en bafouillant:

C'est un garçon chrétien, moulé dans sa tunique,
Qui laisse à découvert son cou plein de fraîcheur.
Il est si élégant, d'une beauté unique
Qu'on changerait de Foi, sinon de Créateur,
Pour ses beaux yeux…

Difficile d'imaginer que seul le hasard avait présidé à ce choix. J'avais baissé les paupières, ne sachant trop quelle contenance prendre.

— Regarde-moi! Je ne sais même pas ton nom!

— Luka. Je m'appelle Luka.

— Tu as de beaux yeux, Luka. Comme ceux du poème. Tu connaissais Abû-Nuwâs?

Mon séjour chez Omar dura cinq ans. Cinq ans de bonheur. Cinq ans de plénitude. Il commerçait avec Venise, Ispahan, Tunis, Constantinople. Il échangeait des épices venues des Indes contre des draps de Bruges, des fourrures de l'Oural contre des porcelaines de Cathay, du vin de Chypre contre de l'ambre de la Baltique. Il m'initia aux mathématiques, me fit découvrir des poètes grecs, persans, latins qui n'avaient pas cours à Sveti Stefan. Zarathoustra et Bouddha voisinaient avec la Bible et le Coran. Les poèmes licencieux et la philosophie orientale avaient subjugué mon âme. Ma Foi s'était élargie à toutes les croyances du Monde. Le Dieu des chrétiens n'était plus qu'une facette du Dieu universel que vénérait Omar et que j'adoptai sans qu'il fît quoi que ce soit pour me l'imposer.

Je devins son secrétaire, son confident, son amant. Abû-Nuwâs ne figurait pas par hasard dans sa bibliothèque. Certains soirs, il choisissait un livre. Nous en dégustions quelques phrases. Au loin, l'appel des muezzins invitait à la prière. Avec le crépuscule, le parfum des roses du jardin nous enivrait autant que le vin d'Alep dont il emplissait nos coupes de cristal. Quand il était rassasié de rimes, il posait sa main sur mon épaule. Je faisais glisser ma gandoura jusqu'à terre. Les gestes sacrilèges des pirates n'étaient plus qu'un mauvais souvenir. Omar avait su les exorciser. Je me donnais à lui. Je me faisais tendresse.

— Mon petit chaton, murmurait-il.

Après l'amour, je me pelotonnais contre sa poitrine. Si j'avais pu, j'aurais ronronné de bonheur.

La mort terrassa Omar un matin de printemps alors qu'il s'apprêtait à rejoindre Tripoli pour négocier de nouveaux contrats avec un marchand vénitien. Ce fut comme un coup de tonnerre dans un ciel sans nuage. Les fils d'Omar se partagèrent sa fortune, ses entrepôts, ses esclaves. J'échus à Ahmed, son fils cadet, à peine plus âgé que moi mais déjà doté d'une smala de femmes et de quelques bambins. Les fils n'avaient jamais vu d'un bon œil que leur père délaissât leur mère pour un giton chrétien. Aussi, Ahmed ne tarda-t-il pas à m'annoncer qu'il me remettrait aux mains de Gamal, le marchand d'esclaves. Toutefois, par respect pour son père, il attendrait que Gamal ait trouvé un acheteur avant de se débarrasser de moi. Quelques semaines de répit pendant lesquelles je continuai à traduire les courriers venus d'Occident et à fréquenter la Bibliothèque d'Omar. Vint le jour où Ahmed m'annonça :

— Cette fois, c'est bien fini. Tu nous quittes. Gamal a, semble-t-il, trouvé quelqu'un qui cherchait un esclave lettré… Mais, avant de partir, tu peux choisir un livre dans la Bibliothèque d'Omar… De toute façon, nous allons la vendre…

Je choisis les poèmes d'Abû-Nuwâs, ceux-là mêmes qui avaient convaincu Omar de mes capacités et à travers lesquels il avait si souvent éveillé ma sensualité.

Gamal m'attendait avec un autre homme. Massoud venait du Kazarkhan, aux confins de l'empire abbasside et des terres mongoles. Loin, très loin de Damas. Il cherchait un précepteur pour le fils du Sultan qui aurait douze ans à la prochaine lune et qui allait devoir quitter le sérail de sa mère pour commencer sa formation de Prince héritier.

— Tu me sembles un peu jeune, me fit remarquer l'envoyé du Sultan. Mais tu es passé par Sveti Stefan et tu as servi Omar… Cela vaut toutes les recommandations du monde.

Un cheval m'attendait dans l'écurie du fondouk où Massoud était descendu. Je serrai sur ma poitrine les poèmes d'Abû-Nuwâs. J'avais vingt ans…

LE DÉFI

C'était un jeu périlleux. Selim le savait. Mais refuser, c'était apparaître comme un poltron aux yeux de Hassan. Et avant même que le soleil ne se couche, il serait la risée de tous les garçons du village. Ou il serait mort…

À ses pieds, le fleuve bouillonnait contre l'éperon rocheux qui le forçait à s'étrangler avant de se précipiter vers la falaise granitique de la rive opposée. Le coude ainsi formé n'était pas seulement parsemé de rochers qui émergeaient à peine, mais il était aussi animé de tourbillons violents dont le grondement se répercutait loin dans la vallée. C'était un véritable chaudron d'eau glacée et lorsque, par malheur, une embarcation s'y égarait, elle était emportée comme un fétu de paille et se brisait inexorablement sur la paroi verticale en face de l'éperon rocheux. On retrouvait rarement les corps. Fracassés, déchiquetés, ils servaient de pâture aux silures ou à d'autres monstres qui peuplaient les eaux profondes du fleuve en aval des rapides.

Le défi était simple. Il n'était pas neuf. Hassan ne faisait que perpétuer une tradition que les mères tentaient depuis toujours d'interdire mais que les pères toléraient même si, régulièrement, le fleuve réclamait son tribut et s'emparait de l'un ou l'autre gamin trop téméraire ou malchanceux. Tous n'étaient pas passés par là, mais tous avaient, tôt ou tard, été confrontés au dilemme. Ceux qui avaient relevé l'appel du fleuve jouissaient d'une considération qui en avait fait immanquablement les seigneurs du village. Les autres, les plus nombreux, ceux qui ne savaient pas nager, les estropiés, les plus faibles, ne pourraient que leur obéir. C'était dans l'ordre immuable des choses. On laissait en quelque sorte au fleuve le soin d'élire les maîtres. Mais le pire attendait ceux qui, ayant accepté de défier le fleuve, y avaient renoncé au dernier moment, juste avant de s'enfoncer dans les eaux tumultueuses. Leur couardise leur collerait à la peau comme une tare, jusqu'à la fin de leur vie. Ils seraient ceux qui se dégonflent devant l'obstacle, ceux dont la parole n'avait pas plus de valeur que le jacassement des pies auxquelles il suffisait de faire semblant de lancer un bâton pour qu'elles s'envolent…

— Tu vois, c'est pas compliqué, avait murmuré Hassan. Tu plonges depuis ce rocher, tu contournes la crête et puis tu n'as plus qu'à rejoindre la plage de l'autre côté de la barre. Passe-moi ton saroual et ton gilet. Je t'y attendrai avec tes vêtements.

De l'autre côté de l'éperon rocheux, le fleuve venait en effet s'apaiser sur une plage de sable blanc bordée de saules argentés et de quelques touffes de laîches et de roseaux. L'endroit formait un contraste assez saisissant avec la violence du fleuve qui se jetait avec furie depuis des millénaires contre la montagne sur la berge opposée. Comme si les eaux, fatiguées par ce combat de titans, éprouvaient le besoin de venir se reposer sur la rive droite après avoir tourbillonné sur la gauche. Échouée sur la grève, une barque aux couleurs écaillées servait plus souvent de perchoir aux oiseaux que d'outil de travail pour Anwar, le vieux pêcheur, qui allait parfois jeter son filet en aval, là où les eaux étaient poissonneuses et paisibles. Un héron cendré parachevait un décor presque idyllique. Il s'envola en raclant l'eau du fleuve de ses ailes lorsque Hassan, surgissant de l'arête rocheuse, rejoignit la plage en quelques bonds. Le garçon sauta dans la barque et, les vêtements de Selim noués autour du cou, il attendit...

Lorsqu'il fut nu, Selim frissonna. Il sentit son sexe se recroqueviller entre ses cuisses et, les bras repliés sur sa poitrine, il se frictionna les épaules en contemplant les vagues d'écume qui venaient inlassablement franger les écueils qui hérissaient le fleuve. Il ferma les yeux, respira profondément. Quand il les rouvrit, Hassan avait disparu de l'autre côté de la barre, le laissant seul avec sa peur. Un instant, il fut tenté de descendre jusqu'à l'eau, de longer prudemment la berge jusqu'à la pointe, puis, l'obstacle étant contourné, de nager jusqu'à la plage dans les eaux plus calmes du fleuve. Mais il réalisa aussitôt que ce ne serait pas aussi simple. Le courant était particulièrement violent là où la pointe écorchait le fleuve. C'était plutôt un endroit à éviter coûte que coûte s'il ne voulait pas être emporté vers dieu sait quel destin ! Puis il se dit que d'autres avaient relevé le défi avant lui, qu'ils avaient survécu, que ce n'était qu'un mauvais moment à passer, qu'après il pourrait traiter avec Hassan d'égal à égal, et qu'Allah — Béni soit son Saint nom ! — veillerait sur lui. Selim s'élança, les bras en pointe. L'eau engloutit ses mains, ses coudes, sa tête, son ventre, ses jambes... Le fleuve se referma sur le garçon comme un étau glacé, le froid ankylosa en un instant ses membres et il dut faire appel à toute son énergie pour se redresser et ne pas se laisser submerger par les remous. En quelques brasses, il réussit à s'écarter de la berge et des rochers épars qui la ceinturaient. Pour épargner ses forces, il se laissa porter un moment par un courant plus puissant. Il ondulait au gré des vagues qui se creusaient avant de s'enfler à nouveau. La vue brouillée par une lame plus forte, il faillit ne pas apercevoir un rocher qui affleurait à peine et qui lui barrait le chemin. Au dernier moment, il l'évita d'une brusque pirouette, mais une jambe heurta néanmoins le roc, et une douleur aiguë le transperça du genou au bassin. Il voulut se redresser, mais une vague plus haute l'agrippa, s'enroula autour de son ventre, le ballotta comme un vulgaire bouchon vers le cœur du fleuve, là où les courants s'emmêlaient, se fondaient en tourbillons furieux. Prisonnier des tentacules du fleuve, Selim eut le réflexe de respirer un grand coup avant de se faire aspirer vers les profondeurs du cours d'eau. Il réussit quelques fois à remonter à la surface, à reprendre haleine, mais tout aussitôt, les eaux l'entraînaient à nouveau dans une sarabande endiablée et mortelle. Les oreilles bourdonnantes, il s'abandonna aux caprices des eaux. Il refit surface une fois de plus, aspira une ultime goulée d'oxygène La dernière chose qu'il aperçut avant de sombrer ce fut la falaise qui se rapprochait de plus en plus vite dans un grondement de plus en plus assourdissant…

Hassan commençait à s'inquiéter. Il avait laissé les vêtements de Selim à l'abri dans la coque et il arpentait la plage avec une anxiété grandissante. Cela faisait un bon moment que le gamin avait dû plonger. Il y a longtemps qu'il aurait dû réapparaître de ce côté-ci de la barre. Personne ne pouvait flâner dans les rapides. Le pire était à craindre. Hassan se mit à espérer que le gamin ait renoncé au dernier moment et que, complètement nu, honteux d'avoir échoué, il se soit caché quelque part dans les buissons qui surplombaient la plage. Il attendrait sans doute que Hassan, de guerre lasse, s'en aille, pour venir récupérer son saroual et rejoindre en cachette la maison du potier, son père. Mais, Hassan le savait, Selim n'était pas du genre à renâcler devant l'obstacle. C'était un bon nageur. Il n'hésitait pas à se mesurer aux plus grands dans les défis que les garçons se lançaient de ce côté-ci du fleuve. Qu'il s'agisse de nager le plus vite, le plus loin ou le plus longtemps, on retrouvait toujours Selim dans le camp des vainqueurs. Dans le village, tout le monde savait qu'un jour Selim défierait le fleuve. Même sa mère. Surtout sa mère qui l'exhortait pourtant à refuser ce qu'elle considérait comme un jeu d'autant plus stupide qu'il était inutile et dangereux. Mais c'était une femme. Ce n'était qu'une femme. Que pouvait-elle comprendre à cette alchimie mystérieuse qui poussait les garçons à reculer leurs limites au-delà des frontières communes. À douze ans, ils rêvaient tous de franchir les rapides. Plus tard, ils envieraient ceux qui avaient eu l'inconscience d'oser. Car il fallait une bonne dose d'inconscience pour relever ce défi. Pour l'avoir vécu l'été précédent, Hassan pouvait en témoigner. Pour échapper aux courants violents, aux tourbillons, aux écueils dissimulés sous les remous, aux troncs morts charriés par le fleuve, il ne suffisait pas d'être agile et costaud, il fallait aussi une bonne dose de chance. Et la chance, seul Allah — Béni soit son Saint nom ! — en était le maître.

Hassan avait beau scruter les flots. Rien, absolument rien ne venait infirmer ses craintes. Aucune tête ne se dessinait au ras de l'eau. Le cœur battant, il remonta sur la barre rocheuse et en gagna la pointe. De là, avec un peu de hauteur, il aurait une meilleure vue sur le méandre. Peut-être que Selim avait réussi à s'accrocher à un des quelques blocs de granit qui dépassaient le niveau du fleuve. On se souvenait encore au village d'un garçon qui était resté bloqué ainsi pendant des heures, transi de peur et de froid, avant de sauter à nouveau dans les flots tumultueux. Mais un coup d'œil suffit à Hassan pour découvrir que les granits ne recelaient aucune trace de Selim. Le garçon avait bel et bien disparu. Restait le mince espoir d'une défection. Hassan aurait voulu y croire. Mais c'est sans conviction que, de retour sur la plage, il cria en direction des fourrés :

— Selim ! Selim ! Reviens ! Arrête de te cacher !

S'il rentrait seul au village, il se demandait comment il allait affronter la famille du potier. La mère de Selim hurlerait et aussitôt d'autres femmes l'accompagneraient avec des youyous de plus en plus stridents. Elle le maudirait et le vouerait aux enfers. Toutes les mères en feraient autant.

Le soleil commençait à décliner et le village était situé sur la colline à une bonne heure de marche du fleuve. S'il voulait rentrer avant que le soir ne tombe, il était temps de partir. Mais Hassan hésitait. Partir, c'était reconnaître l'inéluctable, admettre la mort de Selim, l'entériner. C'était un peu comme si on lui demandait de signer l'arrêt de mort du garçon. C'en était trop. C'était insupportable. Il se coucha sur le ventre à côté de la barque et, le front appuyé sur ses avant-bras, il se mit à sangloter.

C'est alors qu'Anwar, le pêcheur, arriva par le sentier qui descendait de la colline. Il était accompagné de Dalia, sa fille de onze ans. C'est elle qui portait la petite nasse en osier qu'Anwar accrochait parfois à sa barque ou qu'il déposait dans les roseaux le long du fleuve. Hassan ne les avait pas vus venir. Quand ils s'approchèrent de l'embarcation, il était trop tard pour cacher ses joues sillonnées de larmes. Anwar prit d'abord le parti d'en rire :

— Alors quoi, mon garçon ? Elle n'était pas au rendez-vous ? à ton âge et joli comme tu es, tu en trouveras une autre, rien qu'en claquant des doigts…

Puis il aperçut le saroual et le gilet de Selim et ses traits se figèrent.

— Quelqu'un a plongé, n'est-ce pas ? Cela fait longtemps ?

Les larmes de Hassan en disaient assez long pour dispenser le garçon de répondre.

— Aide-moi à pousser la barque dans l'eau. Et accompagne-moi si tu veux. Je connais un endroit en aval, sur l'autre rive, où le fleuve rejette ce qu'il n'avale pas. Peut-être y retrouverons-nous ton ami. Au fait, c'était Selim, n'est-ce pas ?

Hassan acquiesça.

— Voilà pourtant quelqu'un dont on pouvait penser sans exagérer qu'il était comme un poisson dans l'eau. Il m'a accompagné quelques fois à la pêche. Il n'avait pas son pareil pour aller libérer mes filets lorsqu'ils étaient restés accrochés à un obstacle au fond du fleuve…

La barque oscilla quand le pêcheur y sauta, bientôt rejoint par Hassan. Dalia resta sur la rive.

— Attends-nous, Dalia. Nous serons de retour quand le soleil se couchera. Va mettre la nasse là-bas, près des grands roseaux. On y trouve parfois des tanches et des perches…

Puis, se tournant vers Hassan, il continua :

— Ne te fais pas trop d'illusions, Hassan. Le fleuve est gourmand. Si je vais à la recherche de Selim, c'est davantage dans l'espoir de lui donner une sépulture digne et de permettre à sa famille de faire son deuil que dans celui de le retrouver vivant… De toute manière, ce qui est écrit est écrit. S'il a survécu, nous le saurons avant la nuit…

Ce fut la douleur qui réveilla Selim. Sa cuisse droite semblait marquée au fer rouge tant elle brûlait. Pourtant il avait froid, il avait la tête lourde, et la moitié de son corps baignait dans l'eau. Le garçon sortit petit à petit de sa torpeur. Depuis combien de temps était-il là ? Et d'abord, où était-il ? L'endroit était sombre, très sombre. Un peu de lumière sourdait à travers l'eau et se réfractait sur les parois de la caverne. Puis il se souvint. Le tourbillon qui le saisit et le précipite vers la falaise, l'eau qui gronde de plus en plus fort et s'engouffre dans une brèche. La falaise qui s'ouvre pour l'accueillir dans son ventre. Un dernier sursaut, et puis le trou noir, sa peau nue qui racle des débris de coquillages, la douceur du sable humide, ses jambes livrées au flux et au reflux de l'eau comme celles d'un noyé, l'assoupissement… et puis la douleur au réveil. Maintenant que ses yeux s'habituaient à l'obscurité, il distinguait mieux l'anfractuosité par où l'eau pénétrait dans la caverne. En fait, c'est toute la base de la falaise qui était creuse. Pour sortir, il suffirait donc de faire le voyage à l'envers. Mais la violence avec laquelle l'eau se précipitait dans le souterrain était telle qu'il était vain d'y penser. Le fleuve le rejetterait à l'intérieur avant même qu'il ait approché de l'entrée. C'est plutôt la sortie qu'il fallait trouver. Selim se releva. Sa cuisse droite éraflée le faisait toujours souffrir et il boitillait, mais le fait de bouger lui fit du bien et atténua la douleur. Il longea le cours souterrain du fleuve, escalada quelques éboulis, guidé par la lumière qui filtrait parfois sous l'eau, là où la violence des flots avait ébréché la montagne. Puis, le plafond de la caverne s'abaissa très fort. Il fut obligé de ramper sur le sable et les coquillages moulus crissèrent sous ses genoux. La caverne n'était plus qu'un long boyau qui allait en s'étrécissant. À son bout, l'eau grondait à nouveau. C'était le bruit caractéristique des tourbillons. Une veine de roche plus dure avait résisté à des siècles d'érosion et, cette fois, l'eau avait dû creuser le sol pour se frayer un passage, plus bas sous la montagne, et rejoindre les eaux profondes du fleuve. Selim frémit à la pensée de devoir à nouveau se plonger dans ce chaudron glacé. Il allait repartir à reculons vers la caverne pour chercher une autre issue lorsqu'il eut l'impression qu'un courant d'air provenait de sa gauche. Il écarta un bras et découvrit que la crevasse se prolongeait en montant de ce côté. Selim s'y engagea malgré l'obscurité totale qui y régnait. Après une longue reptation qui lui parut interminable, un nouveau coude le força à se contorsionner. D'autant plus que le tunnel creusé par les eaux était en partie obstrué par des débris. Il s'y écorcha une épaule, un coude, une cheville, mais la récompense était au bout du boyau. Haletant, suffoquant presque, moite de sueur et les tempes en feu, il aboutit dans une nouvelle caverne. Cependant, contrairement à la précédente, celle-ci communiquait avec le fleuve par une fissure qui courait du haut de la roche en s'élargissant vers le bas. La lumière du jour y pénétrait directement, dévoilant à Selim des parois rugueuses et un sol jonché de morceaux de bois, d'os et de cailloux taillés en biseau. Cette caverne avait dû être habitée il y a très longtemps. Mais Selim n'en avait cure. Il ne voyait que la brèche et le fleuve au-delà qui semblait s'être assagi tout en restant vigoureux. Il s'étonna de n'avoir jamais découvert ni même soupçonné cette fissure depuis la rive opposée, puis il se souvint du renfoncement dans la falaise que l'on devinait bien en aval de la plage. Voilà qui expliquait sans doute le calme relatif du fleuve à cet endroit assez éloigné des rapides. Après s'être reposé un moment, le garçon s'approcha lentement de l'eau que le soleil couchant parait de mille paillettes.

— Mon dieu, pensa Selim. Le soleil va se coucher. Ils doivent tous me croire mort.

Il aspergea d'eau ses écorchures, la longue balafre qui bleuissait sur sa cuisse droite, puis il s'avança vers l'ouverture.

Lorsque le sol se déroba sous ses pieds, il écarta les bras et, en quelques mouvements lents, gagna un courant plus rapide. Ici, l'eau l'enveloppait et le portait sans agressivité. C'était l'eau qu'il aimait pourfendre pour le plaisir. En aval, il aperçut la barque d'Anwar. Il vit qu'il n'était pas seul. Il voulut lui faire signe, puis se ravisa. Ce n'était pas le moment de prolonger l'inquiétude des siens. Ni de Hassan. Quelle tête il ferait, celui-là, quand il le verrait réapparaître! Quand il eut dépassé le milieu du fleuve, il bifurqua et remonta vers la plage. Encore quelques brasses et il reprendrait pied...

Dalia n'oublierait jamais le retour de Selim. Elle l'avait vu jaillir de l'eau, uniquement drapé de la lumière dorée du soleil couchant. Des perles liquides scintillaient sur ses épaules et sertissaient sa poitrine de colliers de diamants. Elle n'oublierait jamais son ventre de garçon, plus clair, à peine ombré d'un friselis de poils, sa cuisse ornée d'une longue balafre bleue, son rire à fleur de dents lorsqu'il s'écria:

— Je l'ai fait, Dalia, je l'ai fait! Mais où est Hassan? Où est mon saroual?

Elle aurait voulu lui répondre qu'elle le préférait sans saroual. Que c'est ainsi qu'elle le conserverait dans ses rêves. Mais elle se contenta de lui indiquer que ses vêtements étaient dans la barque avec Anwar et Hassan. Puis elle ferma les yeux et se jura qu'il n'y aurait qu'un garçon dans sa vie, et que ce garçon s'appellerait Selim...

JOURNAL DE LUKA

— Kazarkhan !

Massoud, mon compagnon de voyage, avait tendu le bras. Au détour d'une colline, la ville de Kazarkhan m'apparaissait resplendissante dans le crépuscule doré.

Notre long périple touchait à sa fin. Le Palais dominait la cité avec ses remparts crénelés, ses étendards immaculés frappés d'un croissant et d'une étoile grenat. À l'opposé, la coupole de céramique ocre de la mosquée étincelait au soleil couchant. Des vergers, des potagers ceinturaient la ville, alimentés par un réseau d'irrigation très développé. Très loin, au sud-est, on devinait les contours indistincts des montagnes qui annonçaient les contreforts du Toit du Monde. Vers le nord, un nuage de poussière trahissait l'arrivée d'une caravane venue de la lointaine Mongolie, peut-être de Cathay… À Kazarkhan, elle croiserait des marchands originaires d'Ispahan, de Samarcande, de Bagdad ou de Constantinople. Au caravansérail de la ville, des Tatars rencontreraient des Persans, des Circassiens, des Mongols, des Oïgours, des Ouzbeks, des Tadjiks ou encore des Arméniens. Dans les jours qui suivirent mon installation au Palais, j'allais découvrir une palette infinie de couleurs de peaux, de costumes, de langues… Les ruelles et les échoppes du bazar de la ville reflétaient bien la richesse et l'opulence des échanges. Une opulence qui n'échappait pas à Boutros, l'éminence grise de Kazarkhan. Selon Massoud, il était plus riche que le Sultan. Outre une demeure digne d'un prince, il possédait la moitié des boutiques du Bazar, le caravansérail et la Maison de la Juive…

— La Maison de la Juive?

— Oui. À un jet de pierre du caravansérail. Une grande maison avec des filles très accueillantes. Quand les caravaniers arrivent à Kazarkhan, ils ont souvent des semaines d'abstinence à combler, si tu vois ce que je veux dire… Si un jour ça te démange, je t'y conduirai. Je connais bien Salomé. Elle te fera un prix d'ami…

Et il partit d'un rire gras en cravachant son cheval.

— Allez, dépêchons-nous! Si nous voulons être au palais avant que les portes ne soient fermées pour la nuit.

Le Sultan Ibrahim me convoqua dès le lendemain, en présence de l'Intendant du Palais et de Massoud. Il était d'un âge avancé, mais avait conservé la prestance d'un chef. Il se tenait très droit sur son siège, les bras appuyés sur les accoudoirs, le regard encore vif. Seule sa voix cassée dénotait une certaine lassitude. Il s'informa d'abord auprès de Massoud des raisons qui avaient motivé son choix. L'évocation d'Omar et celle de Sveti Stefan suffirent à rassurer le maître de Kazarkhan.

— Mon fils sera très honoré d'avoir un maître ayant de telles références…

Je m'inclinai:

— C'est moi, Votre Grandeur, qui serai très honoré de vous servir, vous et le Prince Djamil…

Il me recommanda la fermeté. Il fallait forger le caractère d'un gamin livré trop longtemps aux caprices des femmes.

— La bonne gouvernance exige de la rigueur et de la volonté. De la philosophie, mais sans excès. Car à trop penser, on n'agit pas. Et pendant qu'on tergiverse, d'autres agissent à notre place… Exigez de lui le meilleur, trempez son caractère, affinez-le, comme on le ferait du métal des meilleures épées. Armez-le pour la politique et la diplomatie. D'autres se chargeront d'en faire un guerrier… En attendant, Ezra, mon intendant, vous remettra une bourse pour couvrir les

quelques frais nécessaires à l'acquisition de l'un ou l'autre ouvrage... Je crains que notre bibliothèque ne soit pas à la hauteur de vos références... Allez! Et qu'Allah — Béni soit son Saint nom! — vous garde!

Je m'inclinai à nouveau et sortis à reculons comme le protocole l'exigeait.

J'étais à peine rentré à l'appartement qui m'était dévolu dans le quartier du Prince, qu'Ali, un eunuque de la garde du harem, vint me convoquer.

— Sa Grâce désire vous rencontrer...

Samara, la Sultane, m'attendait dans la bibliothèque qui séparait ma chambre des appartements princiers. Elle avait dû être très belle dans sa jeunesse et elle en avait conservé une sorte de séduction souriante malgré ses traits fanés par les ans. Le « Sa Grâce » n'était, dans son cas, absolument pas usurpé. J'espérai bien que Djamil, que je n'avais pas encore eu l'occasion de rencontrer, serait tissé de la même étoffe que sa mère. Elle me tint un tout autre langage que celui du Sultan.

— C'est encore un enfant. Ne me l'abîmez pas, s'il vous plaît. Laissez s'exprimer le poète qui sommeille dans son âme. Vous aimez la poésie?

— Beaucoup. Mais je ne suis pas sûr que cela corresponde aux vœux de Sa Grandeur et aux besoins d'un futur sultan. Un Prince...

Elle fit la moue en haussant les épaules.

— Que savez-vous des besoins d'un futur Sultan? Vous êtes si jeune...

La Sultane réajusta le voile de soie verte qui couvrait ses longs cheveux d'un noir brillant parsemés de quelques fils argentés. Elle fixa sur moi ses grands yeux marron cernés de khôl.

— Vous êtes jeune, continua-t-elle. Vous allez devoir... non, vous allez pouvoir, vous aurez la chance de partager votre savoir avec quelqu'un qui, tout Prince qu'il soit, n'est encore qu'un enfant. Mon enfant. Djamil a soif d'apprendre. Ne le décevez pas. Ne me décevez

pas... Je devine le discours qu'a dû vous tenir le Sultan. Faites de mon fils un homme! Comme s'il n'en était pas un! Comme si pour être un homme il fallait d'abord être un guerrier! C'est parce qu'ils apprennent d'abord à se battre que les hommes finissent toujours par faire la guerre. S'ils se laissaient guider par des poètes plutôt que par des généraux, le monde serait sans aucun doute meilleur. Je veux que Djamil ne goûte pas seulement à la grammaire et aux mathématiques. Faites-le rêver. Et qui d'autres mieux que les poètes pourraient y parvenir...

Elle se tourna en direction des rayons de la bibliothèque, qui était nettement moins bien fournie que celle d'Omar.

— Notre bibliothèque n'est pas très riche. Mais elle a le mérite d'exister. Ce n'est pas toujours évident de convaincre les hommes de l'importance des livres. Nous manquons cruellement de textes poétiques. N'hésitez pas à me faire part des ouvrages qui vous seront nécessaires. Je vous les fournirai sur ma cassette.

— Mon maître à Damas — la paix soit à son âme — possédait une collection de poèmes unique en son genre. Ses fils veulent s'en défaire...

Quelques jours plus tard, Massoud repartit pour Damas...

Le Prince venait d'avoir douze ans. Le garçon était né sur le tard après que Samara eût donné naissance à quatre filles et eût subi quelques fausses couches, au grand désespoir d'Ibrahim, qui avait envisagé de la répudier. C'est que le Sultan de Kazarkhan, contrairement à la pratique habituelle dans d'autres Cours d'Orient, n'avait qu'une épouse. Elle seule pouvait lui fournir un héritier. Les enfants que les courtisanes du harem engendraient n'entraient pas en ligne de compte pour la succession au trône de Sa Grandeur. Je m'en étonnai auprès de Youssouf, le médecin juif du Palais.

— Le Kazarkhan, me répondit-il, s'est converti sur le tard à la Vraie Foi, comme disent les musulmans. Et davantage par la force des cimeterres que par celle de la conviction. Il en est résulté un islam mitigé. Ne vous étonnez donc pas que certaines pratiques courantes,

comme la polygamie, soient peu pratiquées ici. Les courtisanes du harem ne sont là que pour le bon plaisir du Sultan, pas pour assurer sa succession. Au moins cela nous évite les rivalités qui déchirent parfois certains sérails, sans oublier les guerres fratricides qu'alimente trop souvent une abondance de successeurs potentiels.

— Ici, continua-t-il, nous avons longtemps craint la pénurie d'héritiers. Djamil a sauvé Sa Grâce de la répudiation. Elle n'en est que plus attachée à ce fils inespéré…

Djamil s'avéra être un élève docile et curieux. Il avait appris des rudiments d'écriture et de lecture dans l'entourage de Sa Grâce. Il était comme une plante qui n'attendait qu'un peu d'eau pour croître et embellir. Embellir ? L'autre surprise agréable, c'est qu'il n'avait pas seulement les yeux marron de Samara, mais il en était aussi une merveilleuse réplique. La grâce, l'harmonie des traits se conjuguaient avec la grâce et l'harmonie du caractère. J'étais un maître comblé.

Nous passions les matinées à explorer les mathématiques, la dialectique, la grammaire, la philosophie, les sciences. Il calligraphiait avec aisance. Je lui inculquai un peu de grec, de latin. La poésie, chère à la Sultane, nous servait d'exutoire, de plage reposante au terme de longs moments consacrés à des exercices pratiques. La bibliothèque s'était étoffée des nombreux ouvrages que Massoud avait pu récupérer à ma demande chez Ahmed, le fils d'Omar. Ce dernier, qui n'avait pas vraiment conscience de leur valeur, les avait cédés à un prix très intéressant. L'après-midi, pendant que El Sakr et les hommes du Sultan exerçaient Djamil à son rôle de futur guerrier, je me délectais avec Straton, Platon, Sénèque. Je me régalais en relisant Pétrone, les aventures d'Encolpe, d'Ascylte, de Giton… ou encore le récit d'Eumolpe, le poète, et de l'éphèbe de Pergame… Parfois, le Sultan faisait appel à mes services pour déchiffrer un courrier venu d'Occident ou servir d'interprète lors de tractations avec des marchands grecs ou vénitiens. C'est ainsi que je rencontrai Boutros pour la première fois. Des commerçants de Venise voulaient établir un comptoir à Kazarkhan. Il fallut plusieurs jours d'âpres discussions pour aboutir à un accord au terme duquel le Sultan percevrait quelques impôts supplémentaires. Si les Vénitiens escomptaient quelques bénéfices, Boutros, quant à lui, arrondirait confortablement son magot... C'est lui qui louerait le comptoir aux Vénitiens et qui leur fournirait l'essentiel des marchandises. Ce ne serait pas demain que son filon d'or se tarirait. C'est avec soulagement que je quittai ce monde de chicanes, d'objections, de réfutations, d'arguties en tous genres pour retrouver Djamil et me plonger avec lui dans les délices d'un poème persan :

Les roses s'effeuillent
Et mon rêve s'embaume
Des pétales de l'été...

C'était tellement plus agréable à lire, à écouter, que les additions de dirhams et de sequins accumulées pendant des jours et des jours. Surtout quand c'était la voix suave de Djamil qui lisait...

Les saisons succédèrent aux saisons. Djamil eut treize ans. Puis quatorze. Comme il était écrit dans les Évangiles, à propos du Christ, « il s'épanouissait en âge et en sagesse », j'ajouterai « en beauté »...

Le garçon que j'avais découvert à douze ans, sortait petit à petit du cocon de l'enfance. Il forcissait sans excès. Ses jambes se déliaient sous la tunique, son torse se charpentait, ses épaules s'arrondissaient. Mais il n'y avait pas que son corps qui évoluait. La timidité des premiers mois avait fait place à une sorte de connivence qui se manifestait surtout quand, pour son plus grand plaisir et le mien, nous quittions les rivages arides des sciences ou de la grammaire pour ceux, tellement plus accueillants, de la poésie. Il se délectait des poèmes. Il se délurait. Il se rebiffait parfois comme lorsque je lui imposais des problèmes d'arithmétique où il était question de sequins et de dirhams pour acheter des draps au bazar...

— Mais enfin, Maître Luka, s'énervait-il. Un Prince ne passe pas son temps à acheter des draps au bazar. Et quand bien même il

m'en prendrait la fantaisie, c'est l'intendant du Palais qui se chargerait de les payer. Tout ce que j'aurais à faire, c'est choisir entre du velours et du satin, du bleu ou du rose… Si tu m'apprenais plutôt à choisir entre le bleu et le rose… Chaque couleur a sa signification, non ?

— Bleu, c'est la couleur de la sérénité, du bonheur, de l'amour tendre, de la passion contenue. C'est l'infini d'un cœur profond et secret. C'est l'innocence et la limpidité de la mer… Rose…

— La mer? Raconte-moi la mer, Luka. Est-ce vrai qu'on n'en voit jamais la fin ? Qu'elle a le goût salé des larmes ?

Je me laissais guider par Djamil. Les sequins et les dirhams se délitaient dans mes souvenirs. La mer, c'était Raguse, Sveti Stefan… C'était si loin de Kazarkhan…

— La mer, Mon Prince, c'est la porte grande ouverte du monde. Il n'y a pas de murs sur la mer, pas de barrières, pas de frontières. La mer, c'est le rêve infini, une fenêtre qui donne sur tous les possibles…

Je m'écoutais rêver. Djamil m'accompagnait. Ali, l'immuable, l'impassible Ali, assis près de l'entrée de la bibliothèque, son inséparable cimeterre entre les genoux, dodelinait de la tête comme pour nous approuver. La leçon prendrait fin sans que l'on ne sache jamais combien de sequins ou de dirhams il aurait fallu pour acheter du velours ou du satin, rose ou bleu… Le setâr n'était jamais très loin. Djamil s'en emparait. La mer l'inspirait…

La seule ombre au tableau, si j'ose dire, ne me concernait pas directement. J'ai dit que Djamil était une merveilleuse réplique au masculin de ce qu'avait dû être Samara dans sa prime jeunesse. De Sa Grâce il avait aussi hérité son peu d'intérêt pour l'art de la guerre au grand dam d'El Sakr, le maître d'armes. Il était nettement plus habile au setâr qu'à l'arbalète et maniait mieux les rimes que l'épée. La lutte ne le passionnait pas davantage, si ce n'est en tant que spectacle. Djamil semblait prendre plaisir à contempler les soldats de la Garde du Palais s'affronter torse nu, mêler leurs bras, leurs jambes dans des contorsions viriles, mais il répugnait à se joindre à eux. Et je dois bien avouer que lorsqu'il m'arrivait d'assister aux ébats des lutteurs, je partageais les mêmes sentiments esthétiques que le Prince. Les Nubiens surtout nous fascinaient. Le choc des genoux qui se cognent, la tendre brutalité des torses qui s'étreignent, les bras qui se nouent, les regards qui se voilent, la violence des corps à corps qui se muaient parfois en chevauchements voluptueux, le souffle rauque du vainqueur et le spasme langoureux du vaincu... C'était à la fois sauvage et nonchalant. Poétique en quelque sorte. Djamil en profitait pour faire provision d'images fortes qui l'inspiraient : la grâce primitive de leurs gestes, la lumière noire qui les illuminait, les lignes pures et lisses de leurs corps noués, la chaleur troublante qui embuait leur peau...

Les leçons de lutte comblaient le poète mais n'enthousiasmaient pas l'apprenti chef de guerre. Sa Grâce était sans doute bien la seule à s'en réjouir secrètement. Le maître d'armes s'inquiétait de cet engouement purement esthétique qui ne se traduisait pas en véritables progrès lorsque le jeune prince était amené à faire montre de ses capacités physiques. Son évident manque de conviction dans les combats désolait Sa Grandeur qui rabrouait régulièrement son fils lorsqu'ils se rencontraient.

— Ce n'est pas par goût que tu dois apprendre à te battre, Djamil. C'est un mal nécessaire. C'est la survie de notre dynastie et du Kazarkhan qui sont en jeu. Des soldats dont le chef ne sait pas se battre ne se battront pas non plus. Et n'imagine pas qu'il suffit de cultiver l'amour et la paix pour que les Tatars et les Mongols qui menacent nos frontières en fassent autant !

Djamil baissait la tête, promettait de s'amender. Mais au bout de quelques jours, le poète reprenait le dessus...

Le Poète !

Habituellement, j'attendais que le Prince me rejoigne à la bibliothèque pour commencer les leçons. Un matin, j'eus la surprise de l'y trouver installé avec un livre ouvert devant lui. Je reconnus aussitôt un ouvrage de Méphistos, un poète grec qui avait fait les délices d'Omar, et les miens par conséquent, à Damas. Ce n'était pas vraiment le genre de lecture à recommander à un garçon d'un peu plus de quatorze ans…

— Écoutez comme c'est drôle, me dit-il. Vous allez voir…

J'aimais un jeune faon à la peau de miel clair.
Si j'avais pu, je me serais fait papillon
Rien que pour me poser sur ses lèvres vermeilles
Ou encore butiner les fleurs de sa poitrine
Effleurer de mes ailes les pommes rondes
De sa jolie petite croupe
Et pour finir glisser ma trompe
Au plus profond de sa rose secrète…

— C'est joli, non ? Et vous, Luka, vous aimez les faons ?

— Naturellement ! Qui n'aime pas les faons ? Tout le monde aime les petits de la biche…

Le cristal de son rire tinta à mes oreilles.

— Voyons, Luka. C'est vous-même qui m'avez appris ce qu'était une métaphore. Ne me dites pas que vous n'avez pas deviné de quelle sorte de faon le poète est amoureux… Avez-vous déjà été amoureux ?

— Oui. Bien sûr !

— D'une fille ? Elle était jolie ? Elle avait votre âge ?

J'aurais pu fabuler. J'avais assez d'imagination pour m'inventer une jeune amoureuse. Mais Djamil aurait-il été dupe ? J'osai la vérité.

— Ce n'était pas une fille. Il avait trois fois mon âge. C'était un homme très bon, très doux. Je lui dois beaucoup.

— Pourquoi alors l'avez-vous quitté ?

— C'est lui qui m'a quitté…

— Il ne vous aimait plus ? C'est triste votre histoire d'amour…

— Les histoires d'amour sont souvent tristes… Surtout quand la mort s'en mêle… Si Omar était encore vivant, je ne serais pas à vos côtés ce matin pour vous écouter réciter un poème que vous n'auriez jamais dû lire sans m'en demander la permission…

— Vous croyez vraiment qu'il y a un âge pour lire les poèmes d'amour ?

J'étais piégé. À l'âge de Djamil, j'aurais sans doute adoré lire ce poème, moi aussi. Mais la question ne s'était jamais posée. Tandis que là, maintenant, je me trouvais face à ce garçon qui n'était plus tout à fait un enfant et qui m'interpellait :

— Omar. Il vous aimait… comme le poète ?

— Il m'aimait. Peu importe comment, Prince Djamil.

— Pourquoi refusez-vous de me répondre ? Moi aussi, un jour, je serai amoureux. Je veux savoir.

— L'amour est un chemin solitaire, Prince Djamil. C'est à chacun d'entre nous d'en découvrir le parcours, le pourquoi et le comment. Je vous mentirais si je vous laissais croire qu'il y a une recette pour aimer et qu'il suffit de l'apprendre pour devenir amoureux. Quand vous aimerez, vous trouverez tout naturellement les mots et les gestes qui conviennent à votre cœur. Mais vous n'avez que quatorze ans, Prince Djamil. Croyez-moi, le temps d'aimer viendra bien assez tôt…

Je lui tenais un discours raisonnable, le seul qui m'était autorisé. J'aurais voulu lui dire que oui, Omar m'avait aimé comme le poète, que oui, j'avais aimé cela et que la chasteté que je m'imposais trop souvent depuis que je vivais au palais me pesait chaque jour, chaque nuit, davantage. Mais Djamil n'avait que quatorze ans. Je n'étais pas là pour l'aimer, encore moins pour le dévergonder, mais pour l'éduquer. Ni Ibrahim, ni Samara ne m'avaient demandé d'en faire un tendre amant. Et pourtant, je le devinais, je l'appréhendais chaque jour un peu plus : ce garçon qui avait grandi dans un cercle de femmes, dont quelques-unes vouées à l'amour, semblait fasciné par son propre sexe. Comme je l'avais été par les marins du port de Raguse. Comme Omar l'avait pressenti dès qu'il m'avait aperçu sur le marché aux esclaves de Damas. Mais je n'étais que Luka, précepteur certes, mais esclave. Ce sont les maîtres qui peuvent choisir leurs amants parmi les esclaves. Pas l'inverse. Djamil aurait beau hanter chacune de mes nuits, je ne pourrais jamais l'accompagner sur les chemins qu'il rêvait peut-être de parcourir. L'amour, Djamil, l'amour… Comment lui dire que c'est avec l'encre des larmes que l'on écrit parfois les plus beaux poèmes d'amour ? Comment lui faire comprendre que pour se perdre dans des vagues de bonheur intense il faut parfois traverser de vastes plages d'amertume…

DES PERLES DE LUNE…

Djamil s'était réveillé. Le ventre humide. Une fois de plus.

Par les fenêtres ogivales de sa chambre, la pleine lune diffusait une clarté bleuâtre sur son lit chiffonné. Près de la porte d'entrée, Ali sommeillait. Comme d'habitude, il ne dormait que d'un œil. Il suffirait d'un murmure de Djamil pour que le Nubien se déplie et vienne s'inquiéter auprès du garçon de ses désirs, de ses besoins. Mais Ali ne lui serait d'aucun secours. Si dévoué soit-il, Ali ne pouvait rien contre les rêves. Le rêve.

Était-ce un rêve d'ailleurs, ou un souvenir ? Il ne savait pas. C'était à la fois flou comme un songe lointain et d'une précision méticuleuse comme les miniatures perses qu'il regardait parfois à l'insu de Luka dans la bibliothèque.

Djamil a six ans, peut-être plus. Moins de douze en tout cas. C'était à l'époque où il fréquentait encore le hammam en même temps que les femmes. Cette fois-là, la Sultane est absente. Il y a quelques courtisanes, une de ses sœurs ou deux, il ne s'en souvient plus. Des esclaves pour rincer, nettoyer, masser, coiffer, tresser, épiler… Et Ali. L'omniprésent protecteur du Prince avec son cimeterre. Juste une ombre noire, muette, impassible que les femmes font semblant d'ignorer tout en lorgnant son ventre d'athlète, lisse comme le leur. Et pourtant si excitant quand il se déshabille pour faire ses ablutions et que les filets d'eau chaude épousent les reliefs de son torse, de ses abdominaux, de ses cuisses, de son sexe que l'on dit inoffensif malgré son envergure qui les fait rêver… Ali sait que leurs regards le caressent mais il feint de les ignorer. Il n'a d'yeux que pour Djamil. Djamil qui court, gambade entre les femmes dont les silhouettes nues tantôt s'évaporent dans les brumes chaudes du hammam, tantôt exhibent leurs moindres replis, leur bouche secrète sans aucune pudeur. Il y a de grands éclats de rire, des éclaboussures, des clapotis, des chuchotis, le chuintement des pieds nus sur les dalles de céramique, le raclement des strigiles sur les hanches et les cuisses, le froissement d'un peigne dans des cheveux mouillés, d'une éponge qu'on tord entre deux seins… Il y a la courtisane d'origine indienne, plus sombre que les autres, moins ronde, plus souple, plus fluide, avec ses longs cheveux qui s'égouttent à la pointe ovale des seins… Elle prend le gamin dans ses bras, le serre contre son ventre. De l'index, Djamil recueille une goutte d'eau qui tremblote sur un mamelon. C'est tiède, c'est mou, c'est doux. Il aspire à plus de fermeté, de vigueur. De tous ces ventres offerts, c'est celui du Nubien qu'il préfère. Il se débat, s'échappe. Une autre courtisane l'attrape à son tour. Ses bras se referment sur lui, s'accrochent à ses petites fesses et elle fait semblant de le plonger dans un bassin d'eau fumante avant de l'élever à hauteur de son visage. Elle caresse son nez sur le ventre de Djamil qui gigote et crie… Il se libère pour tomber dans d'autres bras. Elles veulent toutes s'y frotter, s'émouvoir au toucher de sa peau, frémir en posant leurs lèvres sur ce petit bout de chair qui frétille entre ses cuisses en rêvant à celui du Nubien.

— Regardez le petit coq!

Les rires redoublent dans de grands tressaillements d'eau chaude. Les ventres des femmes se trémoussent au-dessus de leurs bouches secrètes. Djamil voudrait fuir. Il va s'échapper, mais une de ses sœurs le rattrape, fait mine de saisir le petit ergot qui lui garnit le ventre. C'en est trop. Il a peur tout à coup de se faire aspirer, happer, dévorer par toutes ces lèvres nues, gourmandes, voraces… La main sur son petit sexe, il se faufile entre les bras tendus des femmes, heurte un genou, une fesse, un ventre. Il glisse sur les dalles humides, manque de s'étaler, se raccroche à la paroi d'une vasque. Dans les volutes de vapeur qui s'en échappent, il distingue la tête d'Ali. Il n'hésite pas. Il appuie un genou sur le bord du bassin, se soulève et se réfugie dans le giron de l'eunuque. Il s'arrime à son cou, se pelotonne contre son torse épais. Fort. Ferme. Apaisant. Autour d'eux, les cris et les rires s'étouffent dans la tiédeur des vapeurs d'eau. Son cœur, qui battait très vite, se calme. C'est si bon de se laisser enfermer dans la douceur noire, lisse et chaude des bras et du buste d'Ali, de poser le menton sur l'oreiller de son épaule gauche. Se serrer fort, très fort contre lui pour s'approprier la force tranquille qui émane de ce corps vigoureux. Plus rien n'existe que cette paix retrouvée, cette béatitude hors de portée des femmes. Les petits pieds de Djamil pataugent dans le bassin, se cognent au ventre d'Ali, effleurent son sexe. Il est dur, souple et doux comme une tige de bambou. Il semble animé d'une vie propre et répondre aux caresses des pieds. Djamil recommence. Encore et encore. Le Nubien a fermé les yeux, et de ses lèvres entrouvertes s'échappent de brefs soupirs. De plus en plus brefs.

C'est alors que Djamil se réveillait, le lit chiffonné, le ventre humide et le sexe en bambou…

Une sorte de torpeur languide l'envahissait, avec un soupçon de mélancolie. C'était à la fois troublant et délicieux. Un trouble qu'il prolongeait parfois du bout des doigts jusqu'à ce que son aiguillon frémisse à nouveau. Ce qu'il aimait surtout, c'était cette fraction de seconde, juste avant que son corps ne vibre comme une corde de setâr trop tendue, cette fulgurance qui lui vrillait le ventre avant la plénitude de la résurrection. La première fois, il s'était inquiété de cette liqueur inconnue qui lui avait poissé le ventre et les doigts. Il n'avait pas osé interroger Luka à ce sujet, préférant laisser aux poètes le soin de le guider sur ces chemins, à la fois si nouveaux et pourtant si intimes, qu'il avait l'impression diffuse de les connaître depuis toujours.

Il avait finalement trouvé un poème qui l'avait rassuré sans pour autant lui livrer la clef du mystère :

Je t'aime, ô Diodore, je t'aime tant
Quand tu te pâmes sous le feu de mes caresses
Et que, de ta fontaine secrète, s'écoule ton plaisir
En larmes blanches comme des perles de lune...

Des perles de lune au cœur de la nuit... L'image lui plaisait. Mais le rêve n'en finissait pas de le troubler. C'était toujours quand il se blottissait dans les bras d'Ali que les larmes de lune surgissaient de sa fontaine secrète. Comme si les femmes le rebutaient... Pourtant, il avait vécu dans un univers de femmes. Il avait fait ses premiers pas dans le frou-frou de leurs robes de soie. Il s'était laissé aimer, dorloter par elles. Elles lui avaient appris les rudiments de l'écriture, la lecture, le chant, la musique. C'était avec elles qu'il avait balbutié ses premiers poèmes. Elles avaient applaudi ses premiers arpèges sur le setâr. Pourquoi dès lors ne l'émouvaient-elles pas davantage ? Était-ce parce qu'Ali ne lui demandait rien en échange de la chaleur de son corps, alors qu'il avait le sentiment que les femmes voulaient se l'accaparer, le posséder ? Avec Ali, si grand, si fort soit-il, il se sentait sur un pied d'égalité, alors que les femmes, lui semblait-il, ne le chérissaient que pour mieux le dominer. Quand elles le serraient sur leur poitrine, il étouffait. Quant à leur ventre fendu, ce n'était pas une blessure mais un piège. Il imaginait les mécanismes retors qui en rendaient les hommes captifs... Les femmes l'intriguaient mais ne le fascinaient pas encore. Luka avait sans doute raison : il était encore trop jeune pour éprouver des sentiments amoureux. À moins que ?

Luka ne lui avait-il pas avoué un jour avoir été amoureux d'un autre homme ? Certains poètes ne célébraient-ils pas les noces secrètes qui unissaient des garçons ? Qui sait si lui aussi ne découvrirait pas un jour celui avec lequel il pourrait partager ses perles de lune ? Serait-ce de l'amour, ou un jeu, en attendant qu'il succombe comme la plupart des hommes aux pièges des femmes ? Djamil n'avait pas de réponse.

Des perles de lune... Il suffisait d'un rêve, d'une caresse pour qu'elles éclosent... Éphémères comme le plaisir qui les faisait jaillir. Mystérieuses comme l'alchimie de l'amour. À chaque fois elles surprenaient Djamil, suscitaient les mêmes interrogations. Il n'avait pas de réponse définitive, pas d'autre certitude que celle qu'il lui faudrait un jour partager ses secrets pour pouvoir les éclaircir. Luka ? Ali ? En attendant, il allait tâcher de se rendormir avant que le chant du muezzin ne vienne froisser le ciel de l'aube.

JOURNAL DE LUKA

Djamil…
J'épelle ton nom dans le silence de la nuit.
J'entends tes pieds nus glisser sur les céramiques.
J'attends que tu écartes le battant de la porte.
Ton ombre se dessine sur les murs de ma chambre.
Tu t'approches du lit où je tremble de fièvre.
Mes doigts dénouent la ceinture du saroual.
Il glisse sur tes genoux, se chiffonne à tes pieds.
Te voilà seulement vêtu de la clarté dorée des veilleuses.
Mes mains se posent sur tes hanches.
Tu frissonnes.
Tes yeux ne sont plus que deux pépites lumineuses.
Mes doigts s'affolent sur ta poitrine.
Les tiens déboutonnent ma chemise.
Djamil…
Ton nom bruisse entre mes lèvres.
Ton corps nu sur le mien.
Ta peau tiède qui m'enivre.
La pulpe de tes lèvres juteuses.
Tes épaules si douces qu'on dirait du velours.
Tes genoux qui écartent les miens.
Nous basculons.
Mon corps nu sur le tien.

Djamil…
Un sanglot d'amour que je murmure à ton oreille.
Ta gorge qui palpite.
J'embrasse les fleurs mauves de tes seins.
Elles s'épanouissent sous mes dents.
Tes doigts ébouriffent mes cheveux.
Ma langue grave ton nombril.
Tu frémis en murmurant : ça chatouille !
L'irrésistible tendresse de tes couilles.
Comme une friandise raffinée qui fond dans la bouche.
Djamil…
Tes reins se creusent.
Les miens s'enflamment.
Tu te cambres quand ton sexe tressaille dans ma gorge.
Je goûte la saveur balsamique de ton plaisir.
Djamil…
Je ne connais plus d'autre mot que ton prénom.
Tu te retournes.
Ma langue s'insinue entre tes cuisses.
Elle va, elle vient, darde sa pointe au plus intime.
Tu glousses dans l'oreiller.
Mon sexe est exaspéré d'attendre.
Tes fesses s'ouvrent.
Djamil…
La nuit nous enveloppe.
Je t'aime…

Djamil…

Ma main tremble en écrivant son nom…

Ce n'est pas celle de Maître Luka, mais celle de l'orphelin d'Omar qui a calligraphié ce poème.

Le poème d'une étreinte qui n'a jamais eu lieu. Juste un rêve. Un mirage dans la solitude de mes nuits. Des rimes que je pourrais ajouter à celles de Méphistos, d'Abû-Nuwâs, de Straton... Des rimes, rien que des mots pour entretenir des illusions.

Ce poème, j'en ai fait une copie que je garde continuellement sur moi. Comme un talisman. Je le relis parfois quand je suis seul, à l'ombre d'un tamarinier dans le jardin du Palais, à celle d'un oranger dans les vergers qui entourent la cité. Plus d'une fois j'ai été tenté de le détruire. C'est vrai que s'il tombait entre des mains malveillantes, il pourrait constituer la preuve notoire d'une inconduite pourtant purement imaginaire. Mais je crois en ma bonne étoile. Celle qui m'a guidé vers Sveti Stefan, vers Omar, vers Djamil... Détruire ce poème, ce serait refuser d'être ce que je suis, refuser de vivre en somme. Dieu, quel qu'il soit, n'a pas permis que je fasse tout ce chemin pour renoncer ne serait-ce qu'à l'idée du bonheur. Car je ne me fais aucune illusion: Djamil n'est pas pour moi. Si je veux partager à nouveau mes émotions avec un autre moi-même, il me faudra sortir du Palais. Je me suis laissé dire que, dans les bosquets non loin du caravansérail, on rencontre parfois des garçons qui, en échange de quelques dirhams, se prêtent à toutes sortes de caresses...

Djamil!

C'est à travers leurs doigts, leurs mains, leurs bouches que je te laisserai m'aimer. C'est toi et toi seul qui recueilleras les offrandes que je répandrai au plus profond de leur sanctuaire d'amour.

Djamil!

LE CROTALE

Kazarkhan n'était plus qu'une frange brune qui se confondait avec l'horizon. Les trois cavaliers avaient quitté le Palais de bonne heure pour atteindre le fleuve avant la fin de la matinée. Djamil avait insisté pour que Luka l'escorte avec Ali, l'eunuque qui lui servait de garde du corps et qui l'accompagnait partout et tout le temps. Ombre fidèle et indissociable du Prince.

Ali faisait partie de la garde nubienne affectée à la protection du Palais. Samara, la sultane, l'avait choisi pour veiller sur son fils dès que ce dernier avait été en mesure de courir tout seul. Comme tous les soldats de la garde, c'était un superbe athlète taillé dans une belle ébène. Il portait les couleurs du Kazarkhan : saroual blanc, ceinture et gilet grenat. Un gilet sans manches et ouvert sur le devant qui révélait aux regards des pectoraux bien marqués et des bras puissants, aux muscles bien trempés, prêts à saisir le cimeterre ou le poignard à la moindre alerte. Le peuple les craignait et leur attribuait une férocité légendaire. Une réputation imméritée dans la mesure où cela faisait très longtemps qu'ils n'avaient plus eu l'occasion d'exercer leurs talents en dehors du Palais. On murmurait aussi qu'ils étaient chargés des basses œuvres au service de la politique. Un lacet qui se referme sur la gorge d'un Ministre soupçonné de fraude et dont le procès alarmerait inutilement le bon peuple. Un agitateur réduit au silence par deux mains qui l'étranglent et lui broient la nuque.

Une courtisane trop bavarde ou infidèle étouffée par un coussin. Ce n'étaient que des rumeurs. Mais on ne prête qu'aux puissants.

Ali, comme bon nombre de ses compagnons d'armes, avait vécu son enfance au Soudan, sur les bords du Nil. Un jour, le village avait été encerclé, incendié. Les vieillards avaient été massacrés. Les hommes valides, les femmes, les enfants, avaient été enchaînés et conduits en colonne vers un port de la Mer Rouge. Le sort des survivants dépendrait de leur chance, de leur résistance, de leur sexe… Le menu fretin serait vendu en vrac pour effectuer les travaux pénibles dans les champs, les mines, les chantiers d'Arabie, de Syrie, de Perse, jusqu'en Inde… Les femmes les plus appétissantes enrichiraient quelques harems, quelques bordels. Il en irait sans doute de même pour quelques garçons. D'aucuns se rebiffaient. Pour les calmer, on leur sanglait les bras et les jambes à des planches et on faisait appel au boucher. Une lame bien affûtée, un coup sec, et le sang giclait. Quand ils survivaient, ce n'étaient plus que des esclaves dociles, des chapons qui engraisseraient. On avait toujours besoin d'eunuques.

Ali, chez qui l'on devinait déjà la carrure d'athlète qu'il aurait à la fin de l'adolescence, échappa aux travaux pénibles et aux couteaux des châtreurs de nègres. Un marchand qui fournissait les Cours d'Orient en soldats l'avait repéré avec quelques autres garçons. Au terme d'un long périple qui le mena de Mokha à Bagdad, il fut recruté avec d'autres jeunes Nubiens pour servir à la Cour d'Ibrahim, sultan du Kazarkhan, aux confins de l'empire… Après des mois d'entraînement à la lutte, au combat, au maniement de l'arc, du poignard et du cimeterre, il put revêtir l'uniforme aux couleurs du Kazarkhan. Samara, la Sultane, qui avait enfin donné naissance à un fils après quatre filles et quelques fausses couches, le choisit pour veiller sur Djamil. C'était un honneur. Un honneur qu'il devrait payer en sacrifiant sa virilité. C'était le lot des quelques gardes qui fréquentaient le sérail. Chaque chose a son prix. Ali le savait. Il l'acceptait. Il savait aussi qu'il ne subirait pas le supplice du couteau comme il l'avait vu faire dans le port d'embarquement. Ici, ce serait Youssouf, le médecin juif, qui se chargerait de le rendre inoffensif pour les femmes du harem. Le jour venu, Youssouf lui fit avaler une coupe d'une boisson amère. Assommé par ce breuvage opiacé, c'est dans une sorte de brouillard qu'il se laissa attacher sans résister. C'est à peine s'il sentit la main de Youssouf qui lui souleva le sexe, lui saisit les testicules et les tordit pour les bistourner. Quand les vapeurs de l'opium se dissipèrent, il constata avec un certain plaisir que son membre viril réagissait à ses caresses. Il ne pourrait plus se reproduire, certes, mais au moins il pourrait encore se donner du plaisir. Son sort serait de toute façon beaucoup plus enviable que celui de la plupart des villageois emmenés avec lui par les chasseurs d'esclaves. Au bout de quelques semaines sa pilosité disparut, sa peau se fit plus douce, plus lisse, comme celle d'une femme. Youssouf le fit venir dans son cabinet.

— Déshabille-toi !

Les doigts du médecin palpèrent ses couilles flétries.

— Elles m'ont l'air d'être hors d'usage. Mais pour en être sûr, caresse-toi !

Ali s'exécuta avec embarras. Cependant son sexe répondit à ses caresses, s'enfla, laissant sa tête pourpre éclore au bout des doigts. L'orgasme survint. Sec. Ali était apte pour le service de Samara.

Djamil devint sa raison de vivre, sa raison d'être. Il était si petit, si joli. Il le regarda pousser à l'ombre de Samara. La Sultane veillait jalousement sur ce garçon inespéré. Sa naissance lui avait évité la répudiation. Jusqu'à l'âge de douze ans Djamil vécut au sérail avec sa mère, ses sœurs et les courtisanes. Un univers de femmes, de douceurs, de chuchotis, de caresses… Il chantait avec elles, écoutait les poèmes qu'elles se roucoulaient, assises au pied d'un grand tamarinier. L'une des courtisanes, d'origine indienne, lui apprit à pincer les cordes d'un setâr. Après des débuts maladroits, il fut capable d'improviser des airs, d'accompagner les chants, de souligner un poème de quelques arpèges...

À douze ans, Ibrahim estima qu'il était grand temps de sortir son fils des voiles de sa mère. Ce garçon qu'il avait attendu si longtemps se devait d'être plus qu'un musicien ou un poète. Il allait falloir lui inculquer l'art de la politique, les mathématiques, quelques sciences et surtout, surtout, s'il voulait lui succéder sur le trône de Kazarkhan, lui apprendre à se battre. La vie est un long combat, même en temps de paix. Luka, recruté à Damas, fut chargé de sortir Djamil de l'enfance. Dès lors, l'enfant vécut sous la garde exclusive d'Ali, dans un quartier du Palais extérieur au sérail.

— Je te confie mon fils, avait dit Samara à Ali, avec des sanglots dans la voix. Tu sais combien il m'est précieux. Veille sur lui comme une mère. Ne le quitte jamais. Ta vie est désormais liée à la sienne. Souviens-t-en. S'il devait lui arriver malheur, tu ne lui survivrais pas...

— N'ayez crainte, Maîtresse, Djamil est le fils que je n'aurai jamais. Je serai son ombre, et celui qui voudra l'atteindre devra d'abord m'effacer...

Forte de cette promesse, Samara lui confia le Prince. Il avait l'air si petit aux côtés du Nubien. Si fragile avec ses jambes si fines.

— Un petit faon dans un monde de loups ! soupira la Sultane.

Le petit faon avait grandi mais avait conservé son regard velouté, marron comme celui de sa mère, ombré de longs cils dont il usait sans vergogne pour séduire Luka, le mener là où Luka ne demandait qu'à se laisser conduire : les chemins de la poésie.

Luka, qui était prédisposé à lui succomber. Luka, qui chevauchait à ses côtés en direction du fleuve...

Djamil aimait ces journées consacrées à la découverte du pays sur lequel il régnerait un jour, si Allah — Béni soit son Saint nom ! — le lui accordait. Il voyageait accompagné d'une escorte de soldats plus ou moins importante selon la densité de la population des contrées visitées. Parfois Ali était seul à l'accompagner. Ce matin-là, Luka était de la partie. Aucune visite protocolaire au programme. Pas de salamalecs ni de discours à subir. Juste une longue chevauchée dans la nature. C'était promis. Ali lui apprendrait à nager...

Ils atteignirent le fleuve alors que le soleil était au zénith. Au loin, sur les collines qui surplombaient la rive droite, on apercevait un village. De l'autre côté les flancs abrupts de la montagne se dressaient comme une barrière infranchissable que le fleuve tentait en vain de contourner dans un grondement de plus en plus assourdissant au fur et à mesure que les trois cavaliers remontaient le long de la berge. Ils atteignirent ainsi une plage de sable clair, barrée à son extrémité par une crête rocheuse.

— Cet endroit est superbe. Arrêtons-nous !

Djamil sauta de son cheval et se mit à gambader, sauter, faire la roue. Lorsqu'il atteignit l'extrémité de la plage, il se débarrassa de sa tunique et de sa culotte et se précipita dans l'eau, sous l'œil inquiet d'Ali et celui plus gourmand de Luka.

Le Nubien rejoignit son protégé après avoir enlevé son saroual. Ils gagnèrent un endroit du fleuve où l'eau atteignait le nombril du Prince.

— Regarde, dit-il...

Ali se renversa sur le dos, ses larges bras étreignirent l'eau, ses jambes se déplièrent avant de se rejoindre, de s'allonger. Seuls sa tête et son sexe affleuraient hors de l'eau. Il écarta les bras, battit des pieds, son corps s'éloignait de Djamil. Ce dernier tenta de l'imiter, voulut se coucher sur l'eau, mais il s'enfonça aussitôt et se retrouva la tête sous l'eau. Il se redressa, comme mû par un ressort en criant :

— Mais comment tu fais ? Comment tu fais ?

Alors Ali s'agenouilla dans l'eau près de Djamil et lui dit :

— Couche-toi sur mes bras... Là ! C'est bien ! Écarte tes bras... Laisse tes jambes allongées... Tu vois, tu flottes...

Sur la plage, Luka se repaissait du spectacle. Tant la statue d'ébène que lui offrait Ali que le corps gracile et nu de Djamil suscitaient en lui une lente excitation. Après avoir vérifié que les chevaux étaient bien attachés, il releva sa gandoura, la fit glisser par-dessus sa tête. La chaleur du soleil étreignit son dos. Il baissa son saroual. L'eau du fleuve enserra ses chevilles d'un bracelet de fraîcheur. Elle atteignit ses cuisses, se referma sur son sexe tendu. Alors, alors seulement, il se mit à nager. Jusqu'à ce que l'eau froide éteigne le feu qui lui brûlait le ventre. De voir Djamil et Ali si proches, si nus, si innocents, ne pouvait que réveiller les cendres incandescentes du souvenir d'Omar... Ce soir, il éclabousserait les pages de son journal avec l'encre de ses rêves enfouis... Quand il rejoignit la plage, le ventre apaisé, Ali l'attendait près des chevaux. Djamil, fatigué par ses premières brasses, s'était assoupi à l'écart, laissant au soleil le soin de lui sécher le ventre... La vie offre parfois des cadeaux inespérés.

Selim avait quitté le village peu avant midi. Il avait sillonné les collines qui longeaient le fleuve à la recherche d'un petit gibier. Il avait promis à sa mère un lièvre ou un faisan pour le repas du soir. Après avoir longtemps erré en vain, il était tombé sur les traces encore fraîches d'un lièvre. Il avait fini par l'apercevoir du côté du fleuve. Selim n'en était pas à sa première chasse. Il savait manier la fronde avec une précision redoutable, et ses talents de petit chasseur s'ajoutaient à ceux de champion de natation. Sa mère, enfin rassurée — car elle savait qu'on ne défiait jamais deux fois le fleuve —, pouvait être fière de lui. Un jour, Aïcha, une vieille du village, sage-femme, un peu sorcière, avait ausculté la main droite du garçon :

— Toi, tu ne resteras pas au village, lui avait-elle prédit. Regarde cette ligne comme elle bifurque. Un jour, tu feras une rencontre qui changera complètement ta vie et puis…

La vieille s'était arrêtée brusquement. Comme la ligne de vie. Courte. Tellement courte qu'il valait mieux l'oublier…

Selim se faufila entre deux saules argentés. Il avait atteint le fleuve. Le lièvre dont il suivait la trace depuis un bon moment ne pouvait plus être très loin. L'empreinte caractéristique de ses pattes arrière marquait le sable de la berge à chaque bond. Selim sentait que le moment était proche où l'animal serait à sa portée. Il glissa un galet rond et bleu dans la fronde qu'il tenait enlacée à son poignet droit et s'apprêta à escalader la berge de la rivière qui s'étranglait à cet endroit avant de former le coude. Il jeta un coup d'œil vers les rapides si bruyants, si proches, et sourit. Non, il ne recommencerait pas. Personne ne recommençait. Mais il était fier de l'avoir fait.

Au-delà s'étendait la longue plage de sable blanc. Si le lièvre y baguenaudait encore, ses chances de survie seraient presque nulles. Ensuite, si la chasse était fructueuse, le garçon pourrait s'offrir un plongeon dans le fleuve avant de rentrer au village, la dépouille de l'animal à la ceinture. À la vue du gibier, personne ne lui reprocherait d'avoir traîné en cours de route. Il pourrait même se prélasser un moment sur le sable, laisser au soleil le soin de le réchauffer après le bain. Selim se hissa au sommet de l'arête de granit qui provoquait le coude de la rivière et délimitait la plage. Un cri s'étouffa aussitôt dans sa gorge.

Cri de dépit d'abord.

À une vingtaine de pas un garçon somnolait, nu, ses vêtements épars jonchaient le sol autour de lui. Des vêtements colorés et dont la texture indiquait si besoin était que ce garçon ne venait pas du village, mais qu'il était issu d'une famille fortunée. D'ailleurs, il n'était pas seul. Trois chevaux s'ébrouaient à l'autre bout de la plage, sous la garde d'un serviteur. Une sorte de géant noir au torse puissant et au crâne nu. Dans le pays, seul le sultan de Kazarkhan avait des serviteurs à la peau noire. On les disait chargés de veiller sur le harem. Un autre homme était assis à ses côtés, à la peau claire, vêtu seulement de son saroual. Il devisait avec le noir.

Mais ce n'était pas seulement la présence du garçon et des deux hommes qui avait failli faire hurler Selim. Ni la certitude que le lièvre qu'il avait poursuivi depuis tout un temps allait lui échapper. Non !

Son œil aguerri par la traque avait immédiatement remarqué une forme ovale à trois coudées du garçon. Lové sur lui-même, un crotale aux écailles pailletées d'or et de sable fin dressait lentement sa tête triangulaire en modulant une sorte de sifflement saccadé alors que les crécelles de sa queue entamaient leur cliquetis macabre. Le bruit était à peine perceptible mais suffirait à sortir le dormeur de son assoupissement et, au moindre geste, le reptile fondrait sur lui avec toute la fulgurance dont il était capable.

Selim n'hésita pas. La fronde virevolta, libérant le caillou qui assomma le serpent avant d'atteindre le garçon à la cuisse qu'il balafra de rouge. Sous le choc, celui-ci hurla et, la main sur sa blessure, se releva pour se précipiter vers ses compagnons. Le noir, avec une étonnante rapidité, avait saisi l'arc qui pendait à la selle d'un des chevaux et expédié une flèche sur la silhouette qu'il avait vue bondir de l'arête rocheuse vers le garçon sous sa garde.

Selim ne put éviter le projectile qui lui pénétra dans l'épaule gauche. De surprise autant que de douleur, il se laissa tomber sur le sol. Il savait qu'une seconde flèche ne l'épargnerait pas. Il savait aussi que le crotale n'était pas loin et qu'il n'était peut-être pas mort. Il fallait rester immobile pour échapper aux hommes comme au serpent. Étrange destin : il allait mourir à cause d'un lièvre pour avoir voulu sauver la vie d'un autre garçon. Mais qui le saurait jamais ?

Le sable épongeait le sang qui coulait de son épaule. Une sorte de torpeur l'envahit et c'est à peine s'il perçut l'ombre épaisse qui le recouvrit lorsque le compagnon du garçon s'approcha, l'arc tendu, une flèche prête à se ficher dans la dépouille de Selim au moindre mouvement de ce dernier.

Par le Prophète! Dieu nous protège!

La tête du crotale fut clouée dans le sol par le projectile à quelques pouces de l'épaule ensanglantée de Selim.

— Ce garçon t'a sauvé la vie, Djamil. Vite! Il n'y a pas de temps à perdre. Il faut l'emmener à Kazarkhan…

JOURNAL DE LUKA

Nous aurions pu mourir. Tous les trois.

Si Djamil avait été mordu par le crotale, plus personne n'aurait parié un dirham sur ma vie ou celle d'Ali. La mort du Prince aurait entraîné la nôtre. Décapités sur la place publique, près de la grande mosquée de Kazarkhan pour obéir à Ibrahim, ou étranglés en catimini dans une arrière-cour du Palais pour répondre à la colère de Samara… Notre sort aurait été scellé à la seconde même où le crotale aurait enfoncé ses crocs dans le ventre, le poignet ou la cuisse de Djamil.

Et puis, il y eut ce garçon, un adolescent surgi à l'improviste avec une fronde. Le cri de Djamil, la flèche d'Ali. La course éperdue pour rejoindre Kazarkhan le plus vite possible. Les chevaux épuisés qu'on abandonne aux gardes du Palais. Les cris conjugués de Djamil et d'Ali.

— Youssouf! Vite! Faites venir Youssouf!

Le garçon, toujours sans connaissance, pâle, exsangue, que l'on couche sur le lit du Prince, que l'on déshabille. Les doigts de Youssouf qui prennent le pouls, tâtent la carotide.

— Il a perdu beaucoup de sang… Son pouls est très faible.

Djamil qui implore :

— Vous le sauverez quand même ! C'est un ordre, Youssouf! C'est la première fois que j'ordonne quelque chose.

— Je ne demande qu'à vous obéir, Mon Prince. Mais la vie de ce gamin est autant entre celles de Yahveh ou d'Allah — Bénis soient leurs Saints noms ! — qu'entre les miennes…

Dans le silence opaque qui régna dans la pièce pendant que Youssouf extrayait la pointe de la flèche de l'épaule du garçon, j'invoquai à mon tour le Dieu que j'avais honoré à Sveti Stefan. Il ne serait pas de trop pour soustraire à la mort ce garçon qui avait sauvé nos vies au péril de la sienne. Et dont nous ignorions tout, à commencer par le nom…

Pourtant, cette journée avait débuté sous les meilleurs auspices. Djamil se faisait une joie d'apprendre à nager. Et moi, je jouissais d'avance du spectacle qu'il m'offrirait sans doute avec Ali. J'étais rarement invité aux randonnées du Prince hors du Palais. Les réceptions officielles dans les tribus ou les villages à l'écart de Kazarkhan ne me passionnaient pas outre mesure et je m'accommodais fort bien d'être tenu à l'écart de ces déplacements. J'en profitais pour dévorer de nouveaux manuscrits ou pour errer au hasard des ruelles de Kazarkhan. La ville qui bruissait de toutes les rumeurs de l'Orient me rappelait Raguse, et des bouffées d'enfance m'assaillaient avec le parfum des épices. L'excursion de ce matin était plus intime et je fus flatté que le Prince m'y associât.

Je ne connaissais le fleuve que de réputation. Un cours d'eau puissant, né des glaciers des montagnes, torrentueux jusqu'à ce qu'il se heurte aux parois infranchissables d'une dernière chaîne de falaises avant de bifurquer vers la plaine, vers le nord, et de s'assagir… C'est là que nous avions fait halte.

La plage avait tout pour séduire. Du sable clair, ensoleillé. Le fleuve, très large à cet endroit, venait s'y apaiser en eaux peu profondes, propices aux ébats nautiques, que l'on soit bon nageur ou non.

La joie de Djamil faisait plaisir à voir. En jetant sa tunique pardessus tête, le garçon avait jeté sa défroque de Prince. Ce n'était plus qu'un gamin de quatorze ans comme les autres. Comme les autres ?

Pas vraiment ! Le regard que je portais désormais sur lui en faisait quelqu'un de particulier, de différent. Dans une année, il aurait l'âge où j'étais devenu l'amant d'Omar.

Maintenant qu'il était nu, je le découvrais encore plus resplendissant que dans mes rêves. L'adolescent était arrivé à cet âge incertain où le corps semble hésiter entre Mars et Vénus. Les boucles noires qui lui cachaient la nuque, les lèvres fruitées, le cou gracile, le teint de pêche évoquaient plutôt une fille qu'un garçon. Par contre, les membres bien déliés, les hanches, le corps annonçaient déjà ce petit mâle qui triompherait bientôt. Je caressais des yeux son bassin bien dessiné, son ventre ferme autour de la fontaine que creusait son nombril, le duvet qui commençait à garnir son sexe, ses cuisses fluides qu'il éclaboussait d'eau claire. Il se retourna et avança dans le fleuve. Sous l'effet de la fraîcheur de l'eau, il crispa ses fesses et resserra ses coudes sur ses flancs avant de se réchauffer un peu en se frottant les mains sur la poitrine, les hanches, les cuisses. Il fit quelques pas. L'eau avait atteint ses genoux. Le dos cambré, il nous fit face à nouveau.

— Vous ne venez pas ? Ali ? N'oublie pas ta promesse…

À son tour Ali se déshabilla, pénétra dans le fleuve. Bien qu'eunuque c'était un bel athlète. Je ne pouvais qu'admirer ce corps charpenté, les muscles des cuisses, les jarrets, les biceps qui glissaient sous sa peau d'huile sombre. Il gonfla sa poitrine, rentra le ventre, écarta les jambes. Le soleil irisait les globes noirs de ses fesses, soulignait les ondulations de son échine. Il se retourna lui aussi pour m'interpeller.

— Maître Luka, l'eau est délicieuse vous savez…

Sous son ventre glabre, un sexe épais dodelinait entre les colonnes de ses cuisses. Je sentais le désir sourdre au creux de mon ventre. Lorsque je vis Ali s'agenouiller dans le fleuve et Djamil se coucher sur ses avant-bras tendus, mon désir s'enfla. Je ne savais trop si j'aurais voulu être à la place de Djamil ou à celle d'Ali. Tenir dans mes mains les épaules et les cuisses du Prince, juste frôler son ventre sans avoir l'air d'y toucher mais assez pour appréhender la texture de son sexe, éprouver la montée de son plaisir, baisser les yeux pour contempler son anatomie offerte, faire provision d'images pour peupler mes nuits... Ou bien me laisser porter par les bras d'Ali, sentir contre mon flanc la caresse de son abdomen, oser toucher son sexe, lui arracher un spasme, offrir le mien à son regard et, pourquoi pas, à sa tendresse... L'air était si doux, et les rêves n'engagent que ceux qui en font usage...

N'y tenant plus, je me suis jeté à mon tour dans le fleuve. J'avais le sexe en exergue. Je laissai à l'eau froide le soin de calmer mes ardeurs.

Djamil s'était endormi sur le sable. J'avais rejoint Ali près des chevaux. Le temps semblait figé dans un bonheur étale.

Et puis il y eut le crotale...

Le garçon s'appelle Selim. Après une nuit d'angoisse, il a repris brièvement connaissance... Le temps de bafouiller son nom. C'est un garçon du village que nous apercevions au loin sur les flancs d'une colline, depuis la plage

La Sultane est venue à son chevet.

— Sa mère doit être morte d'inquiétude de ne pas l'avoir vu rentrer hier soir. Que Massoud ou quelqu'un d'autre aille au village. On doit au moins ça à celle qui a engendré celui qui a sauvé mon fils... Dites-lui que nous garderons son garçon jusqu'à ce qu'il soit complètement rétabli... Rassurez-la...

Selim est très affaibli. La fièvre emperle son front de sueur. Il délire parfois. Des mots qu'il jette au hasard. Hassan... Lièvre... Grotte... Serpent... Je l'ai fait... Difficile d'y trouver une quelconque cohérence.

Youssouf a préparé un onguent à base d'arnica. C'est Ali qui est chargé d'en enduire régulièrement l'épaule du gamin. Ali a toujours le beau rôle. Djamil, à ses côtés, est prostré, figé dans le silence. J'ai dû interrompre les leçons. À chaque instant il s'inquiétait de savoir si le garçon qui lui avait sauvé la vie allait survivre.

— C'est un envoyé du Ciel. J'en ferai mon page. À quatorze ans j'ai le droit de ne plus être seul… Vous ne trouvez pas, Maître Luka ? Allons voir si Selim ne va pas mieux que tout à l'heure.

Les leçons restaient en friche. Même les poèmes ne déridaient plus le Prince. Selim était sa seule priorité.

SELIM

Cela faisait trois nuits que Djamil ne dormait plus que d'un œil, attentif au moindre bruit, au moindre gémissement qui s'échappait du lit où Selim était assoupi. Il se contentait de somnoler par intermittence sur un sofa aux côtés d'Ali. Trois jours, trois nuits d'impatience, d'inquiétude, de faux espoirs comme lorsque le garçon avait ouvert les yeux pour les refermer aussitôt, de vraies frayeurs, comme lorsque sa respiration était devenue saccadée, haletante, comme s'il étouffait… L'aube pointait ses premières lueurs par-dessus les créneaux des remparts. Djamil s'était approché du lit, de son lit, où Selim semblait enfin dormir d'un sommeil plus paisible. Pourtant la nuit avait de nouveau été agitée. Mais Youssouf s'était voulu rassurant :

— Ce sont les derniers sursauts du mal. La fièvre tombe. Demain il devrait entrer en convalescence… Dormez, Mon Prince. Sinon c'est vous que je vais devoir soigner. Voulez-vous que je vous prépare une tisane de valériane et de mélisse ? Cela devrait vous aider à trouver le sommeil.

Djamil y trempa les lèvres. Mais dès que le médecin eut quitté la chambre, il tendit la coupe à Ali.

— Repose-toi, Ali. Moi, je dois absolument être là quand il se réveillera…

Djamil contemplait le garçon qui dormait à présent à plat ventre, la tête légèrement sur le côté, le front assombri par ses cheveux ébouriffés. Un léger souffle embuait ses lèvres entrouvertes. Le drap chiffonné découvrait son dos et une des jambes, révélant la trace d'une longue balafre à la hauteur de la cuisse. Le garçon avait la peau mate et légèrement ambrée des tribus montagnardes. Ses jambes et ses bras étaient plus sombres et avaient été tannés par la vie au grand air. Un peu plus grand que Djamil, un peu plus enveloppé, il ne devait pas être beaucoup plus âgé que le Prince. « Ce pourrait être, pensa ce dernier, un merveilleux cadeau, s'il acceptait de partager sa jeunesse avec la mienne. » Pourquoi pas page, puis écuyer ? Il valait bien les lointains cousins qu'on lui imposerait, s'il n'y prenait garde. Certes ce qui est écrit est écrit. Mais qui pourrait certifier que le Ciel n'attendait pas de Djamil qu'il écrive un chapitre du destin de Selim ? N'était-ce pas le Ciel qui l'avait fait surgir au bon moment, au bon endroit ? Allah — béni soit son Saint Nom ! — n'avait certainement pas voulu cette rencontre uniquement pour tuer un serpent. Des sentiments nouveaux assaillaient le cœur de Djamil. Quelque chose d'indéfinissable encore, mais de beaucoup plus fort que la simple reconnaissance…

La lumière de l'aube dilua peu à peu l'obscurité, drapant le dormeur d'un voile nacré. Il remua un bras, puis l'autre, les doigts d'une main se déplièrent comme les pétales d'une fleur au soleil. Djamil restait coi, aux aguets.

— Ça y est, pensa-t-il, il va enfin revenir à la vie…

Une vague de tendresse s'empara alors du prince. D'une main il caressa la joue de Selim. Elle était tiède, souple. Le dormeur frémit. Un frémissement qui se répandit tout le long de son corps, jusqu'à la pointe du pied à découvert. Puis, comme pour chasser un insecte importun, il eut un geste vif de la main et se retourna brusquement, rejetant complètement le drap sur le côté du lit, dévoilant à Djamil son torse, son ventre, son sexe épanoui dans la splendeur de l'aube.

— Tu es beau comme un poème, Selim, murmura le Prince.

À nouveau, il eut envie de toucher ce corps alangui dans la tiédeur du sommeil, de se l'approprier, de l'enlacer, de l'habiller de caresses, de baisers…

Sa main allait effleurer un genou du dormeur lorsque celui-ci émergea brusquement du sommeil en murmurant :

— Le serpent… le serpent !

Ses yeux écarquillés disaient encore la frayeur qui tenaillait ses songes. Djamil se voulut rassurant.

— Le serpent est mort, Selim. Et vous êtes sauvé.

Selim tourna la tête à gauche, à droite. Ses yeux semblaient à la recherche d'un point de repère, d'une attache, de quelque chose de familier. Mais rien, ni les meubles de bois précieux, ni les épais tapis de laine au sol, ni les céramiques bleues des murs, ne lui rappelaient quoi que ce fût. Il n'avait jamais connu ni même approché un tel luxe.

— Où je suis ? Qui êtes-vous ?

Le serpent, le garçon, la flèche… Les souvenirs se bousculaient en vrac dans le cerveau de Selim, comblant d'un seul coup le trou noir des derniers jours. De la main droite, il tâta la blessure qui étoilait son épaule gauche. La douleur avait disparu. La peau était encore grasse à cause de l'onguent qu'Ali avait frotté. Il reconnut Djamil, le garçon qu'il avait vu dormir nu sur la plage. Il prit alors conscience de sa propre nudité. Ses joues rosirent et il saisit le drap qu'il remonta à hauteur de ses hanches. Il répéta avec un léger tremblement dans la voix :

— Où je suis ? Qu'est-ce que je fais ici ? Que s'est-il passé ?

— Vous êtes au Palais de Kazarkhan. Vous m'avez sauvé la vie. Vous méritiez bien que je sauve la vôtre… N'ayez crainte. Personne ici ne vous veut du mal.

Des propos apaisants qui n'empêchèrent pas Selim de se crisper lorsqu'il découvrit et reconnut la silhouette du Nubien qui l'avait abattu.

— ...Surtout pas Ali, continua Djamil en montrant le noir qui somnolait encore. Il n'a tiré sur vous que parce qu'il me croyait en danger... Croyez-moi, Selim, vous ne sauriez être plus en sécurité que dans cette chambre. Ma chambre. Vous y êtes chez vous, le temps qu'il faudra... Je vous offre l'hospitalité du Prince de Kazarkhan aussi longtemps qu'il vous plaira...

Les yeux de Selim se portèrent tour à tour du garçon au garde du corps. Il réalisa tout à coup qu'il avait basculé dans un autre monde. Le Prince, puisque c'était ainsi qu'il se désignait, avait quelque chose de rassurant dans le maintien, de très doux dans le regard, d'implorant dans la voix. Il sentit la peur se dissiper petit à petit. Le crotale était donc bien mort. L'appétit de vivre reprenait le dessus. Il s'étira, heureux de sentir les muscles de ses bras, de ses jambes se tendre et se dénouer. Par les fenêtres ogivales il apercevait le ciel qui bleuissait déjà.

— J'ai faim, murmura-t-il...

De constitution robuste, il ne fallut que quelques jours à Selim pour se rétablir complètement. Chaque matin, Youssouf venait examiner la blessure qui se cicatrisait parfaitement.

— Vous ne conserverez qu'une petite étoile à l'épaule pour vous souvenir de la flèche d'Ali. De quoi intriguer vos futures amoureuses... Demain, vous pourrez quitter la chambre. Je suis sûr que le grand air vous fera beaucoup de bien. Vous aurez vite retrouvé vos couleurs.

Selim n'était pas une plante d'intérieur et le confiner dans une pièce du palais, si luxueuse soit-elle, aurait davantage contribué à son déclin que la blessure elle-même.

— Il va falloir te trouver des habits, nota Djamil. Les tiens étaient déchirés, couverts de sang. Viens! Si on ne trouve rien à ta taille dans ma garde-robe, nous te ferons faire des habits neufs.

C'était aussi simple que cela. Il avait presque suffi de claquer des doigts pour que Selim se retrouve vêtu en prince avec une tunique brodée aux armes du Kazarkhan.

— Viens ! Maître Luka n'en croira pas ses yeux quand il te verra. Il en perdra son latin…

— Son latin ?

Selim pénétra dans la bibliothèque en se demandant ce qu'il pourrait bien faire perdre à Maître Luka.

Au bout d'une semaine, quand il fut question de permettre à Selim de rentrer chez les siens, Djamil alla trouver le Sultan :

— Père, j'ai une faveur à solliciter de Votre Grandeur…

Le sultan revenait soucieux d'une inspection aux frontières du nord. Des actes de brigandages y avaient mis à mal deux caravanes. C'était mauvais pour la réputation du Kazarkhan, c'était mauvais pour le commerce. Boutros n'avait pas manqué de protester, et la grogne s'installait dans les boutiques du bazar. D'autant plus que les pillards n'avaient pu être identifiés et qu'ils avaient trouvé refuge dans les montagnes de l'autre côté de la frontière. De retour, il avait appris, non sans irritation, à quel danger son fils unique venait d'échapper.

— Avant toute chose, j'aimerais qu'à l'avenir vous soyez beaucoup plus prudent… Un Prince ne s'aventure pas n'importe où, n'importe comment… Sans ce brave garçon…

— Justement, Père. C'est de Selim que je voudrais vous entretenir.

— Nous le récompenserons, lui et sa famille, selon ses mérites… Cela va de soi. Quand rentre-t-il au village ?

— J'aimerais, avec votre autorisation, le garder à mon service. Quand j'aurai seize ans, comme le veut la tradition, j'aurai besoin d'un écuyer…

— Fort bien. Mais la coutume veut aussi que le Prince Héritier choisisse l'écuyer parmi ses cousins. Vous n'en manquez pas que je sache…

— Je ne l'ignore pas. Mais je les connais si peu. Et puis, quel que soit le choix que je ferai, je mécontenterai ceux que j'aurai délaissés…

— Si je comprends bien ce que vous allez m'annoncer, vous voudriez faire de ce... Comment s'appelle-t-il déjà ?

— Selim, Père. Il s'appelle Selim...

— Vous voudriez faire de ce Selim votre futur écuyer ? Au risque de mécontenter tous vos cousins.

— Au risque d'avoir un compagnon qui a failli perdre sa vie en sauvant la mienne, Père ! Ce garçon, c'est la providence qui l'a mis sur ma route. J'aurais le sentiment de beaucoup d'ingratitude si je me contentais de le renvoyer au village, même avec une bourse bien garnie et je ne sais quel autre privilège qu'il serait en votre pouvoir de lui accorder...

— Et ce gamin, ce coureur de bois, vous croyez qu'on pourra en faire un écuyer digne de notre Cour ? Vous ne craignez peut-être pas le ridicule. Moi, si ! Si en plus d'un prince qui ne sait pas se battre, il était affublé d'un écuyer qui ne sait pas se tenir, la coupe serait pleine !

— Je vous promets que Selim ne nous ridiculisera pas. Père, donnez-lui au moins la chance d'essayer. D'ici que j'aie seize ans, il aura largement le temps de nous prouver ce dont il est capable ou non.

— Et ce garçon, il sait ce à quoi vous voulez le destiner ?

— Pas encore, Père. Je ne voulais pas lui donner de faux espoirs.

Le sultan s'octroya un long moment de réflexion avant de clore l'entretien :

— Vous ne savez pas vous battre, mais vous savez argumenter. Les leçons de Maître Luka, au moins, elles, portent leurs fruits. Eh bien soit ! Je vous accorde Selim à l'essai. Mais en échange non pas d'une promesse — je n'ai que faire des promesses que vous tenez si peu ou pas du tout —, mais en échange de progrès réels dans l'art de vous battre, Djamil. Peut-être qu'après tout, ce garçon auquel vous semblez tenir vous stimulera là où tous les discours des maîtres d'armes ont échoué. Allez ! Et redites bien à ce garçon toute l'estime que j'ai pour lui !

Oubliant tout protocole, Djamil bondit hors de la salle d'audience et courut jusqu'à sa chambre avec Ali sur ses talons. Selim fut assez surpris de le voir débouler tout essoufflé. Courir ne faisait pas vraiment partie des usages du Palais.

— Ça y est, ça y est ! Mon père est d'accord !

— D'accord pour quoi ?

— Tu vas pouvoir rester.

— Rester ici ?

Le visage de Selim ne marqua pas seulement sa surprise mais aussi une pointe de contrariété. Maintenant qu'il était guéri, il se réjouissait de retrouver sa famille, ses amis, le village. L'oisiveté à laquelle il était contraint depuis quelques jours commençait à lui peser. Les longues courses dans les bois, au bord du fleuve, lui manquaient déjà. Alors rester ! Djamil réalisa soudain que son projet n'était peut-être pas aussi évident qu'il l'avait cru.

— Rassure-toi. Il n'est pas question de te retenir de force ici. Mais j'aurais aimé que tu deviennes un jour mon écuyer...

— Écuyer ! Mais je ne sais même pas ce que c'est !

— Tu as deux bras, deux jambes, et tu as prouvé que tu savais réagir face au danger. Bien sûr, il faudra apprendre à t'occuper des chevaux.

— Des chevaux !

— Ne me dis pas que tu n'aimerais pas...

— Au contraire. J'ai souvent rêvé de galoper à travers la steppe. Mais je n'ai jamais eu l'occasion d'apprendre... Au village, il n'y a que le chef qui ait un cheval.

— Ce n'est pas si difficile puisque moi je sais le faire... Pour le reste, tout ce que tu auras à faire, c'est m'accompagner, veiller sur moi en compagnie d'Ali. Les maîtres d'armes se chargeront de faire de toi un bon cavalier... C'est d'accord !

— Ça me plairait ! Mais j'ai à peine quinze ans.

— Tu as déjà quinze ans. Viens. Il n'y a plus de temps à perdre. Allons voir El Sakr. Allons voir les chevaux !

Il ne fallut que quelques jours à Selim pour découvrir les plaisirs de l'équitation. Naturellement doué pour les exercices physiques, il passa de longues heures dans les écuries du Palais. On lui avait attribué une jument de trois ans à la robe pommelée de gris. Varouna était docile. C'est sur son dos qu'il fit un retour triomphal au village en compagnie de Massoud. Ce furent des retrouvailles à la fois sobres et émouvantes. Selim n'était pas d'un naturel très expansif. Son père non plus. Sa mère avait les larmes aux yeux. Ce fils qui avait échappé au fleuve et à la flèche d'Ali lui échapperait à son tour. Mais elle ne pouvait que s'incliner devant l'honneur que le Prince Héritier faisait à sa famille, à son village, à toute sa tribu, en demandant à Selim de lui servir de page et, plus tard, d'écuyer. Tous les garçons du village, et en particulier Hassan, firent fête au héros du jour. Chacun voulait se montrer avec lui, se souvenir de la fois où ils avaient chassé ensemble, nagé de concert ou lutté sur la plage au bord du fleuve. Avec Selim au Palais, chacun avait le sentiment d'avoir enfin un ami haut placé, un recours ultime en cas de malheur. Chacun pourrait toujours dire en face d'un contradicteur :

— Attention ! Je connais quelqu'un qui a le bras long...

Une seule personne ne semblait pas gagnée par l'euphorie ambiante. C'était Aïcha, la sage-femme. Pourtant elle avait prédit cette rencontre et le brusque changement qui s'opérerait dans la vie de Selim. Elle aurait pu s'en féliciter, faire valoir ses dons. Elle préféra rester cloîtrée chez elle. Parce que si elle avait vu juste, elle se souvenait aussi de la ligne de la main qui s'arrêtait sans raison. Si courte, si courte...

Loin de ses préoccupations, il y avait aussi Dalia, la fille d'Anwar le vieux pêcheur. Le jour où Selim avait disparu, emporté à Kazarkhan pour être soigné à l'insu de tous, elle avait pleuré la disparition du garçon. Elle s'était morfondue, l'imaginant à nouveau emporté par les eaux vengeresses du fleuve. Lorsque l'envoyé du Palais était venu annoncer au potier que son fils était vivant et qu'il avait sauvé la vie du Prince, elle eut du mal à réfréner sa joie. Quand Selim pénétra dans le village, resplendissant dans sa tunique brodée d'un croissant et d'une étoile grenat, son cœur se mit à battre très fort, des larmes d'émotion lui brouillèrent les yeux. Les hourras des garçons et les youyous des filles s'estompèrent dans sa tête. Selim allait la cueillir au passage et la prendre en croupe sur la jument. Ils s'enfuiraient avec elle dans la montagne. Il n'y aurait plus que la musique du vent rythmée par le galop du cheval. Ensuite…

Le seul problème pour Dalia, c'est que, accaparé par ses compagnons de chasse et de jeux, par les notables, par les voisins, par sa famille, Selim n'eut même pas l'occasion de poser les yeux sur elle. Aussi, quand il regagna Kazarkhan vers la fin de l'aprèsmidi, elle ne put que partager son chagrin avec la mère de Selim tout en se promettant de lui rester fidèle en attendant son retour. Car il reviendrait, elle en était sûre. Sinon, il ne lui resterait plus qu'à le rejoindre à Kazarkhan.

DE L'AMOUR...

Les doigts de Djamil dessinaient des arabesques sur la peau nue de Selim, auscultaient la cicatrice qui étoilait son épaule gauche, remontaient la trace plus sombre de la balafre qui lui rappelait sa descente dans les rapides du fleuve, s'attardaient dans les boucles noires qui couronnaient son sexe. Une brise légère agitait le voile de mousseline qui tamisait la lumière du jour, atténuant la chaleur lourde de l'après-midi. L'heure était à la mollesse, à l'abandon, aux frémissements. Moite, suave, lascive...

— J'aime sentir ta peau nue sous mes doigts...

Il caressait les mamelons qui gonflaient le torse de son jeune page...

— On dirait des framboises brunes. Si je pouvais, je les croquerais...

Joignant le geste à la parole, les lèvres du Prince s'épanouirent autour d'une aréole. Selim frissonna, son ventre tressaillit quand la langue effleura son nombril juste avant d'aller exacerber sa virilité.

— Arrête! Sinon je vais encore éclabousser les draps!

Il s'étira, ses reins se creusèrent, le plaisir l'assaillit. Il manqua de défaillir lorsque son sexe englouti dans la bouche de Djamil se répandit après une ultime palpitation...

Comme à chaque fois qu'il avait joui, l'adolescent resta un moment affalé sur la couche. Djamil, assis au fond du lit, le contemplait.

— Tu es le plus beau page que je pouvais rêver d'avoir. Doux comme une vierge, vigoureux comme un athlète… Je t'aime tant Selim. Quand je serai Prince…

— Mais tu es déjà Prince… Tu es mon Prince… Je ne servirai que toi…

Comme à chaque fois après l'amour, les deux garçons roucoulaient, se juraient fidélité.

Tout avait commencé quelques mois plus tôt au hammam du palais. C'était après une leçon de lutte qui avait vu les garçons s'affronter sous la surveillance d'El Sakr.

— Il faut me le dégourdir, avait insisté le Sultan. Un Prince poète et musicien, c'est bien joli pour faire chanter les courtisanes, mais on ne conduit pas une armée avec des rimes et un setâr en bandoulière. Ce jeune page nouvellement arrivé me semble plus doué pour les exercices physiques que pour la calligraphie et la grammaire, si j'en crois Luka, le précepteur. Djamil semble y être très attaché. Testez donc ses aptitudes au maniement des armes et à la lutte et, s'il est aussi doué qu'il en a l'air, servez-vous en pour entraîner le Prince. Cela l'aidera sûrement à se surpasser…

Ainsi fut fait. Selim, trop heureux de se dérouiller les muscles, se révéla être un élève effectivement très doué. Comme presque tous les gamins du village, il savait se battre. Mais entre se ruer sur un autre gamin les poings en avant et lutter avec un maître d'armes, il y avait de la marge. Heureusement les longues courses et les chasses dans les collines, les baignades dans le fleuve, avaient fortifié les muscles de Selim. Ses progrès furent tels qu'au bout d'un mois seulement, El Sakr lui annonça qu'à l'avenir il aurait l'honneur de se mesurer à Djamil. Le calcul du sultan se révéla judicieux. Le Prince, soucieux de ne pas déchoir aux yeux de son page, fit désormais preuve d'une ardeur inusitée dans les exercices physiques. Et si, lors des premières leçons, Selim avait dû veiller à ne pas triompher chaque fois pour ne pas démoraliser son compagnon, la lutte s'annonça bientôt beaucoup plus égale.

Cet après-midi-là, le combat avait été particulièrement ardu. Vêtus de leurs seuls sarouals, les deux garçons après s'être longuement toisés s'étaient agrippés aux épaules avant de tournoyer au cœur de la petite arène de sable dans la salle de gymnastique du palais. Une première fois Djamil avait réussi à culbuter son page, mais ce dernier après s'être roulé en boule avait, d'une détente nerveuse de ses chevilles, rejeté le Prince en arrière et s'était relevé, jambes et bras écartés, prêt à reprendre l'assaut. En fin de leçon, Selim avait eu raison de Djamil. Il l'avait désarçonné en glissant une de ses jambes entre celles de son rival tout en lui faisant subir une violente poussée aux épaules. Djamil avait basculé et s'était retrouvé couché sur le dos. Selim, plus trapu, avait pesé de tout son poids sur son adversaire, le clouant sur le sable de la petite arène. Ils s'étaient redressés, essoufflés, les corps luisant de transpiration et de grains de sable collés à la peau.

— Je crois qu'un passage au hammam ne serait pas superflu, releva Djamil. M'accompagnerais-tu ?

Le hammam était composé d'un vestiaire, d'une salle rectangulaire et d'une rotonde avec quatre petits bassins d'eau chaude ronds qui faisaient office de baignoires autour desquelles il y avait des alcôves, rondes elles aussi, munies de bancs pour les massages. Le tout était recouvert d'un camaïeu de céramiques orange et ocre aux tons chauds. Au vestiaire, ils se débarrassèrent de leurs sarouals. Un serviteur leur tendit à chacun une serviette parfumée au jasmin. Ali, qui avait assisté en spectateur attentif au combat, les accompagnait. Il enleva lui aussi son saroual blanc et son gilet grenat. Mais il conserva son cimeterre. Cela fit sourire Selim.

— Il ne le quitte donc jamais ?

— Ali, c'est mon ombre. Où que j'aille, quoi que je fasse, il doit toujours être proche de moi. À portée de cimeterre en quelque sorte…

Ils gagnèrent la salle chaude au milieu de laquelle trônait une grande fontaine d'où s'écoulait l'eau chauffée par un hypocauste. Après avoir accroché les serviettes à une patère en bois de noyer, Djamil remplit d'eau chaude une cuvette en cuivre martelé dont il versa le contenu sur la tête de Selim avant d'en faire autant sur la sienne. Il recommença plusieurs fois, jusqu'à ce que tout le sable qui leur collait à la peau soit évacué. De l'autre côté de la fontaine, Ali procédait lui aussi à ses ablutions. Tout en faisant semblant d'être accaparé par sa toilette, Selim n'avait d'yeux que pour le ventre du garde-corps. C'était la première fois qu'il voyait l'eunuque sans ses vêtements. Le sexe d'Ali ne manqua pas de l'impressionner. Les testicules flétris n'empêchaient pas le Nubien d'être bien monté et, était-ce l'effet de la moiteur qui baignait la salle ou la présence des deux adolescents nus, toujours est-il que le sexe d'Ali pointait fièrement sa tête pourpre tandis que des filets d'eau chaude sillonnaient ses pectoraux avant de s'éparpiller sur son ventre et de glisser le long de l'aine pour baigner ses cuisses. Une érection qui se révéla vite contagieuse car ils avaient tous les trois le sexe au garde-à-vous lorsqu'ils gagnèrent la rotonde. La pièce, éclairée par une ouverture au sommet de la coupole, baignait dans un clair-obscur et un brouillard brûlant qui habillait les peaux d'un voile bleuté. Tout semblait irréel, comme sorti d'un songe. Djamil entraîna Selim dans un des petits bassins. Le page, prenant appui aux bords, se laissa glisser au fond de la baignoire. Seule sa tête émergeait de l'eau fumante. Il allongea ses jambes, croisant au passage celles du Prince qui en faisait autant. Selim frissonna quand les orteils de son compagnon vinrent se nicher au creux de ses cuisses, effleurèrent sa verge qui se raidit encore un peu plus. Des éponges naturelles étaient à portée de main. Selim n'en avait jamais utilisées. La tendresse de l'éponge sur sa peau nue le surprit agréablement. C'était comme un baiser mouillé. Une délicieuse volupté l'envahit au fur et à mesure qu'il se caressait les épaules, le torse, le ventre…

La voix de Djamil lui parvint comme un souffle dans cette chaleur opaque.

— Tourne-toi, si tu veux. Je te frotterai le dos. Tu vas beaucoup aimer ça. Tu verras…

Selim s'exécuta et se laissa choir entre les cuisses du Prince dont il heurta le jeune sexe.

« Lui aussi », pensa-t-il en songeant à l'érection qu'il ne pouvait réprimer depuis qu'il avait observé Ali et que les caresses de Djamil avaient encore accentuée.

Il ferma les yeux, savourant en silence ce moment de bonheur et d'enchantement que lui procurait Djamil en lui massant les épaules, la nuque. L'éponge du Prince glissa tout le long de l'échine du page jusqu'au bas du dos, épousa la rondeur des fesses… contourna une hanche pour achever son périple autour du membre de Selim. En même temps, Djamil s'était serré contre le dos de son compagnon de bain, de manière à ce que ce dernier ne puisse ignorer le désir qui lui brûlait le ventre.

— C'est bon ?

Selim ne savait que répondre, partagé qu'il était entre surprise, plaisir et embarras. Bien sûr, il lui était arrivé de se caresser et Hassan, une fois, lui avait appris comment les garçons peuvent se donner du bon temps en attendant qu'ils puissent user des filles. Mais c'était la première fois qu'un autre garçon le tripotait. C'était plutôt agréable car la main de Djamil et l'éponge étaient si douces, si sensuelles, si intuitives, qu'il aurait aimé se laisser porter par le désir qui l'envahissait un peu plus chaque fois que les doigts de Djamil se refermaient sur la pointe de son sexe. Mais il y avait l'eunuque qui veillait dans le bassin à côté du leur. Il avait les paupières closes, mais, il ne pouvait sûrement pas ignorer ce qui se passait dans la baignoire à côté de lui.

— Et Ali ? murmura Selim.

— Ali? susurra le Prince à l'oreille de son page. Il écoute tout, mais n'entend rien. Il regarde tout, mais ne voit rien. Il sait tout, mais ne dira rien. C'est l'ombre la plus fidèle que je puisse avoir… Son seul souci, son seul bonheur, c'est le mien…

Puis Djamil posa ses lèvres sur la nuque de Selim, et, tout en maintenant ses doigts autour du sexe de son compagnon, il frotta le sien contre le dos du page jusqu'à ce qu'il s'exprime en quelques perles de nacre qui se mêlèrent dans l'eau à celles, plus abondantes et plus crémeuses, qui jaillirent du ventre exacerbé de Selim.

Le clapotis de l'eau s'apaisa. Après un long moment de silence pendant lequel les deux garçons restèrent accolés l'un à l'autre sans autre mouvement que celui de leur respiration et de leur cœur, Djamil proposa:

— Viens dans une alcôve. Ali, appelle un masseur.

Les garçons récupérèrent les serviettes parfumées et s'allongèrent côte à côte sur un banc de céramique. Il avait suffi qu'Ali claque des mains pour qu'une silhouette apparaisse dans les vapeurs du hammam. C'était un esclave noir, au crâne nu, luisant, les bras épais, baraqué comme un lutteur de foire. Ses larges mains se saisirent des épaules de Selim et les triturèrent vigoureusement. Ensuite, elles lui parcoururent l'échine à la recherche de chaque vertèbre, puis pétrirent chaque muscle des lombes avant de s'enfoncer dans les fesses pour atteindre l'articulation de la hanche. La surprise arracha un cri de douleur au garçon qui se tourna vers Djamil. Ce dernier était aux mains d'Ali. Contrairement à Selim, le Prince ne semblait pas souffrir, comme si les doigts du Nubien ne faisaient que lui effleurer les hanches. Il lui caressa la peau des fesses avant de s'attarder à l'intérieur des cuisses que Djamil écartait comme pour inviter Ali à glisser ses pouces au plus profond, au plus intime. Ce qu'il fit. Pendant ce temps, les cuisses de Selim subissaient à leur tour l'assaut du masseur. Elles furent triturées, malaxées, pressées comme si on avait voulu en extraire la moindre once de graisse. Le page avait l'impression d'être haché menu, d'avoir les fesses et les cuisses en compote. Il se demandait si le supplice aurait jamais une fin. À ses côtés, Djamil semblait alangui, les yeux mi-clos, les lèvres embuées. Les doigts d'Ali lui lissaient les mollets, lui massaient les chevilles avant de s'attarder à la plante des pieds. Djamil gloussa avant de se retourner :

— Tu me chatouilles, Ali ! Mais j'adore tes doigts de fée...

Un rire silencieux s'épanouit sur la figure du Nubien. Au bas du ventre, son sexe ne cachait rien du bonheur qu'il éprouvait chaque fois qu'il massait son Prince. L'esclave noir s'éclipsa. Selim poussa un profond soupir de soulagement.

— Je me demande si mes os tiennent encore ensemble...

— La prochaine fois, je te prêterai Ali. Tu verras comme il est doux. Doux comme une ombre.

La prochaine fois...

Il y eut beaucoup de prochaines fois.

Djamil était le Prince. Selim ne pouvait que lui obéir malgré le trouble qui s'emparait de lui chaque fois que celui-ci l'invitait à partager son intimité. Au début ce n'était qu'un jeu.

— Si tu m'apprenais la manière dont tu t'y prends pour esquiver les prises de tes adversaires au combat. Tout à l'heure, pendant la leçon de lutte, aucun des garçons ne t'a tenu tête. Quel est ton secret ?

C'était plutôt flatteur. Selim ne demandait pas mieux que de partager son savoir-faire avec Djamil. Sous l'œil amusé d'Ali, les garçons reculèrent sofas, tabourets et poufs pour délimiter une aire de combat dans l'appartement du Prince. Ils se débarrassèrent de leurs vêtements, ne conservant que le pagne qu'ils portaient sous la tunique.

— C'est facile. Ne bouge pas. Regarde. Un : j'écarte la jambe droite. Deux : je la lance en avant en tournant. Trois : j'accroche ton genou par-derrière. Quatre : je tire un coup sec. Et tu tombes.

Et Djamil tomba une fois de plus.

— À mon tour !

Djamil s'appliqua. Sa jambe droite virevolta, accrocha le pli du genou de Selim et les deux garçons glissèrent sur le tapis. Selim, plus grand et mieux entraîné que le Prince aurait pu renverser la situation en sa faveur. Il n'en fit rien.

Ils recommencèrent plusieurs fois, se retrouvèrent tour à tour au tapis, puis, les gestes s'amollirent, la lutte se fit plus langoureuse. Quand Djamil accrocha une dernière fois sa jambe au genou de Selim, il bascula en arrière, entraînant le page dans sa chute volontaire. Les bras de Djamil se refermèrent sur les reins de Selim. Ils haletaient tous deux. Selim voulut se relever, mais le Prince resserra son étreinte, révélant à son page le désir qui durcissait son ventre, qui se communiquait au sien.

— Tu sens comme je t'aime...

La voix de Djamil n'était plus qu'une caresse qui s'ajouta à celles de ses mains. Ses doigts s'étaient insinués sous le pagne du page et se coulèrent dans la douceur molle des fesses, au plus tendre, au plus intime. Selim n'y résista pas. Il succomba en soupirant, aspergeant le ventre de Djamil.

— Excuse-moi, je ne voulais pas...

— Mais si, tu voulais... Tu n'as pas à t'excuser de m'aimer. Tu m'aimes, n'est-ce pas ?

Selim était troublé. Ce garçon plus jeune que lui lui imposait, parce qu'il était Prince, une façon d'aimer qui le surprenait. Mais Djamil était si doux, si tendre, si entreprenant... L'aimait-il ? Comme un garçon doit aimer une fille ? Sans doute pas. Ou pas encore. Cela viendrait peut-être. Qui sait ? L'amitié qui le liait à Djamil se muerait-elle en autre chose de plus profond ? De plus profond, vraiment ? Et si ces caresses n'étaient qu'un jeu ?

Pour toute réponse Selim posa ses lèvres sur le front de Djamil, entre les sourcils, là où une petite ride se creusait lorsque Djamil le poète cherchait des rimes pour satisfaire Luka.

Par la suite, Djamil ne prit même plus la peine de chercher un prétexte, comme l'apprentissage de la lutte, pour entraîner Selim dans ses joutes d'amour. Lorsque le Prince l'invitait dans ses quartiers, Selim devinait rien qu'au son de sa voix ce qui l'attendait. Lorsqu'elle était plus veloutée, plus suave que d'habitude, il savait que Djamil le pousserait sans attendre sur le grand lit et qu'il le couvrirait de baisers en le déshabillant. Djamil qui dessinait sur sa poitrine, son ventre, ses cuisses, son sexe, les itinéraires du plaisir. Djamil qui le dévorait de baisers, qui lui épuisait le corps dans un chaos désordonné de caresses du bout des doigts, du bout des lèvres, du bout du sexe. Djamil qui lui grisait le cœur, qui lui saoulait l'âme. Djamil qui le vidait de son sperme.

— J'aime quand le plaisir t'inonde, disait-il.

Alors, du bout de l'index, il traçait un cœur de sperme autour du nombril.

— Le nombril, c'est le sourire du ventre... Le tien, il est doux comme ton regard...

Puis, à petits coups de langue, il effaça le cœur qu'il venait de dessiner. Selim gémit, s'abandonna, abjura toute pudeur. Son sexe oscilla à nouveau, croisa celui de Djamil, plus petit, plus râblé mais tellement gourmand.

Quand ils étaient rassasiés, le Prince saisissait le setâr qu'il conservait dans la chambre et il en caressait les cordes, les faisait chanter comme il avait fait gémir son amant.

Entre deux notes, il promettait :

— Quand j'aurai seize ans, dans quelques mois, tu seras mon écuyer. Tu as vaincu le fleuve. Avec toi et Ali à mes côtés, je serai invincible...

Ou encore :

— Quand je serai sultan de Kazarkhan, tu seras mon vizir...

Selim protestait.

— Mais je n'y connais rien en politique.

— Et alors ? Cela s'apprend. Comme tout le reste. Je t'apprendrai la politique. Tu m'apprendras à vaincre le fleuve…

Chaque fois qu'il évoquait le fleuve, Selim se crispait :

— Non. Pas le fleuve. Le fleuve, c'est la mort. Je ne veux pas te perdre.

Djamil insistait :

— Voyons, Selim. Ce n'est que de l'eau. Tu en es bien sorti vivant. Comme ton ami Hassan, comme d'autres avant lui…

— Oui, bien sûr ! Mais ni Hassan, ni aucun autre n'a jamais défié le fleuve une seconde fois. Parce qu'ils savent que ce qui est écrit est écrit. Et qu'Allah — Béni soit son Saint Nom ! — n'écrit jamais deux fois la même histoire…

Le soir tombait. Ali, qui s'était fait discret pendant les ébats des garçons, réapparaissait. Selim récupérait ses vêtements éparpillés sur le lit avec ceux de Djamil. Une dernière caresse, un baiser volé. Jusqu'à la prochaine fois, au hammam ou ailleurs…

LE CHASSEUR

Le trio avait gagné la montagne en amont du village de Selim. Un paysage grandiose, avec des forêts de pins entrecoupées de torrents qui iraient grossir le fleuve. Le printemps qui s'achevait, explosait en milliers de corolles, des fougères dépliaient leurs crosses d'un vert tendre entre des taillis et des ronciers. Les stridulations des grillons se mêlaient au chant des oiseaux, au fracas des cascades. Dans le ciel d'un bleu laiteux, quelques aigles traçaient des orbes noirs, ponctués de temps à autre d'un glatissement bref.

— C'est le paradis, ici ! Tu en as eu de la chance, Selim, de pouvoir vivre et courir dans ce pays. Tu ne t'es jamais perdu ? Tous ces torrents, ces rochers, ces falaises se ressemblent. Comment t'y retrouvais-tu ?

Un chevreuil, surpris par les cavaliers, bondit en travers de la piste qu'ils suivaient. Selim tendit son arc, fit mine de le viser avant de répondre…

— C'est facile. Tous les torrents mènent au fleuve. Et le fleuve au village…

— Justement ! En voici encore un, de torrent… Si on s'arrêtait un peu. J'ai envie de me dégourdir les jambes. Ça fait si longtemps que nous chevauchons. Un peu de repos ne fera pas de tort à nos bêtes. Ali ! Tu les surveilles pendant que Selim m'accompagne ?

— Oui, Maître. Mais ne vous éloignez pas trop!

— Voyons, Ali! Il n'y a pas âme qui vive à des lieues à la ronde… Regarde là-haut. Les aigles nous surveillent. C'est suffisant, non?

Les deux garçons remontèrent la piste et s'approchèrent de la rivière qui dégringolait la montagne en creusant régulièrement des vasques entre de gros rochers de granit. L'une d'elles étalait son eau limpide que le soleil moirait. Des bulles et un peu d'écume frémissaient à sa surface, venaient se dissoudre contre une large pierre plate sur laquelle les garçons s'étaient assis. Les doigts de Djamil caressèrent l'eau. Elle était d'une fraîcheur bienvenue après la chaleur de la montée.

— Je ne sais pas ce que tu en penses, Selim, mais…

— Je pense que cette eau ne demande qu'à nous accueillir. Les aigles veilleront sur nos tuniques et Ali n'est pas loin…

Ils se déshabillèrent sans hâte, puis, tour à tour, sautèrent dans l'eau qui pétillait autour de leurs corps. Selim remonta la vasque jusqu'au pied de la cascade. L'eau y avait creusé une sorte de niche profonde où elle bouillonnait. Debout dans la cavité il se laissait asperger. Le courant crépitait sur ses épaules, lui massait la nuque et le dos. Djamil se contentait de se laisser flotter au milieu du bassin. Il remuait à peine les mains, les pieds, juste assez pour ne pas se laisser déporter hors de la flaque de soleil qui lui tannait le ventre. Après s'être longuement douché sous la cascade, Selim se laissa à son tour dériver vers le cœur de la vasque. Le temps semblait suspendu…

— Tu viens?

Selim reconnut aussitôt le ton suave et rauque de la voix de Djamil.

— J'ai envie de toi, Selim. C'est si beau, ici, que ce serait dommage de ne pas s'y aimer. Tu veux bien?

C'était le genre de question à laquelle on ne répondait pas.

Selim ramassa ses vêtements, ceux de Djamil, et suivit le Prince. Ils étalèrent leurs tuniques entre des touffes de fougères et puis… Et puis, comme à chaque fois, ce fut Djamil qui fit les premiers gestes. Sa bouche caressa celle du page, les mains s'enfiévrèrent autour des fesses, glissèrent plus bas, à la saignée des genoux. Selim se laissa tomber à la renverse, les deux corps s'enroulèrent l'un à l'autre, les jambes se délièrent, se tendirent, se chevauchèrent, les sexes tendus s'affûtaient, se croisaient…

— Je connais un poème que Luka ne veut pas nous apprendre…

Djamil s'était redressé, ses genoux appuyés de part et d'autre du torse de Selim, sa verge, en pleine gloire, narguait le menton du page.

— « J'aimais un jeune faon à la peau brune… » Dans le poème elle est claire, mais il faut savoir interpréter les choses…

Les mains de Djamil lissaient les épaules de Selim. Elles étaient douces au toucher. Du vrai satin. Selim écarta les bras. À la naissance des aisselles quelques poils frisottaient.

— Oh ! Comme toujours, tu as une longueur d'avance sur moi ! Regarde, fit-il en écartant les bras lui aussi. Je suis encore tout nu de ce côté-là. Ce n'est pas comme en bas…

Il était assez fier de la toison qui lui ombrait désormais le ventre. Comme Selim. Comme les soldats qu'il regardait parfois entre deux entraînements lorsqu'ils faisaient leurs ablutions autour de la fontaine dans la caserne du palais. Il avait le sentiment d'avoir franchi une étape. Les poils au ventre, c'était la fin de l'enfance.

— « Si je pouvais, je me ferais papillon… »

Djamil agita doucement les bras. Selim sourit.

— Un papillon ! Et que feriez-vous si vous étiez papillon ?

— « Juste pour me poser sur tes lèvres vermeilles… »

Djamil se pencha, sa bouche se fondit à celle du page… avant de voleter plus bas, de lécher les pointes brunes de la poitrine qui se gonflaient. Il chuchota :

— « Ou encore butiner les fleurs de ta poitrine… »

Djamil se souleva un peu, ses mains saisirent les hanches de son compagnon, le firent pivoter, tout en le maintenant entre ses cuisses... puis s'arrondirent sur ses lombes.

— « Effleurer les pommes rondes de tes jolies fesses... »

— C'est vrai qu'elles sont jolies... Pas vraiment des pommes, mais souples et fermes à la fois... Un régal pour les yeux, un régal pour les doigts...

Les pouces de Djamil s'étaient enfoncés au creux des fesses, dans la moiteur tiède du périnée. Selim se souleva légèrement pour donner un peu de liberté à son sexe endolori à force d'être tendu. Les mains de Djamil se crispèrent sur chaque hémisphère, les écartant juste assez pour y glisser la pointe de sa verge.

— « Et pour finir glisser ma trompe au plus profond de ta rose secrète... »

À quelques dizaines de mètres en surplomb de la vasque, Rachid avait tout observé. C'était un chasseur, un braconnier kathar. Un homme au caractère et à l'aspect hirsutes. Une barbe rousse lui mangeait la moitié de la figure. Il avait vu les garçons s'ébattre dans le torrent et avait pesté :

— Ils se croient chez eux, ces deux godelureaux... Aucune pudeur ! Déjà qu'ils ont fait fuir le chevreuil que je pistais... Voilà qu'ils se croient dans un bain public...

Lorsqu'il vit les deux adolescents s'accoupler, son sang ne fit qu'un tour :

— Oh, les petits vicieux ! Les pourceaux ! Mais je t'en donnerais, moi, de s'enculer comme des bêtes ! Et en plus, ils ont l'air d'aimer ça ! Mais vous allez voir, mes saligauds, vous allez voir, ce que c'est que de forniquer dans mes bois...

Au fur et à mesure qu'il observait les deux garçons, l'excitation se mêlait à l'indignation du chasseur. Sa respiration se fit plus saccadée, et c'est en tremblant presque qu'il saisit le long fouet qu'il avait accroché à son cheval et qu'il descendit vers les deux amants trop occupés par leurs ébats pour l'apercevoir.

Le bruit de la cascade étouffait celui de ses pas et, d'ailleurs, Rachid, habitué à traquer le gibier, savait se déplacer sans se faire remarquer.

La lanière de cuir cingla les fesses de Djamil et s'enroula autour de son ventre. D'un coup sec, Rachid l'arracha du dos de Selim tout en envoyant à ce dernier un coup de bottes dans les flancs et à la figure. Le garçon s'effondra, assommé. Djamil, enlacé dans le fouet, paralysé par la peur, voulut hurler, mais aucun son ne sortit de sa bouche. Déjà Rachid l'entraînait, le poussait devant lui en maugréant :

— Ah ! Tu as envie de baiser, mon cochon ! Ben, tu vas être servi. Tu vas voir comment un vrai Fils d'Allah traite les dévergondés de ton espèce…

Djamil trébucha, et c'est à quatre pattes qu'il dut gravir le talus qui menait au campement du braconnier. Rachid ricanait.

— À quatre pattes ! Comme une bête… Ha ! ha ! ha ! Comme quand tu pissais dans le cul de l'autre… Ça te va bien de courir à quatre pattes ! Tu aimes ça, non ?

Et il faisait siffler son fouet aux oreilles du garçon. Dès qu'ils eurent rejoint l'endroit où quelques branchages abritaient ce qui lui tenait lieu de campement, Rachid noua les poignets de Djamil et les attacha au tronc d'un pin. Le Prince s'était mis à sangloter. Pour éviter qu'il ne crie et n'alerte son compagnon au cas où ce dernier aurait repris ses esprits, Rachid le bâillonna avec une sangle de cuir, lui déchirant la commissure d'une lèvre. Le sang qui perlait sous la sangle eut le don de l'exciter encore davantage.

— Ah ! tu voulais baiser. Ben, ça va être ta fête, mon cochon…

Une sorte de fièvre lubrique avait saisi Rachid. Il baissa son froc. Son sexe, trop longtemps contenu, se dressa, affamé, prêt à goûter ce cul si tendre, si blanc, si frais…

— Un vrai cul de vierge ! Faut croire que c'est Allah — Béni soit son Saint Nom ! — qui t'envoie… Cela fait des semaines que ma bite n'a plus été rassasiée… Regarde comme elle a envie de toi !

Malgré lui, Djamil tourna la tête et, en dépit les larmes qui lui brouillaient les yeux, il distingua le ventre de Rachid, son sexe énorme, violacé, qui surgissait d'une épaisse broussaille grise et deux grosses couilles velues.

— C'est autre chose que toi, hein, ma mignonne ! Laisse-moi, t'appeler mignonne. Comme ça, j'aurai vraiment l'impression de baiser une vierge… C'est pas comme les petites prunes qui te servent de couilles… Je pourrais les croquer d'un seul coup de dents… Ha ! ha ! ha !

Il avait glissé une main dans l'entrejambe du garçon et s'amusait à lui pincer les couilles, les faisant rouler entre ses doigts, les griffant. Djamil aurait voulu hurler, mais il ne pouvait que gémir.

— Tu peux bien gémir, va, ma mignonne ! Quand c'était l'autre qui te les léchait, tu rigolais, non ? Alors, ne fais pas la mijaurée, je suis sûr que t'adores te faire mettre une bite dans le trou. Comme la petite pute que tu es. J'en ai fait hurler, des femelles, avec mon engin. Et elles en redemandaient, les putains ! Alors, toi, avec ton petit cul de sainte nitouche, tu vas voir comme tu vas baver…

Rachid ne se contenait plus, une frénésie sauvage s'était emparée de lui, décuplée par la vue des fesses de Djamil. Il cracha dans ses mains un jet de salive épais, gluant, et en enduisit l'anus du garçon en lui enfonçant deux doigts entre les fesses. Djamil, instinctivement, resserra ses muscles, refermant son sphincter sur l'index de Rachid.

— C'est ça ! Résiste, ma mignonne ! J'adore les femelles qui résistent. Elles sont tellement plus excitantes que les autres.

Rachid continuait à fouailler l'intimité de Djamil avec un doigt pour préparer la voie à son membre.

— Ah ! Ce cul ! Ahhh ! Ahhh ! Ce cul !

Le sexe de Rachid, gorgé de sang, se cabra, se planta dans le creux ouvert par ses doigts. Une dernière poussée, et il allait pouvoir dégorger, jouir…

— Aaah ! Ce cul ! Ce cul ! Tu vas v…

Un voile rouge barra les yeux de Rachid. Une bulle rosâtre vint crever à la commissure de ses lèvres, suivie d'un peu de salive, puis d'un flot de sang. Rachid s'écroula sur le dos de Djamil, le poignard d'Ali planté entre les omoplates…

JOURNAL DE LUKA

Ce n'est qu'après plusieurs jours que la chape de silence se fissura…

Pourtant, il aurait fallu être aveugle pour ne pas deviner que quelque chose d'inhabituel s'était produit lors de la dernière randonnée du Prince.

Selim s'était réjoui de faire découvrir à Djamil les contreforts forestiers où il avait vagabondé une bonne partie de son enfance. Rien qui justifiât des mesures de sécurité particulières même si la tribu des Kathars, à quelques lieues de là, n'avait jamais caché ses velléités d'indépendance par rapport au Kazarkhan. La paix régnait du côté du fleuve, et c'est seulement accompagné de Selim et d'Ali que le Prince quitta discrètement le Palais. Une escorte trop voyante aurait pu attiser des rancœurs inutiles, voire susciter des manifestations d'hostilité. La discrétion était donc de mise ce matin-là. Cette fois, je n'étais pas de la partie. Il faut dire que depuis l'irruption de Selim dans notre vie, le prince héritier semble avoir trouvé un compagnon avec lequel il partage de plus en plus de temps, voire d'intimité. Selim est de la race des chiens fidèles. Docile, courageux, il a les faveurs d'El Sakr. Il n'a pas fallu longtemps à ce coureur de bois pour apprendre à monter à cheval, à manier le sabre et à ajouter l'arc à son arsenal de chasseur et de guerrier, sans pour autant abandonner la fronde. Par une sorte de contagion qui a fait le bonheur de Sa Grandeur, Djamil n'a pas voulu être en reste et El Sakr ne désespère plus d'en faire un guerrier digne de Kazarkhan. Par contre, la philosophie et la poésie que Djamil voudrait que nous partagions laissent plutôt le page indifférent. Il n'y a que lorsque le Prince accompagne ses rimes de quelques notes de setâr que le garçon semble apprécier le monde littéraire. C'est donc un Selim ravi qui franchit le portail du palais, assuré qu'il était de passer une journée au grand air, libre comme le vent qui s'emmêlait dans ses cheveux. Une journée qui s'annonçait lumineuse. Et puis…

Et puis ce retour en catastrophe, cette façon de s'engouffrer dans le palais sans répondre aux saluts des gardes. Les chevaux à la robe couverte d'écume, exténués par un long galop forcé. Youssouf appelé à la rescousse sitôt les montures confiées aux palefreniers. Comme s'ils avaient croisé une nouvelle fois la trace d'un crotale… Selim confiné dans les quartiers du Prince… L'Histoire bégaierait-elle ?

Comme toujours Ali ne pratiquait d'autre langue que le mutisme absolu. Selim ne se montrait pas et Djamil semblait éteint. Il avait perdu la flamme qui animait le velours de ses yeux et, pendant que j'énonçais des pensées d'Aristote ou un théorème de géométrie, son regard perdu ne se fixait sur rien. Même son setâr ne le distrayait pas…

À la fin, je n'y tins plus. Cela faisait trois jours que j'avais l'impression de donner cours à une pierre tombale.

— Si vous me racontiez ce qui s'est passé… Le silence des tombeaux convient peut-être aux morts, mais vous êtes vivant ! En partageant votre peine, vous la rendriez plus légère.

Le prince haussa les épaules. J'insistai.

— Et votre page ? Est-il blessé ? Est-ce que c'est grave ?

— Selim nous rejoindra dès que les pommades de Youssouf auront effacé les traces des ecchymoses sur sa figure… Cela ne devrait plus tarder…

— Des ecchymoses ? Pourquoi tant de mystères pour de simples ecchymoses ?

— Parce que… Parce que Selim n'avait pas envie que l'on se moque de lui pour une mauvaise chute…

Djamil mentait mal. Il réalisa immédiatement que son explication me laissait incrédule. Il voulut sans doute corriger le tir.

— Et puis…

À court d'arguments, Djamil se leva brusquement, abandonnant son écritoire, et se précipita vers ses appartements en balbutiant, la voix brouillée de larmes :

— Et puis, vous ne pourriez pas comprendre…

Je ne le retins pas. Mais je profitai qu'Ali était toujours présent pour tenter de le sortir de son mutisme habituel.

— Et toi, Ali : si tu m'expliquais ce que je ne peux pas comprendre ? Comme moi, tu es attaché au Prince. Comme moi, tu voudrais qu'il retrouve le sourire. Alors, dis-moi pourquoi il l'a perdu. Avec ton secours, je pourrai peut-être l'aider à le retrouver…

Ali hésita longuement avant de s'ouvrir. Puis, en quelques phrases laconiques, il me résuma les événements : Djamil et Selim partis en aparté et surpris par un braconnier. Selim assommé. Djamil enlevé pour être violé. Selim qui revient à lui, qui prévient Ali. Le poignard. La mort du braconnier.

Comme une bulle fétide, le souvenir de ma traversée vers Tripoli remonta à la surface de ma mémoire. Djamil avait échappé au pire. Le poignard d'Ali lui avait évité de se faire embrocher vif par le sexe d'un salaud comme je l'avais été. Il avait fallu toute la sagesse et la tendresse d'Omar pour que je redécouvre le bonheur qu'il y a à partager son corps avec celui d'un autre.

Le lendemain, je repris la leçon comme si rien n'était venu l'interrompre. Djamil se montra plutôt attentif et résolut sans peine les quelques équations que je lui proposai. Quand il eut terminé, il m'annonça, comme par inadvertance :

— Selim sera de retour dès demain.

— Je suis très heureux qu'il soit remis de sa chute…

Le Prince me fixa, les yeux plissés et les sourcils froncés.

— Vous savez parfaitement qu'il n'est pas tombé. Ali vous a tout raconté, n'est-ce pas ?

— Pardonnez-moi, mais j'avais effectivement besoin de comprendre. Non pas pour satisfaire une curiosité mal placée, mais parce que j'avais envie de retrouver le Prince avec le sourire qui lui est coutumier… N'en veuillez surtout pas à Ali s'il a trahi votre secret !

— Ali ne m'a pas trahi. C'est à ma demande qu'il vous a révélé ce qui s'est passé l'autre jour. Sinon, vous auriez pu l'écorcher vif qu'il n'aurait pas ouvert la bouche… Mais j'en avais assez de ressasser la même honte à longueur de journée. Qu'est-ce que j'ai fait pour que cet homme ait envie d'abuser de moi ? Vous pourriez me le dire, vous qui avez à peu près réponse à tout ?

— Mais rien, Mon Prince, rien ! Vous n'avez rien fait d'autre que d'être là au mauvais moment, au mauvais endroit.

— Mais l'endroit était merveilleux et nous passions, Selim et moi, un merveilleux moment…

— Oui sans aucun doute. L'endroit était merveilleux et vous aviez tout pour être heureux. Je n'en doute pas. Mais votre bonheur aura rendu cet homme jaloux, votre beauté aura réveillé en lui d'autres démons… Remerciez le ciel qu'Ali soit intervenu à temps sinon…

— Sinon…

Je lui racontai comment j'avais subi les assauts de quelques marins avinés, comment Michka était mort à force de se faire transpercer le cul par des hommes en chaleur, comment Alexis avait été décapité pour avoir voulu résister, comment Kyril et moi avions survécu à l'enfer.

— Il y a des démons qui transforment les hommes en bêtes immondes et alors, mon Prince, ils sont pires que les pires des loups… Leur âme n'existe plus et leur corps se réduit à ce bout de chair à plaisir qui se tend et se nourrit sans vergogne de ce qu'ils imaginent être de l'amour et qui n'est que lubricité…

— Mais vous, Luka, comment avez-vous fait pour guérir ?

— J'ai eu la chance de rencontrer Omar. Ensemble, nous avons exorcisé les gestes sacrilèges et, dans ses bras, j'ai redécouvert les gestes de l'amour.

— Mais comment faire la différence alors que ce sont les mêmes gestes ?

— Ce sont les mêmes gestes en apparence, mais transcendés par l'amitié ou l'amour dans un cas, dénaturés par la violence et la haine dans l'autre. Quand le chasseur a posé ses mains sur votre peau…

— J'ai eu des haut-le-cœur…

— Alors que si ç'avaient été les caresses d'un être aimé, vous en auriez goûté toute la saveur…

— Peut-être. Mais j'ai l'impression que demain, quand quelqu'un approchera ses doigts de mon corps, j'éprouverai de la répulsion, que l'image du chasseur viendra se superposer à celle de mon ami…

— C'est bien pour cela qu'il vous faut au plus tôt refaire les mêmes gestes, partager à nouveau le plaisir d'être aimé. Vous avez échappé au pire, mon Prince. Votre agresseur est mort. Ne le laissez pas triompher en vous privant de cette source inépuisable de bonheur que peuvent être le corps et l'âme d'une personne bien-aimée. Je crois pouvoir deviner qu'entre Selim et vous il y a plus que de l'amitié. Je me trompe ?

Le Prince baissa les cils, ses joues rosirent. Son silence équivalait à un aveu.

— S'il vous aime vraiment, si vous l'aimez vraiment, vous devriez pouvoir surmonter cette épreuve. Vous auriez tort de nous priver tous de votre sourire alors qu'il suffirait peut-être de quelques caresses pour que votre appétit de vivre reprenne le dessus. Si vous manquez d'imagination, consultez donc les poètes…

Quelques jours plus tard, je découvris un poème calligraphié sur un morceau de vélin, égaré entre deux pages des œuvres de Méphistos. Je reconnus l'écriture de Djamil.

Quand j'effeuille ton âme,
Que tes lèvres s'abandonnent

Quand mon ventre se pâme…
Que ton corps nu frissonne
Mes songes s'enflamment…
Que Dieu nous pardonne
Ou qu'à mourir d'amour
Il nous condamne…

Il avait ajouté quelques mots griffonnés à la hâte : « Luka avait raison. Pour vaincre nos démons, il n'y a que la poésie. »

La vie reprit son cours. Djamil aurait bientôt seize ans. Mon rôle de précepteur s'achèverait. Ma vie allait-elle à nouveau bifurquer ? Le jeune Prince serait davantage accaparé par les affaires. Désormais, il devrait faire ses preuves avec El Sakr, « Le Faucon », le maître d'armes qui était aussi le chef des armées du sultan. Restait encore une formalité qui relevait du folklore politique local : conjurer la malédiction de Malik.

LA MAISON DE LA JUIVE

— Massoud !

Salomé s'avança pour accueillir le nouvel arrivant. C'était un habitué. Un claquement de doigts suffit pour qu'une fille à peine voilée s'approche en balançant des hanches.

— Que puis-je t'offrir, cher ami ? Du vin ? Je viens d'en recevoir de l'excellent en provenance du Liban ? Ou tu préfères un alcool plus fort ? J'ai de l'élixir de Shiraz…

— Je te fais confiance, Salomé ! Ton choix sera le mien…

— Mets-nous du vin, Loubna ! Une carafe et deux coupes. Avec un peu de cannelle. Mon ami Massoud en raffole…

Le regard de Massoud s'attarda sur la croupe de la fille qui les servait. Des languettes de tissu colorées laissaient deviner les globes charnus de ses fesses. Salomé, fine mouche, remarqua l'étincelle qui s'allumait dans les yeux de Massoud.

— Et pour la fille ? Ce sera Leilah, je suppose ? Comme d'habitude. Ou bien tu as envie d'une nouvelle ?

Elle tendit le bras vers la serveuse qui quittait la salle. Les bracelets argentés cliquetèrent à son poignet.

— Comme Loubna qui vient de nous servir. Elle a le cul très accueillant, si tu vois ce que je veux dire. À ta santé, Massoud !

Elle remplit les coupes d'un vin grenat, épais, épicé, comme Massoud l'aimait.

— J'ai aussi une jeune Circasienne, un vrai bouton de rose à peine éclos… Presque des seins de garçon !

— Elle est vierge ?

— Oh ! Le coquin ! Tu es bien placé pour savoir qu'une fille ne reste pas longtemps vierge dans une maison comme la mienne…

— Justement…

— Justement quoi ? Tu as des envies particulières tout à coup !

— Pas spécialement pour moi. Non. Leilah suffit à faire mon bonheur… Quoiqu'une jeune et jolie vierge, je ne dirais pas non… Aucun homme ne refuse ce genre de gâterie… Mais, en fait, je ne suis pas venu pour la bagatelle mais pour affaires…

— Pour affaires ? Le Palais est en manque de courtisanes ? Sa Grandeur veut organiser une grande nouba et voudrait offrir des filles expertes à ses invités ?

— Non. Tu n'y es pas. En fait, le prince va sur ses seize ans…

— Et ce grand nigaud a besoin d'être déniaisé ?

— C'est une manière de voir les choses. Mais en fait, c'est beaucoup plus politique…

Un rire sarcastique fit se trémousser les seins de Salomé.

— Politique ? Mais où vas-tu nicher la politique, mon cher Massoud ?

— La malédiction de Malik ? Tu en as déjà entendu parler ?

— Là, tu commences à m'intriguer… Je te remets un peu de vin ?

— Volontiers. Il est excellent…

— Et Malik ? D'où il sort, ce type ?

— Il y a quelques siècles, bien avant que Kazarkhan ne se convertisse à la Vraie Foi, le sultan Malik régnait sur la cité…

— Tu sais : Malik ou Mustapha ou encore un autre… Le passé est le passé… Tu n'es quand même pas venu uniquement pour me donner une leçon d'Histoire ?

— Tu vas comprendre. Malik n'était pas porté sur les femmes et de ce fait n'a pas pu assurer sa descendance. À sa mort, il s'en est suivi une guerre de succession entre plusieurs cousins. Une guerre ruineuse pour Kazarkhan.

— Oui. Mais je ne vois toujours pas où tu veux en venir…

— Pour conjurer ce genre de désagrément, les ancêtres d'Ibrahim instituèrent alors une coutume : pour qu'un jeune prince puisse accéder au titre de Prince héritier, il lui faudrait désormais déflorer une vierge le soir de ses seize ans… Histoire d'apporter au peuple une preuve de sa virilité, de sa capacité à assurer sa succession… La dernière fois, ce fut le cas pour Ibrahim. Mais cela fait si longtemps, que peu s'en souviennent… Et dans quelques semaines, ce sera le tour de Djamil

— Laisse-moi deviner la suite de l'histoire… Tu as besoin d'une fille pour permettre au Prince Djamil de succéder à son père…

— Exactement. Une fille jolie. Consentante…

— Experte de préférence… Sinon, tu ne ferais pas appel à mes services. N'importe quelle fille de chamelier ferait l'affaire.

— Tu as parfaitement compris. Et j'ajouterai, vierge, bien entendu !

— Tu rêves ou quoi ? Une fille vierge chez la Juive ? Autant chercher un poisson dans les nuages…

— Je sais. Mais il t'arrive parfois de renouveler ton cheptel…

— Mon cheptel ! Merci pour mes filles ! La prochaine fois, au lieu de Leilah, tu te contenteras d'une chamelle. Tu verras alors s'il n'y a pas de différence entre le caravansérail et ma Maison.

— Pardon, Salomé ! Ce n'est vraiment pas ce que j'ai voulu dire…

— Mais tu l'as dit !

— Voilà qui va calmer ta colère !

Massoud sortit une bourse de la poche de sa gandoura. Rien qu'en la soupesant, le visage de Salomé se plissa d'un sourire.

— Jolie, experte et vierge ! C'est une fleur rare que tu recherches, Massoud. Mais nous la trouverons. Dès demain, je chargerai Nouri de chercher une pucelle digne d'un prince.

La carafe était vide. Salomé s'était redressée.

— J'appelle Leilah ? Ou tu veux tâter de la Circassienne ? Ou Loubna ?

Massoud étira ses jambes sous la gandoura. Il lissa la barbiche qui prolongeait son menton, puis, comme s'il avait longuement réfléchi :

— Pourquoi pas la Circassienne ? Cela fait longtemps que je n'ai plus goûté le parfum d'une rose en bouton. Et rajoute une carafe. Avec un doigt de cannelle. Ton vin est délicieux…

— Selim ?

— Oui, mon Prince !

— Est-ce que je peux te poser une question, disons… intime ?

— Voyons, mon Prince… Mon intimité n'a pas beaucoup de secrets pour vous.

Les deux garçons déambulaient dans les jardins du Palais. Djamil avait cueilli une rose pourpre. Il la faisait pivoter entre deux doigts sous ses narines. Il aspira longuement son parfum pénétrant avant de continuer.

— Tout comme la mienne n'en a pas beaucoup pour toi non plus. Je sais. Mais ce n'est pas de notre intimité que je voulais te parler. C'est plutôt de ton intimité avant notre rencontre…

— Je ne vois pas ce que je pourrais vous apprendre que vous ne sachiez déjà… Vous savez presque tout de moi…

— Presque…

Le regard de Djamil se fit plus insistant.

— Dis-moi, alors : dans ton village, as-tu connu des filles ?

Selim haussa les épaules

— Je les connaissais presque toutes. Pourquoi cette question ?

Djamil fit la moue.

— Je me suis sans doute mal exprimé. Je veux dire connu comme des amoureux… Comme toi et moi…

Les joues de Selim se teintèrent du même pourpre que la rose qu'effeuillait Djamil. La réponse, si simple fût-elle, l'embarrassait. Le Prince ne serait-il pas déçu de découvrir que son ami, qui avait vaincu le fleuve et le crotale, n'avait jamais goûté aux charmes supposés des filles. Avec les garçons du village, il était de bon ton de se vanter d'exploits imaginaires. À les entendre, ils avaient tous caressé des nichons, glissé leurs mains sous des jupes. Les plus hardis laissaient même entendre qu'ils avaient poussé leur oiseau au plus profond du nid. Comme c'était invérifiable, chacun faisait semblant d'y croire en espérant que les autres goberaient ses propres vantardises. Mais cela, Selim le pressentait, ne marcherait pas avec le Prince. Une réponse trop évasive appellerait des précisions qu'il serait bien incapable d'apporter. Aussi préféra-t-il jouer franc-jeu, au risque de décevoir son ami.

— Non. Je n'ai pas connu de filles comme tu l'entends. Mais, encore une fois, pourquoi cette question ?

— Je vais bientôt avoir seize ans, Selim. Et à seize ans un futur sultan de Kazarkhan se doit de montrer qu'il est capable de faire avec une fille ce qu'on attend d'un homme...

— Ce ne doit pas être si compliqué... Tôt ou tard, presque tous les hommes le font...

— Presque tous... oui. Mais toi, même si tu ne l'as jamais fait, comment le ferais-tu ?

— Je pense qu'on doit le faire comme on le ressent. Ce sont des gestes qui ne demandent pas beaucoup d'explications. Ils sont gravés quelque part au fond de nous-mêmes.

— Comme quand nous faisons l'amour ensemble ?

— Oui. Exactement comme lorsque vous m'aimez. Je suis sûr que vous n'avez pas eu besoin de demander à quelqu'un. C'était écrit là, au fond de votre cœur.

— Oui. Mais toi, je t'aime. Je t'aime vraiment. J'ai vraiment envie de t'aimer. Tandis qu'une fille, inconnue de surcroît...

— Elle sera sûrement très jolie...

— Je n'en doute pas… Mais on ne me demandera même pas de l'aimer. Tout juste de la prendre. Comment veux-tu que je le fasse si je n'ai aucun désir pour elle ?

— Peut-être que le désir viendra rien qu'en la regardant…

— J'aurais aimé que tu me dises ce qu'on ressent dans le ventre d'une fille. Si c'est aussi bien ou mieux qu'avec un garçon ?

— Cela dépend du garçon, Djamil… Avec vous, c'est délicieux… Je suis sûr que la fille, quelle qu'elle soit, sera ravie…

— J'aimerais te croire, Selim. Comme j'aurais aimé que tu me dises tout le plaisir que tu aurais éprouvé en plantant ton aiguillon entre les lèvres secrètes d'une fille… Mais cela, au fond, il n'est pas trop tard pour que tu le découvres et que tu me le racontes…

Selim fronça les sourcils. Il ne voyait pas très bien où le Prince voulait en venir.

— Que je découvre quoi ? Que je vous raconte quoi ? Vous savez bien que les courtisanes sont intouchables. Encore faudrait-il qu'elles veuillent de moi !

— Qui te parle de toucher aux courtisanes du Sultan ? Je tiens trop à ta peau pour t'envoyer au massacre. Non. C'est aux filles de la Juive que je pensais. Toi qui fréquentes les soldats, tu as dû en entendre parler… Rends-moi ce service, Selim. Va chez la Juive. En échange de la pièce que je te donnerai, tu pourras faire ce qu'un homme fait avec une femme. Après, tu me raconteras. Je peux compter sur toi ?

Selim s'inclina. Les désirs d'un prince ne sont-ils pas des ordres ?

La Maison de la Juive dressait ses hauts murs aveugles non loin du caravansérail. Une porte cochère donnait accès à une cour intérieure qui baignait dans la pénombre. Les murs qui l'entouraient étaient percés de multiples moucharabiehs. Quand il pénétra dans la cour, un frisson parcourut l'échine de Selim. Il avait l'impression que derrière chaque grillage de bois, des yeux l'observaient, le scrutaient. Il se sentait comme un intrus dans cet endroit. Il se hâta vers le portail qui faisait face à la porte cochère. Il était clos. Il souleva le lourd heurtoir cuivré qui le garnissait et le laissa retomber deux fois avant que quelqu'un ne vienne ouvrir après l'avoir dûment observé par un petit œillet au centre du portail. C'était une femme. Elle avait dû être belle. Ses bras cliquetaient de bracelets argentés, sa poitrine rutilait de colliers de perles colorées. Elle avait les cheveux teints au henné. Elle souriait.

— Jeune homme ! Que puis-je pour vous ?

Selim fut pris au dépourvu. Il ne s'attendait pas à être interpellé si tôt, si vite, si abruptement. Salomé l'observait, elle l'avait tout de suite jaugé. Un garçon qui venait jeter sa gourme. Elle avait l'habitude de ce genre de client. Pas très loquace. Pas très démonstratif. Pas très exigeant. Juste une petite passe pour pouvoir se vanter auprès de ses camarades qu'il l'avait fait, qu'il avait fourré sa tige dans une chatte. Inutile de déballer le grand jeu. Mariam suffirait. Elle n'était plus très jeune. Mais avec son côté maternel, elle rassurait ces jouvenceaux qui se prenaient pour des hommes alors qu'ils n'étaient encore que de grands enfants.

Selim lui tendit la pièce que lui avait donnée Djamil. D'une voix mal assurée, il murmura :

— Voilà. C'est pour une fille...

Salomé saisit la pièce, fit mine d'en vérifier l'authenticité, avant d'inviter le garçon à prendre place.

— Je vais voir ce que je peux faire pour vous satisfaire. En attendant que désirez-vous boire ? Du vin, de l'élixir, du thé...

Selim n'avait plus de pièces pour payer quoi que ce soit.

— De l'eau. Un verre d'eau suffira...

« C'est bien ce que je croyais, pensa Salomé... Juste de quoi tirer un coup, vite fait bien fait... »

Et elle partit à la recherche de Mariam après avoir prié Loubna de servir une carafe d'eau fraîche au jeune client. Selim s'était assis dans un coin de la vaste salle jonchée de tapis persans aux couleurs sombres. Des cassolettes d'encens mêlaient leur fumée aux émanations du santal et de la myrrhe qui se consumaient dans quelques brûle-parfums. Les lampes à huile créaient une atmosphère mystérieuse et intime qui permettait à chacun de se croire seul au monde. En ce début d'après-midi, il n'y avait que deux autres clients. L'un d'eux aspirait de temps en temps l'embout d'un narguilé. Il semblait transporté ailleurs, les yeux dans le vague, les mains croisées sur ses genoux. Le second était allongé sur des coussins en compagnie d'une carafe de vin et d'une fille aux longs cheveux d'ébène. Elle était agenouillée derrière lui et lui massait les épaules.

— Vous ne désirez rien d'autre ?

La fille avait déposé un gobelet et la carafe d'eau devant Selim, lui offrant en prime une vue plongeante sur une paire de nichons à peine couverts par quelques fanfreluches. Le saroual qu'elle portait lui tenait tout juste aux hanches et laissait deviner des fesses opulentes, sinon accueillantes. La gorge de Selim s'assécha.

— Ça ira…

La fille s'en retourna. Son dos nu ondulait à chaque pas, accentuant encore le désir qui commençait à gagner le garçon. Il trempa sa bouche dans le gobelet d'eau parfumée à la menthe, humecta ses lèvres. Alors le rideau qui fermait le fond de la salle se fendit et l'on vit apparaître tout d'abord trois musiciens qui s'assirent, jambes croisées sur le bord de la scène ainsi découverte. Ils étaient tous les trois vêtus d'habits aux reflets d'argent et d'or qui chatoyaient à la lumière vacillante des lampes à huile. Le premier, le joueur de setâr, arracha quelques sanglots aux cordes de son instrument, accompagné par la plainte plus langoureuse de la flûte. Tout à coup, le tambourin résonna, précédant de peu l'entrée en scène d'une très jeune fille. Elle ne portait qu'un voile de gaze bleue et un foulard de soie moirée accroché à une chaîne dorée très fine qui lui entourait la taille. Sa peau poudrée était parsemée de grains minuscules qui étincelaient à chacun de ses mouvements. Ses longs cheveux d'un blond presque diaphane cascadaient sur ses épaules, venaient s'effranger sur une poitrine à peine esquissée.

La fille se mit à onduler au rythme de la musique. Son corps avait la souplesse d'un serpent. C'était une danse à la fois hypnotique, sensuelle et vénéneuse. Selim était subjugué. Il n'y avait plus de fumeur de narguilé, plus de couple, à peine entendait-il encore la musique en sourdine. Ne restait que ce corps de fille, inaccessible et désirable, tout entier accaparé par la gestuelle de la danse. Ses doigts très fins aux ongles nacrés virevoltaient, brillaient comme des lucioles dans l'ombre de la scène. D'un geste lascif, elle rejeta ses cheveux par-dessus les épaules, les pointes de sa poitrine, soulignées au henné, émergeaient sur la peau plus claire de ses seins. Dans son coin, Selim la buvait des yeux, le sexe en alarme, la gorge de plus en plus sèche et le gobelet d'eau vide. Enfin, la fille s'empara du foulard qui lui cachait le pubis et, avec une langueur accentuée par les accents du setâr, elle le fit glisser entre ses cuisses et s'en servit pour se caresser sans pour autant cesser ses ondulations. Selim n'avait plus d'yeux que pour ces lèvres qui apparaissaient et disparaissaient au gré du foulard. Le dard de son sexe, il le sentait, était prêt à rendre gorge. Il aurait voulu se précipiter sur la scène, tirer le rideau et consommer au plus vite cet archange aux seins nus... La façon dont il le ferait était si évidente, si impérative que la question du comment ne se posait plus. C'est alors que le fumeur de narguilé sortit une petite bourse de la poche de sa gandoura et la lança sur le devant de la scène. La musique s'interrompit presque aussitôt, le rideau se referma. Salomé était de retour...

— Jolie, n'est-ce pas? Mais je crains qu'elle ne soit largement au-dessus de vos moyens. Suivez-moi... J'ai ce qu'il vous faut...

Elle emprunta un escalier puis un long couloir qui donnait sur des alcôves fermées par des rideaux épais. Selim la suivit en silence, la tête encore pleine des images du ventre nu de la jeune danseuse. Enfin, Salomé écarta une tenture.

— Mariam vous attend. Ne craignez rien, elle a l'habitude de s'occuper des gentils garçons comme vous…

Ce fut comme une douche froide sur le corps de Selim. Une femme entre deux âges était assise sur un lit. Elle n'était vêtue que d'un voile de soie noire qui ne gommait rien de ses formes plantureuses. Elle avait les lèvres trop rouges et les pommettes frottées au blanc de céruse. C'est d'une voix enrouée qu'elle lui intima :

Viens, mon biquet ! Mariam va s'occuper de toi !

Selim était pétrifié. Il aurait préféré s'enfuir. Mais il avait donné la pièce de Djamil. Il fallait bien boire la coupe qu'on lui tendait, même si le nectar divin qu'il avait cru consommer dans la salle du rez-de-chaussée n'était plus que de la vinasse à l'étage. Il referma le rideau derrière lui.

— Enlève ta gandoura ! Et ton saroual. Que je te fasse un brin de toilette.

Selim hésitait, jetant un coup d'œil à droite, à gauche. La chambre baignait dans la pénombre, éclairée seulement par le peu de clarté que laissait passer le moucharabieh.

— Qu'attends-tu, mon joli biquet… Allons !

Mariam avait joint le geste à la parole et abaissé le saroual du garçon, découvrant les vestiges encore évidents de l'émotion suscitée par la danseuse.

— Seigneur ! Mais c'est qu'il est déjà tout excité, mon biquet ! Une jolie queue qui ne demande qu'à jouer avec ma grosse chatte… Hein, mon biquet !

Selim avait enlevé sa gandoura et se laissait caresser la poitrine par Mariam. Elle lui pinça un téton, lui léchouilla le nombril avant de tremper un linge dans la bassine d'eau tiède qui trônait sur un petit guéridon.

— Voilà, fit-elle, en lui entourant le sexe avec le linge. Je ne doute pas que tu sois propre, mais c'est l'usage…

En dépit de la révulsion qu'il ressentait, Selim sentit son sexe se raidir à nouveau entre les doigts de Mariam.

— Ta queue est plus bavarde que toi, mon biquet ! Regarde comme elle relève la tête !

Elle lui essuya les couilles.

— Et ces prunes bien juteuses… qui ne demandent qu'à se vider !

Elle saisit les deux poignets de Selim et se laissa basculer sur sa couche.

— Caresse-moi, mon biquet ! Laisse-toi aller…

Elle lâcha les poignets du garçon et glissa ses mains sous son ventre. Selim ne savait que faire de ses doigts, de ses bras. Il posa sa tête au creux de l'épaule de Mariam. Il la laissa faire. Il la laissa guider son sexe, ce sexe qui bandait malgré l'absence de désir, comme étranger au corps de Selim. Elle poussa son ventre en avant, remua les hanches.

— Vas-y, mon petit !

L'oiseau trouva l'entrée du nid. Mariam feignit l'extase en tremblant de la voix :

— Mon dieu ! Mon dieu ! Oui ! Oui ! C'est si bon, mon biquet ! Vas-y ! Vas-y !

Selim était égaré dans un plaisir qui n'était pas le sien. Il ferma les yeux. La fille était blonde, ses seins menus, ses jambes étaient des lianes qui s'enroulaient aux siennes… Il ouvrit la bouche, happa une bouffée d'air. Il venait de jouir. C'était déjà fini. C'était enfin fini.

— Tu vois. Tu y es arrivé… Allons, mon biquet, ne fais pas cette tête-là.

Selim se rhabilla et quitta la chambre sans un mot.

Dehors, il se mit à courir.

DALIA

Cela faisait trois jours que Dalia avait quitté le village. Trois journées d'errance, de faim, de peur. Maintenant qu'elle approchait de Kazarkhan, elle osait se montrer. Kazarkhan, c'était le palais du Sultan. Et le palais du Sultan, c'était Selim…

Quelques semaines auparavant, son père, Anwar le vieux pêcheur, était mort. Un matin, comme tous les matins, elle s'était levée de bonne heure pour allumer le feu et faire bouillir l'eau pour le thé. Étonnée de ne pas entendre son père tousser comme à chaque réveil, elle avait écarté la tenture qui séparait la paillasse d'Anwar de la sienne. C'est son regard figé et voilé qui la surprit.

— Père ! Père ! Qu'est-ce qui ne va pas ?

Elle réalisa que la mort avait recueilli son dernier souffle bien avant l'aube. Elle courut aussitôt chez Aïcha, la sage-femme, dans l'espoir un peu fou que cette sorte de chamane qui avait assisté à la naissance de presque tous les enfants du village pourrait peut-être tenter une ultime démarche pour ramener Anwar dans le monde des vivants. Bien sûr, Aïcha ne put que confirmer le décès.

Dalia fut recueillie par un oncle qui habitait à l'autre bout du village. Comme il était doté d'une nombreuse progéniture et que la fille d'Anwar allait sur ses quatorze ans, il n'eut qu'un seul souci : lui trouver le plus vite possible un mari. Un lointain cousin d'un autre village de la montagne qui venait de perdre son épouse lui sembla un parti convenable. Qu'il fût aussi âgé qu'Anwar et qu'il eût pu être le père de Dalia ne lui posa aucun problème. Ce ne serait pas le premier vieillard à épouser une gamine. Le Prophète — Béni soit son Saint Nom ! — n'en avait-il pas fait autant ? Et puis Idriss — c'était le cousin — avait largement les moyens d'entretenir la gamine, ce qui était loin d'être son cas. L'affaire fut rapidement conclue. Les noces seraient célébrées aussitôt que possible. Après la prochaine lune.

Dalia n'attendit pas que la lune recommence son cycle. Un soir, sous le prétexte d'aller remplir une jarre au puits du village, elle s'enfuit… Elle avait mis quelques galettes de mil de côté, quelques figues séchées. La nuit l'engloutit…

Guidée par une volonté farouche, ce n'est qu'aux prémices de l'aurore qu'elle s'arrêta à l'abri d'un bosquet pour dormir un peu. Elle n'avait qu'un seul objectif: atteindre la ville de Kazarkhan et retrouver Selim. Il n'était pas question pour elle d'épouser un vieux bouc qui aurait pu être son père. Même si, elle le savait très bien, l'oncle était parfaitement dans son droit en lui imposant le mariage avec un cousin éloigné. Comme toutes les filles du village, elle n'avait que le droit de se taire et de subir la Loi. La loi des hommes, donc celle de Dieu — honni soit son nom ! Comme elle ne connaissait pas la route de Kazarkhan et qu'elle avait peur de se montrer dans les villages qu'elle contournait, elle erra pendant deux jours au hasard. Au soir de la seconde journée, elle croisa une vieille femme qui rassemblait quelques maigres branchages en un fagot pour se faire du feu. Dalia osa s'approcher d'elle et lui demanda si elle était encore loin de Kazarkhan.

— Pas tellement, répondit la vieille. À condition toutefois de rebrousser chemin, car en suivant ce sentier tu t'éloignes de la ville. Mais de toute façon, tu n'y arriveras pas avant la nuit.

— Suis-moi, continua-t-elle. Je ne suis qu'une pauvre vieille femme solitaire. Aide-moi seulement à récolter encore un autre fagot de bois. Cela me permettra d'entretenir mon feu pendant quelques jours. Tu pourras dormir à l'abri des mauvaises rencontres.

Dalia put se bourrer l'estomac avec une bouillie de fèves. Elle partagea ses dernières figues avec la vieille femme. Elle dormit comme une souche jusqu'au lendemain matin. Elle se laissa accompagner jusqu'au chemin qui la conduirait à Kazarkhan.

— Tu n'as plus qu'à suivre cette route. Si tu marches d'un bon pas, tu devrais atteindre la ville vers midi.

Dalia ne savait comment remercier la vieille. Celle-ci ne lui avait posé aucune question indiscrète.

— Vous êtes bonne, dit-elle.

— Toi aussi, ma petite fille, tu es bonne. Cela faisait si longtemps que plus personne n'avait partagé quoi que ce soit avec moi. Dieu te garde et te donne le bonheur que tu mérites ! Va ! Ce qui est écrit est écrit. J'espère pour toi que Dieu — Béni soit son Saint Nom ! — l'a fait en lettres dorées…

Elle tourna le dos à Dalia et s'en retourna vers sa masure.

Comme la vieille l'avait laissé entendre, Dalia arriva à Kazarkhan vers midi. Elle fut surprise de découvrir une ville beaucoup plus grande que ce qu'elle avait imaginé. Retrouver Selim ne serait pas une sinécure. Les ruelles du bazar formaient un véritable labyrinthe. Elle pourrait y croiser le garçon dix fois sans même s'en rendre compte. Le découragement la saisit. Et la faim. Elle n'avait plus rien à se mettre sous la dent et la marche lui avait largement ouvert l'appétit… Les étals regorgeaient de fruits, de légumes. Des cuisses d'agneaux fraîchement abattus étaient suspendues aux crocs de la devanture d'un charcutier. Plus loin, le parfum des beignets chauds et des baklavas la faisait saliver. Une telle abondance était presque indécente… Une pomme de plus ou de moins. Le maraîcher ne verrait pas la différence…

Mais la main du maraîcher s'abattit sur le poignet de Dalia avant qu'elle ait eu le temps de mordre dans la chair de la pomme.

— Sale petite voleuse ! Si tu crois que je ne t'avais pas remarquée !

Dalia eut beau se débattre, l'homme la tenait solidement.

— Je vais te livrer au cadi. Tu verras comment on traite les petites voleuses de ton espèce à Kazarkhan…

Complètement paniquée, Dalia ne savait que dire, que faire. Son séjour à Kazarkhan risquait de tourner court à cause d'une pomme. C'était à la fois stupide et dérisoire. À en pleurer ! D'ailleurs, elle en pleurait. C'était la seule chose qu'elle pouvait faire.

— Et n'imagine pas que tes larmes vont m'amadouer ! De la comédie ! Ce n'est que de la comédie !

Le maraîcher vociférait en l'entraînant à l'intérieur de sa boutique. Dalia s'attendait au pire, lorsqu'une voix à la fois grave et sarcastique retentit :

— Maraîcher ! Je voudrais t'acheter trois pommes. Y compris celle de la fille…

— Mais, c'est une voleuse !

— Voyons ! Que t'importe qu'elle t'ait volé une pomme, si je te la paie ! Tu vois bien que cette gamine a faim !

L'homme qui venait d'interpeller le commerçant avait le visage buriné surmonté d'un turban blanc. Son regard pénétrant se fixait sur Dalia tandis qu'il fouinait dans les poches de sa djellaba à la recherche du dirham nécessaire à l'achat des pommes.

— Tiens !

Pour saisir au vol le dirham, le maraîcher dut lâcher Dalia. Elle aurait pu en profiter pour déguerpir, mais l'homme au turban semblait l'hypnotiser. Elle se contenta de s'écarter du maraîcher.

— Suis-moi ! Si tu ne veux pas t'attirer tous les malheurs du monde. Quand on n'est pas capable de voler une pomme sans se faire pincer, on ne s'égare pas dans une ville comme Kazarkhan…

Dalia laissa l'homme la prendre par l'épaule et l'entraîner avec lui dans les ruelles du bazar jusqu'à un han ouvert.

— Tu as faim. C'est aussi clair que le fait que tu n'es pas une voleuse… Que viens-tu faire à Kazarkhan ?

Dalia hésitait à sortir de son mutisme. Cet homme l'avait tirée d'un mauvais pas. Mais elle ne le connaissait pas. Elle ne connaissait personne à Kazarkhan, hormis Selim. Pouvait-elle faire confiance à cet inconnu ? Ne l'avait-il pas sauvée d'un désastre pour la précipiter dans un autre ? Mais lequel ? Les pommes qu'il lui avait offertes combleraient son appétit pour un moment. Mais après. On ne s'improvise pas voleuse à la tire. Le regard de l'homme lui sembla bienveillant. Elle choisit de lui faire confiance. Avait-elle d'ailleurs vraiment d'autre choix ?

— Je cherche un ami… Il s'appelle Selim. Il travaille au Palais.

— Au Palais ! Et vous imaginez qu'on entre dans le palais comme dans ce han ? Au fait, un bol de riz, ça vous conviendrait ?

Elle accepta.

L'homme la regardait manger. Il la détaillait. Il lui donnait quatorze, quinze ans au grand maximum. Une gamine certes. Mais la femme perçait déjà sous les apparences enfantines. La poussière des chemins lui collait à la peau, les larmes avaient tracé des sillons plus sombres sur ses joues, ses cheveux d'un noir de jais avaient besoin d'un bon bain pour luire à nouveau. Elle était emmitouflée dans une robe épaisse et portait un pantalon gris qui ne laissaient rien deviner de sa silhouette. Mais si on enlevait la carapace de tissu, on découvrirait sans doute une jolie nymphe. Son regard avait des reflets gris comme un ciel d'automne et ses lèvres carmin, maintenant qu'elle venait de les humecter d'un coup de langue, permettaient d'imaginer de tendres baisers. Il se dit qu'elle devait être pucelle. S'il l'abandonnait dans les rues de Kazarkhan, cela ne durerait plus longtemps. Il fallait coûte que coûte que Salomé la voie. Elle voulait se rendre au palais. Nouri vit là le prétexte en or pour l'amener dans la Maison de la Juive.

— Vous… Au fait comment vous appelez-vous?

— Dalia. Mon père était pêcheur. Il est mort. C'est pour cela que j'ai quitté mon village.

Nouri enregistra l'information avec satisfaction. Plus de famille proche. C'était presque trop beau. Personne ne se donnerait la peine de la chercher vraiment.

— Dalia. C'est joli comme la fleur dont vous portez le nom. Vous voulez vraiment aller au Palais?

— Oui. C'est là ma seule chance de trouver mon ami…

— Et… cet ami? Il est au courant de votre arrivée?

— Non, hélas!

Nouri prit un ton à la fois un peu railleur, un peu paternel, juste de quoi souligner, si besoin était, la nécessité pour Dalia d'avoir recours à ses services.

— Excusez-moi, mais dans l'état où vous êtes, personne ne vous laissera entrer dans le Palais. Bien sûr vous pourrez toujours vous installer près de la grande porte et attendre que votre ami en sorte. Peut-être qu'il le fera dans l'heure qui suit, peut-être qu'il le fera quinze jours plus tard, ou jamais… Le Palais est très grand et certaines personnes n'en sortent pour ainsi dire jamais… Vous voulez encore autre chose que du riz?

— Non. Je ne sais comment vous remercier… Ne vous croyez pas obligé de m'aider…

L'homme se saisit des poignets de Dalia et se fit confidentiel.

— Rassurez-vous, ma petite Dalia. Contrairement à ce que vous pourriez croire, vous pouvez m'aider à remplir une mission, et moi, je peux peut-être vous permettre d'entrer au Palais…

— Vous êtes sérieux? Ou bien vous vous moquez de moi?

— Voyons! Croyez-vous vraiment que je sois un homme à perdre mon temps à me moquer des gamines? Je vais être franc avec vous: la décision de vous faire entrer au Palais ne dépend pas directement de moi. Par contre, elle dépendra essentiellement de vous.

— Comment cela?

— Le Palais cherche une jeune fille qui réponde à certains critères bien précis et qui acceptera la tâche qu'on lui proposera. Je ne peux vous en dire plus pour l'instant. Mais si vous acceptez de tenter votre chance, suivez-moi.

— Et si je refuse ?

— Kazarkhan est une grande cité. Vous finirez bien par trouver un taudis pour vous héberger et un homme pour vous prendre. Dois-je vraiment vous expliquer le prix à payer pour l'hospitalité qu'il vous accorderait ?

Un peu plus tard, Dalia et Nouri pénétrèrent dans la Maison de la Juive.

— Mais où as-tu déniché cette souillon ? Combien cela fait-il de jours qu'elle n'a plus baigné dans d'autres eaux que celles de ses larmes et de sa transpiration ? Ce n'est pas une fille pour un chamelier que nous cherchons, mais pour le Prince héritier ! Dois-je te le rappeler ?

— Voyons, Salomé ! Jusqu'à présent cette fille nous a coûté trois pommes et un bol de riz ! Rien, comparé à la bourse que nous a payée Massoud ! Si elle ne nous convient pas, nous la renverrons à la rue. Mais avant de la condamner, attends de voir ce qui se cache sous la coquille. Trouver une jeune pucelle qui court les rues, c'est plutôt rare.

— Mais enfin, Nouri, nous ne savons même pas si elle est pucelle !

— Nous le saurons bientôt ! Viens, Salomé ! J'ai demandé à deux filles de lui faire sa toilette et à Mariam de vérifier sa virginité. Crois-moi, Salomé. Cette fille nous tombe du ciel. Elle ne rêve que d'une chose : aller au Palais. Je suis à peu près certain qu'elle acceptera n'importe quoi pour cela. Et comme elle n'a plus de famille, la bourse de Massoud, nous pourrons nous la partager… Si ça, ce n'est pas une bonne affaire, je me demande bien ce que c'est…

Salomé suivit Nouri vers un petit salon adjacent à la pièce où avait lieu la toilette de Dalia. Un moucharabieh permettait d'observer la scène sans se faire remarquer. Dalia était debout dans une cuvette de cuivre. Elle était nue. Une des filles versait de l'eau sur ses épaules tandis que l'autre la frottait avec un gant de crin. Sa peau rosissait après le passage du gant. L'eau tiède l'embuait d'un voile translucide. Ses petits seins pigeonnants arrondissaient leurs pointes fauves, ses hanches bien dessinées s'incurvaient sur des fesses veloutées. Le ventre plat s'ombrait à peine d'une légère toison qui retenait prisonnières des perles de l'eau du bain. Mariam s'était agenouillée devant la cuve et avait posé ses mains sur les cuisses de la baigneuse.

— Passe-moi le gant, Meylissa. Que je fasse la toilette du petit minou de cette jolie demoiselle !

Une sensation de bien-être gagna Dalia lorsque le gant de toilette enveloppa de sa tiédeur la fourche de ses cuisses.

— Ouvre les jambes, ma mignonne !

Dalia s'exécuta. Mariam écarta délicatement les lèvres amollies du sexe de la baigneuse, lui arrachant un frisson. Dalia se cambra, rejeta la tête en arrière, dévoilant la finesse de sa gorge, exposant davantage la tendresse de ses seins. Dans la pièce adjacente, Nouri sentit son membre se pétrifier. Salomé, attentive, attendait le verdict de Mariam. Dalia sentit un doigt lui effleurer la vulve avec de plus en plus d'insistance puis se fondre en elle. Mariam n'insista pas. L'hymen qu'elle avait atteint était bien intact. Elle se redressa et se tourna vers le moucharabieh en hochant de la tête.

— Allons, Nouri ! Sors de ton rêve... Cette mignonne n'est pas encore pour toi. Mes félicitations quand même ! Tu as eu le nez fin. Jolie sous ses hardes et encore vierge ! Bravo ! Si nous la récupérons après son passage au Palais, je te promets que tu pourras assouvir avec elle quelques-uns de tes fantasmes...

— Si j'étais à la place du Prince Djamil, elle ne sortirait jamais plus du Palais...

Nouri jeta un dernier regard à travers le moucharabieh. Dalia venait d'esquisser un demi-tour dans la cuvette, lui dévoilant la douceur de ses formes avivées par l'eau du bain. La main d'une fille s'attardait sur la rondeur d'un sein dont la pointe saillait entre deux doigts, arrachait à Dalia un nouveau frisson, le tout ponctué de rires. Dalia ne le savait pas encore, mais son apprentissage venait de commencer…

Il ne fallut pas longtemps à la fille d'Anwar pour se rendre compte du commerce très particulier qui se déroulait entre les murs de la Maison de la Juive. Le soir même de son arrivée, Mariam ne lui cacha rien des activités qui avaient lieu derrière les rideaux des alcôves.

— Les hommes qui fréquentent cette maison, ma petite Dalia, n'ont qu'une obsession : jouir entre nos cuisses. Jolie comme tu es, et vierge de surcroît, ils se battraient pour avoir le privilège d'être celui qui te labourera le ventre le premier. D'une certaine manière, tu as de la chance d'avoir été choisie par Salomé pour honorer le Prince. Sans quoi elle t'aurait mise à prix et, comme les plus riches sont souvent les plus vieux et les plus laids, tu aurais perdu ton pucelage sous la bedaine d'un cadi, d'un imam ou de Boutros. Tu peux bénir le ciel, Dalia. Le prince Djamil est à peine plus âgé que toi, il est plutôt joli garçon, et s'il faut en croire les rumeurs, il n'a jamais connu de fille… Il sera peut-être maladroit, mais nous allons t'apprendre à lui donner du plaisir. Si tu sais t'y prendre, le lit du Prince t'ouvrira les portes du sérail et te fermera à jamais celles de cette maison… Courage, ma petite Dalia. Toutes les femmes doivent tôt ou tard passer sous le ventre des hommes. Rares sont celles qui ont la chance de le faire avec le Prince Charmant…

Le Prince Charmant, Dalia n'en avait cure. Elle fut d'abord tentée de fuir la Maison de la Juive. Mariam le devina et l'en dissuada.

— Tu pourrais fuir cette maison, bien sûr. Nous avons toutes été tentées de le faire à un moment ou à un autre. Mais où iraistu ? Retourner au village pour épouser ton vieux cousin ? Ajouter l'humiliation d'un retour sous les quolibets à la soumission ? Te cacher dans Kazarkhan ? Au bout d'une heure, il se trouverait dix hommes pour te recueillir en t'imposant ce que tu auras voulu fuir. Belle comme tu es, tu ne mourras pas de faim. Non ! Pour une galette de mil, ils te culbuteront derrière un mur, sur la litière d'un âne, et, leur bite rassasiée, ils te laisseront, au mieux, insatisfaite, au pire, avec un môme en guise de bakchich… Et alors, il ne te restera plus guère qu'une porte où demander l'aumône : celle de la Maison de la Juive. Tu ne serais pas la première à avoir suivi ce parcours.

Dalia réalisait que le piège s'était refermé sur elle. Plutôt que se rebeller, elle suivit docilement Mariam.

— Viens. Il y a dans cette maison une chambre où l'on peut voir sans être vu. Certains clients parfois se contentent de contempler le plaisir des autres. Ne te voile pas les yeux, ma petite Dalia. Faire l'amour est une chose, savoir le faire est un art. Ne t'étonne pas des choses que tu vas découvrir. La nature humaine emprunte parfois les chemins les plus inattendus. Nous ne sommes pas des épouses juste bonnes à recueillir la semence de leur mâle pour assurer leur progéniture…

— Ici, il n'y a qu'une règle, chuchota Mariam en écartant la tenture qui cachait une glace sans tain. Le bon plaisir du client. Regarde…

Dalia regarda. Un regard où se mêlaient répulsion et curiosité. La fille, celle qui lui avait si tendrement caressé les seins tout à l'heure, flattait à présent le sexe d'un homme entre deux âges, l'amenant petit à petit au bord de la congestion. Quand l'homme se mit à balbutier en haletant, elle lui écarta les cuisses et vint s'empaler sur la tige de chair qui saillait du fouillis de poils. Dalia vit l'homme fermer les yeux et ouvrir toute grande une bouche édentée. Elle faillit crier elle aussi, mais Mariam, à ses côtés lui avait fermé les lèvres de sa main…

— Tu vois… Pendant quelques secondes tout le bonheur du monde s'est concentré sur cette tige de chair entre les doigts de Meylissa. C'est cela notre métier : savoir attiser le bonheur pour qu'il flambe. Juste le temps d'une éjaculation… Tu vois… Maintenant qu'il est repu, il se rhabille déjà… Il y a quelques secondes, Meylissa l'a amené aux portes du paradis. Maintenant, il est sur le point de redevenir un homme ordinaire…

— Mais moi, murmura Dalia. Je n'y connais rien. Comment voulez-vous que je donne au Prince ce dont il rêve si je ne sais même pas de quoi il rêve…

— On n'attend pas grand-chose de toi, Dalia. Juste d'être dans son lit et de prouver au monde qu'il est capable de dépuceler une fille. Un peu de sang sur un drap suffira à faire de lui le digne successeur de son père. Mais toi, par contre, tu pourras le surprendre. Lui faire aimer l'amour, lui donner du plaisir là où il ne s'attend qu'à prouver sa virilité… Si tu veux retrouver ton ami…

— Selim…

— Oui. Si tu veux avoir une chance de retrouver Selim, le lit du Prince est sans doute le chemin le plus sûr pour espérer y arriver… Pour le reste, tout s'apprend, Dalia. Tu as une bouche délicieuse, des mains fines, un corps qui ne demande qu'à s'épanouir… Tu possèdes tous les instruments dont a besoin une courtisane. Nous t'apprendrons, Dalia. Quand le Prince fêtera son anniversaire, tu seras prête, je te le promets.

PRÉLUDES...

Kazarkhan bourdonnait des mille préparatifs pour les festivités qui accompagneraient le passage de Djamil dans le monde des hommes. Celui des mâles capables d'éperonner une femelle, de la clouer sur sa couche, de perpétuer, non seulement l'espèce, mais, conformément à la volonté d'Allah — Béni soit son Saint Nom ! - l'éminence du phallus sur le vagin.

Les fondouks affichaient complets avec la venue des représentants des tribus des steppes montagneuses ou des plaines qui bordaient le fleuve. Les boutiquiers du bazar avaient garni leurs étals aux couleurs du Kazarkhan et hélaient le chaland en faisant montre d'un patriotisme parfois exacerbé. Des musiciens et des saltimbanques avaient installé des estrades aux carrefours de la cité. La mélopée lancinante des flûtes de roseau accompagnait les battements sourds des tablas. Qanuns et buzuks mêlaient leurs arpèges aux résonances nasillardes des buccins et des hautbois. Venus du Caucase, des ours exécutaient des danses pataudes au son des tambourins. Des avaleurs de sabres, des charmeurs de serpents, des cracheurs de feu, des fakirs et des jongleurs surgissaient un peu partout, prêts à relever tous les défis pour la plus grande gloire du futur prince héritier du Kazarkhan. Les quelques rumeurs malveillantes qui avaient pu circuler dans les arrière-boutiques avaient fondu avec la perspective de quelques heures de bombances populaires. Même la Maison de la Juive arborait un regain de patriotisme en hissant au-dessus de son entrée le croissant et l'étoile grenat sur fond blanc du pavillon princier. Mais toute cette effervescence échappa complètement à Dalia lorsque, accompagnée de Mariam, elle prit place dans un palanquin recouvert de tissus chatoyants et porté par quatre vigoureux gaillards à la peau cuivrée pour gagner discrètement le Palais alors que le soleil se recroquevillait derrière les collines qui barraient l'horizon à l'ouest de la ville et qu'un crépuscule mauve et or s'emparait du ciel. C'était un de ces couchers de soleil dont l'Orient a le secret. Fulgurant et voluptueux. Mais Dalia n'en avait cure. Elle venait de passer des heures à se laisser baigner, coiffer, épiler, parfumer, farder pour cette étreinte qui ne durerait peut-être que quelques instants mais dont elle sortirait femme. Meurtrie sans doute. Délivrée peut-être. Elle ne savait pas encore.

— La première fois, lui avait confié Mariam, c'est parfois douloureux. Une brûlure qui te poignera le ventre quand tu sentiras la tige de chair du garçon grandir et durcir en toi. Comme un petit cimeterre qui te transpercera le sexe. Ce sera à la fois cruel et irrésistible. Lisse et chaud. Dur comme le bronze et souple comme du roseau.

— Le problème, avait-elle ajouté, c'est que trop souvent aveuglés par leur propre plaisir et obnubilés par la crainte de ne pas nous prouver leur capacité de mâle toujours prêt à jouir, les hommes s'agitent beaucoup jusqu'à ce qu'ils expulsent leur semence. Après quoi ils nous oublient et nous laissent sur notre faim de caresses et de plaisir, oubliant que le sexe, même sans amour, ça peut se partager. Bien sûr, il y a des exceptions. Peut-être auras-tu de la chance. Mais ne te fais pas trop d'illusions. La première fois qu'un garçon fait l'amour, c'est peut-être inoubliable pour lui, mais pas forcément pour sa partenaire. Tu peux m'en croire, j'ai vu défiler pas mal de jeunes coqs chez Salomé. Leur jeune ergot dressé ne manquait pas de panache, mais pourtant très peu m'ont laissée pantelante après l'amour…

Djamil était nerveux. Il tournait en rond dans la bibliothèque qui jouxtait ses appartements pendant que Youssouf, dans la chambre adjacente, se préparait à confirmer la virginité de la jeune personne qui partagerait la couche du prince. Djamil renâclait devant l'obstacle qui s'annonçait. Il revoyait les courtisanes nues dans les vapeurs du hammam, leurs lèvres secrètes au sourire vertical, leurs fleurs carnivores qui le guettaient pour lui happer le sexe, l'engloutir, le dissoudre dans leurs sucs mystérieux et lourds. Certes, la fille qu'il avait entrevue entre deux colonnades semblait gracieuse, mais, comme toutes les femmes, c'est au plus intime d'elle-même qu'elle gardait ses secrets, bien tapis derrière cet hymen qu'il faudrait trancher pour y avoir accès. Comment pourrait-il éprouver du plaisir alors qu'il ne ressentait aucun désir ? Cela viendrait-il tout naturellement ? Comme pour les soudards qui culbutent les femmes des vaincus avant de les violer ? Comment savoir si la fille ressentirait ne fût-ce qu'un soupçon de jouissance lorsqu'il la pénétrerait ? Avec Selim, le plaisir était visible, évident. Lorsqu'il se manifestait, il se cabrait à l'extérieur, il se dressait, il ne se dissimulait pas dans les replis du ventre comme chez les femmes. Le plaisir du garçon n'avait pas besoin de soupirs ou de mots pour s'exprimer. On pouvait le caresser du regard. Il se livrait dans toute sa franchise, nu, tendu, expressif. Un sexe de garçon ne ment pas. Il pouvait s'épanouir entre deux doigts, éclore entre deux lèvres. Djamil savait, à travers sa propre jouissance à quoi ressemblait celle de son amant. Selim, c'était son miroir, son jumeau. Avec lui, les joutes amoureuses se faisaient d'égal à égal. Donnant, donnant. Chacun pouvait rendre à l'autre l'exacte réplique de son plaisir. Il n'y avait rien qui ne pût pas être partagé. Tandis qu'avec la fille ?...Il y avait des plages de sables mouvants où il risquait de se perdre sans espoir de secours. Au hammam, il pouvait toujours se réfugier dans les bras d'Ali. Mais pas ce soir. Il serait seul, privé de son ombre. Le cœur encore plus nu que le corps... Plus le moment approchait, plus cette rencontre lui paraissait saugrenue, improbable. Il aurait tant voulu pouvoir retourner le sablier du temps, s'accorder un nouveau délai, chercher une autre issue, partager son angoisse avec Maître Luka, Selim… Au lieu de quoi il n'en finissait pas d'arpenter la bibliothèque…

— Reposez-vous un peu, Prince Djamil. Ce qui vous attend n'a rien d'un supplice !

Maître Luka se préparait à ranger l'ouvrage qu'il avait fait semblant de consulter pour se donner une contenance. Ce n'était pas l'anxiété qui le rongeait, mais l'amertume. Dès demain, le Prince volerait de ses propres ailes. Sa tâche de précepteur s'achèverait.

— Un supplice ! Un supplice ! s'énerva le prince. On voit bien que vous n'êtes pas à ma place !

— Certes non ! Mais je suis sûr que beaucoup d'hommes dans ce palais ne demanderaient pas mieux que d'y être. N'est-ce pas, Selim ? ajouta-t-il d'un ton goguenard en jetant un coup d'œil vers le page qui restait immobile et impassible dans un angle de la pièce.

Pour toute réponse le garçon se contenta de sourire. Un sourire énigmatique que Djamil interpréta comme un acquiescement. Le prince, aussitôt, s'immobilisa, surpris par une idée incongrue mais pourtant évidente : Selim ! Mais oui ! La solution était là.

Maître Luka s'inclina.

— Sur ce, permettez-moi de me retirer, mon Prince car je ne crois pas pouvoir vous être encore très utile ce soir… Laissez-moi seulement vous souhaiter beaucoup de plaisir, et, sait-on jamais, un peu de bonheur…

— Ne vous éloignez pas trop, Maître Luka. Ce n'est que demain que je serai Prince Héritier. D'ici là, vous êtes toujours mon précepteur.

— Sans doute, Mon Prince. Mais pour la tâche qui vous attend cette nuit, je ne vous serai d'aucun secours… Croyez-moi : la nature vous a doté de tout ce qu'il fallait pour être à la hauteur. Elle vous inspirera le moment venu. N'ayez crainte.

Luka à peine parti, Youssouf, le médecin du Palais avait fait son entrée.

— Je vous ai préparé une décoction à base de poudre de cantharide et d'une plante qui nous vient de Mandchourie et dont on dit qu'elle accroît la force et le volume du sang, qu'elle procure la sagesse et qu'elle est source d'énergie vitale. Elle porte un nom un peu compliqué, exotique, « *Tchintseng* ». On raconte que les empereurs à Cathay en usent volontiers avant d'honorer leurs concubines. Je sais qu'à votre âge il ne faut pas grand-chose pour stimuler votre membre… Toutefois, l'émotion et l'incertitude liées à la première fois pourraient être cause de défaillance… Et comme il est essentiel pour votre avenir et celui du Kazarkhan que la jeune personne qui partagera votre couche ce soir ne sorte pas, disons, intacte, de cette rencontre, Sa Grandeur a préféré prendre une ultime précaution en vous demandant d'ingurgiter cette liqueur. Pour en atténuer le goût fort amer nous avons ajouté un peu de miel avant de la faire bouillir avec de la cannelle et du girofle. Vous verrez, vous m'en direz des nouvelles demain. Je suis sûr, Mon Prince, que cette nuit sera mémorable et que, comme cette liqueur, elle sera tout à la fois douce et épicée. Maintenant si vous n'avez pas de question disons… pratiques à me poser concernant l'acte que l'on attend de vous… et que j'ai eu l'honneur de vous expliquer la semaine dernière, je vais me retirer en vous souhaitant une agréable nuit… Demain, quand le soleil se lèvera, nous aurons le plaisir de venir constater que le *coïtum* a bien eu lieu. Rassurez-vous, Mon Prince. Non seulement je suis sûr qu'il aura bien lieu, mais, ayant eu le privilège de vérifier la virginité de la fille que l'on vous demande d'honorer et ayant pu constater *de visu* qu'elle n'était pas seulement vierge mais qu'elle était également aussi jolie qu'appétissante, je suis persuadé que les *coïtum* se multiplieront au cours de cette nuit… et que le plaisir se conjuguera avec la raison d'état !

Sur ce, Youssouf s'inclina à son tour et quitta la bibliothèque avec Selim sur ses talons.

— Non ! Selim. Je t'en prie, ne t'en va pas !

Le page hésita un instant, puis fit demi-tour.

— Comme il vous plaira ! Que puis-je pour vous !

— Beaucoup plus que tu n'imagines ! Pour commencer tu vas partager avec moi cette liqueur de miel et d'épices... et de... comment Youssouf appelait-il déjà cette plante censée revigorer les vieux empereurs ?

— J'ai oublié. Je n'ai pas fait attention. Mais je suis sûr que vous n'en avez pas vraiment besoin... Vous ne ressemblez en rien à un vieil empereur, et si quelqu'un ne peut douter un instant de votre virilité, c'est bien moi...

— Peut-être Selim, peut-être. Mais n'oublie pas que cette nuit ce ne sont pas nos ventres qui vont s'épouser. Je ne connais pas la fille qui m'attend dans la chambre à côté. Et je n'ai pas vraiment envie de la connaître. Youssouf la trouve fort jolie et appétissante. Fort bien. Mais que sait-il de mes appétits ? Néanmoins... il faut que son sang tache le drap si je veux succéder un jour à mon père. Buvons donc, puisque tel est notre destin...

Djamil trempa ses lèvres dans la coupe d'argent et aspira une grande lampée de la décoction avant d'éternuer.

— Ouh ! C'est plutôt costaud comme breuvage ! à ton tour, Selim !

— Mais pourquoi ?

— Parce que je te le demande ! Parce que je veux que tu partages tout avec moi... Tu es à mon service pour le meilleur comme pour le pire. Considère que ce soir, c'est pour le pire et peut-être pour le meilleur...

— Que voulez-vous dire ?

— Bois d'abord !

Selim s'exécuta. La liqueur était tiède et avait un goût prononcé de pain d'épices avec des effluves mielleux. Par petites gorgées, ce n'était pas désagréable, et une douce chaleur se répandit à l'intérieur de son corps, diluant petit à petit l'anxiété qui avait prévalu tout au long de cette journée de préparatifs à ce qui risquait peut-être de sonner le glas de l'amitié qui liait les deux garçons. Qui sait si le Prince Djamil apprécierait encore autant la présence de Selim à ses côtés lorsqu'il aurait goûté aux saveurs secrètes des filles ? Qui sait si le Prince Héritier ne condamnerait pas les plaisirs qui avaient émaillé son adolescence pour en adorer d'autres, plus conformes aux lois divines ? L'aube qui se lèverait demain serait chargée d'incertitudes autant que de promesses.

Mais, en attendant, le feu intérieur qui embrasait le ventre de Selim semblait avoir déjà irradié Djamil. Ce dernier s'était glissé près du page au moment où il reposait la coupe vide sur la table de la bibliothèque.

— Est-ce que toi aussi tu sens la même chaleur, le même feu qui te consume le ventre et fait se lever ton désir ?

Djamil avait murmuré la phrase dans le cou de Selim tout en l'enlaçant. Le page se tenait coi, ne sachant trop quelle contenance adopter. Derrière eux, Ali veillait. Comme toujours. Comme jamais. Djamil continua, toujours plus bas, tandis que ses mains se nouaient autour du ventre de Selim.

— Ce soir, est-ce que tu m'aimes encore ?

La réponse fut à peine audible.

— Bien sûr ! Évidemment ! Pourquoi en serait-il autrement ?

— Parce que ce soir, ce sera toi, le Prince de Kazarkhan !

Selim frémit. Les doigts du Prince, à travers la tunique, caressaient la verge du page, en éprouvaient l'émotion, l'éblouissement, le feu qui la tendait, la consumait. La gorge sèche, le garçon articula péniblement :

— Mais qu'attends-tu de moi à la fin ?

— C'est bien, Selim. Tu me tutoies. Tu entres déjà dans ma peau. Sens comme elle brûle autant que la tienne.

D'un geste brusque, Djamil avait relevé sa tunique et celle du page avant d'accoler son ventre au dos de Selim.

— Si tu savais comme j'ai envie de toi...

— N'insiste pas. Je le sais. Je le sens. Mais garde ta vigueur pour celle qui t'attend de l'autre côté de la tenture…

— Qui t'attend, Selim ! Je suis sûr que toi, contrairement à moi, tu sauras comment la réjouir, comment l'honorer… Elle est jeune, Selim. Jolie et appétissante. Elle sera douce au toucher comme au regard. Tu verras, ce sera beaucoup mieux qu'avec la putain de la Juive…

Les doigts du Prince effleuraient la verge du page, l'agaçaient, l'aiguisaient, l'amenaient petit à petit au bord de la convulsion.

— Au pire, ce n'est qu'un mauvais moment à passer, Selim. Juste le temps de percer sa coquille, de répandre un peu de son sang sur les draps. Au mieux… tu me raconteras tout demain…

— Mais toi ? Si elle découvre la supercherie ?

— Elle ne me connaît pas plus que je ne la connais. Toi ou moi, c'est du pareil au même. Juste un sexe qui la pénètre… Et le tien n'attend que ça si j'en crois ce que mes doigts éprouvent…

Selim avait le ventre en ébullition. Les doigts du prince encerclaient son membre, l'exacerbaient. Il ne faudrait plus longtemps pour que le plaisir s'exprime et dégouline sur les mains de Djamil.

— Arrête Djamil… sinon…

Le prince obtempéra, entraînant son page vers la lourde tenture qui séparait la bibliothèque de la chambre nuptiale.

— Viens. Considère cette fille comme un cadeau que je te fais pour tout le bonheur que tu m'as donné à partager. Ce sera notre secret. N'aie pas peur : Ali ne nous trahira pas. Ne me trahis pas non plus. Va… Demain à l'aube, quand le muezzin appellera les fidèles à la prière, nous nous retrouverons ici même…

Cela faisait un bon moment que Dalia attendait, couchée sur le grand lit du prince. Une sorte de somnolence la gagnait, due peut-être à la décoction que le médecin du Palais lui avait fait ingurgiter après avoir vérifié sa virginité. Il s'était voulu rassurant :

— N'ayez crainte. Le Prince Djamil est un charmant garçon, bien incapable de vouloir vous faire du mal. Toutefois, comme tout puceau, il risque d'être maladroit. Prenez cette tisane. C'est un émollient. Cela vous assoupira peut-être un peu, mais cela vous évitera de ressentir trop la douleur d'une première fois.

Après avoir ausculté son intimité, Youssouf n'avait pu s'empêcher de la complimenter :

— Vous êtes vraiment très mignonne. Il en aura de la chance, le prince, de faire ses premières armes dans les bras d'une jolie nymphe telle que vous. Si je n'avais pas l'âge que j'ai…

Youssouf se tut mais son regard en disait long. C'était le regard frémissant des hommes lorsque, dans la Maison de la Juive, Yasmina la jeune danseuse ondulait sur la scène en dévoilant sa poitrine naissante, ses hanches de garçon, le galbe velouté de ses cuisses, le sillon de sa croupe. Les yeux des hommes se mettaient alors à briller tandis que sous les djellabas les sexes se figeaient. Salomé en profitait pour remplir leurs coupes de vin et recueillir la bourse du plus offrant. Pas plus que Dalia aujourd'hui, Yasmina ne choisissait ses partenaires. C'était le hasard, si tant est qu'on puisse appeler hasard le fait qu'une bourse soit mieux remplie qu'une autre. Les confidences qu'elle avait pu retirer auprès de Yasmina et d'autres filles n'avaient fait que confirmer les propos de Mariam. Les bourses les mieux garnies étaient rarement l'apanage des meilleurs amants. Au regard de Youssouf, Dalia comprit qu'elle avait atteint la rive ultime de son enfance, qu'elle se coucherait fille pour la dernière fois et qu'elle se réveillerait femme pour toujours…

— In'ch Allah ! pensa-t-elle lorsque le médecin la laissa seule dans la pièce aux meubles cossus.

Il était trop tard pour pleurer sur un pucelage qu'elle était de toute façon condamnée à perdre. On le lui avait assez répété : c'était une chance pour elle d'abandonner sa vertu dans les bras d'un prince, charmant de surcroît. Elle se souvenait surtout de la réflexion de Mariam : « *Si tu sais t'y prendre, le lit du Prince t'ouvrira les portes du sérail et te fermera à jamais celles de cette maison...* »

Dalia se laissa envahir par la torpeur. La nuit était tombée sur Kazarkhan depuis un bon moment. La lumière dorée des lampes à huile adoucissait les contours de la chambre. De la pièce voisine lui parvenaient des chuchotis à peine audibles. Le Prince sans doute. Selim ? Qui sait ? Elle ferma les yeux. Elle ne vit pas que la tenture s'écartait et qu'une ombre se glissait au pied du grand lit...

Selim hésita avant d'enlever sa tunique. La fille semblait dormir ou peut-être n'était-ce qu'une feinte ? Elle était à peine vêtue de mousselines translucides de couleur turquoise et opaline. La lueur des lampes à huile lui enduisait la peau de reflets mordorés, enveloppait la pulpe de son sexe légèrement potelé d'une aura mystérieuse, en soulignait la vénusté d'une ombre impudique. Selim remarqua la pointe fauve de la conque d'un sein qui émergeait entre deux voiles. La gracilité de la poitrine et de la gorge ainsi découvertes accrut son émotion, et sa verge, déjà émoustillée par les caresses de Djamil, se cabra davantage et frémit sous la tunique. La fille tourna doucement la tête tout en gardant les yeux clos. La figure, dans son écrin de cheveux noirs, lui apparut vaguement familière. Mais il n'y prit pas garde car il ne connaissait personne en dehors du palais. Et la fille, il le savait, avait été fournie par les bons soins de Salomé. Ce n'était donc qu'une jeune putain venue d'on ne sait où et qu'il ne pouvait pas connaître. S'il prenait du plaisir avec elle, il pourrait peut-être se l'offrir plus tard, en échange de quelques pièces que Djamil lui procurerait, lors d'une autre visite chez la Juive. Puis, il réalisa que ce ne serait pas possible, que la revoir équivaudrait à trahir le secret de cette nuit. D'ailleurs, aurait-il seulement envie de la revoir ? Certes, elle était beaucoup plus succulente que la vieille putain qui l'avait déniaisé. Youssouf avait raison. Certes, elle ne le laissait pas indifférent et la tension de son sexe ne faisait que croître. Inutile donc de tergiverser. Lorsqu'il la caresserait elle ne manquerait pas de se réveiller. Résolument, Selim fit passer sa tunique par-dessus sa tête et fit un pas de plus vers le lit. C'est alors que Dalia ouvrit les yeux…

JOURNAL DE LUKA

Étrange nuit !

Pour noyer l'amertume que je sentais m'envahir, je m'étais procuré une carafe de vin de Chypre, un vin riche et doux que Platon considérait comme la boisson la plus précieuse offerte par les Dieux aux hommes. Cela suffirait-il à me rendre la sérénité ? J'en doutais.

Demain, lorsque l'on consacrerait Djamil comme successeur potentiel d'Ibrahim, ma tâche de précepteur s'achèverait. Désormais, le jeune prince seconderait son père dans la marche des affaires du Kazarkhan. Pourtant je n'avais pas à me plaindre car Sa Grandeur avait choisi de me garder à son service en tant qu'interprète et, pour me prouver l'estime qu'elle me portait et répondre aux vœux de Sa Grâce, elle m'accorderait le statut d'homme libre. Certes, je n'avais jamais eu vraiment le sentiment d'être un esclave car j'avais toujours pu aller et venir à ma guise aussi bien chez Omar à Damas, qu'ici à la Cour de Kazarkhan. Désormais, en théorie, plus rien ne m'obligerait. Mais en fait, où irais-je ? Je me voyais mal retourner à Sveti Stefan. Les psaumes qui avaient enchanté ma prime jeunesse ne m'inspiraient plus. L'amour de Dieu, maintenant que j'avais goûté à celui d'Omar, ne suffirait plus à me combler, et je me voyais mal me contenter de furtives caresses comme le Père Anastase. Même si je ne partageais pas vraiment les convictions religieuses des gens du pays, je m'étais attaché au Prince Djamil plus qu'il n'eût fallu pour des raisons sans doute peu avouables et qui risquaient fort, après cette nuit, de n'être plus que des chimères. Le Prince n'allait-il pas succomber comme la plupart des hommes aux charmes envoûtants des femelles et s'éloigner à jamais des fantasmes qui étaient les miens ? Oui : lorsque j'écris « femelle », j'ai bien conscience d'avoir trempé ma plume dans le fiel de la jalousie, mais comment appeler autrement la créature qui accepte de se livrer à cette parodie de noces, à cette copulation perfide, au naufrage de sa propre innocence autant qu'à celle du prince ? Ne me dites pas que si j'avais assumé ma propre convoitise, je n'aurais pas fait autant de cas de l'innocence du prince. Ne me dites pas que dans les bras d'Omar… Vous ne pouvez pas savoir : dans les bras d'Omar j'étais toujours en état de grâce. Le péché que nous commettions avait la pureté des neiges éternelles. Dieu, Iahveh ou Allah — peu importe le nom qu'on lui donne — ne pouvait que bénir le bonheur que nous nous offrions l'un à l'autre. Je ne me suis jamais senti aussi lumineux qu'au sortir des caresses d'Omar…

Je m'étais allongé sur ma couche, la carafe à portée de mains, et je me préparais à souffler la petite flamme qui s'agitait dans l'écuelle d'huile près de ma couche lorsque je crus percevoir un grattement à la porte de ma chambre.

D'une voix où perçait mon agacement je lançai :

— Entrez !

Je n'attendais personne, et la pensée qu'un importun puisse venir me voler quelques moments de solitude ou gâcher ma détresse m'irritait. Je voulais être seul pour étouffer mon chagrin. Aussi, lorsque le Prince Djamil poussa la porte de ma chambre, la surprise fut totale et je restai sans voix.

— Je vous dérange ?

Après un court silence, j'osai enfin sortir de mon mutisme :

— Non… Pas du tout… Mais vous avez été rapide…

Le visage du prince se fendit d'un sourire.

— Rapide ? Que voulez-vous dire ?

— La fille dans votre lit. Vous avez eu à peine le temps de l'effleurer et de la découvrir…

— Encore eût-il fallu que je veuille la découvrir !

Je ne pus cacher ma stupéfaction et ma crainte des conséquences de ce refus d'obéir à la tradition.

— Mais dans ce cas, vous allez devoir renoncer à la succession, à votre avenir. Que dira Sa Grandeur ? Que pensera Sa Grâce ? Que va-t-il se passer demain ?

— Mais rien qui ne soit prévu, Luka. À l'aube, la fille qui m'était destinée ne sera plus vierge. Selim s'en charge. J'ai entière confiance en lui et au breuvage que Youssouf m'avait préparé et que nous avons partagé. Quant à moi, si je ne veux pas être parjure et respecter la tradition, je me dois aussi de faire l'amour cette nuit.

Tout en parlant, il s'était approché de ma couche et s'était débarrassé de la tunique sous laquelle son ventre n'était pas seulement nu, mais au bord de l'éruption.

— Vous savez, continua-t-il alors que j'avais le regard fixé sur ce sexe couronné d'une légère toison sombre qu'il dardait à hauteur de mes yeux, j'ai eu l'occasion de lire votre journal un jour que vous l'aviez oublié à la bibliothèque. J'ai découvert votre poème et je dois vous avouer qu'il a accompagné plus d'une fois les caresses que je me prodiguais, la nuit, quand le sommeil tardait à venir. J'ai décidé que cette fois, puisqu'il me fallait faire l'amour pour accéder au titre de prince héritier, nous le réécririons ensemble avec l'encre blanche de notre plaisir… Tu veux bien, n'est-ce pas ?

Il venait de passer du « vous » au « tu » comme pour effacer la distance qui sépare le maître de l'élève, le prince de l'esclave, comme pour gommer les ultimes réticences que j'aurais pu faire valoir. Il venait, en quelque sorte, de me hisser à son niveau ou de s'abaisser au mien. C'est d'égal à égal qu'il voulait poursuivre la nuit.

Refuse-t-on un tel présent ? Ma raison l'eût-elle rejeté que tout mon corps se serait révolté. Mon sexe se gonflait au fur et à mesure que ma gorge s'asséchait. Je craignais que tout cela ne relève d'une vaste plaisanterie ou d'un rêve debout qui allait s'effriter lorsque je tendrais les bras vers ce corps au sexe bouleversant d'impudeur, à la fois gourmand, affamé, et dont la bouche palpitait à portée de mes lèvres.

En guise de réponse, je l'embrassai. Une rosée tiède se répandit aussitôt dans ma gorge. Mes mains s'emparèrent de ses fesses, son dos se cambra et je déglutis lentement, mêlant ma salive au sperme princier.

— Continue, murmura-t-il. Je veux que cette nuit soit unique. Je veux à la fois être ton amant et ton Omar. Te donner et te prendre. Te goûter et te rassasier… J'espère que je serai à la hauteur de tous les poèmes que tu m'as fait découvrir… et du tien, en particulier !

Ce n'était plus un songe, une chimère, mais une réalité charnelle, palpable. Une peau tiède et ambrée, des lèvres fruitées, un sexe frémissant qui n'attendaient que mes caresses. Avec fébrilité, j'enlevai ma chemise, mon saroual et je laissai à Djamil le soin de prendre possession de mon corps. Ses lèvres s'accordèrent aux miennes, nos langues s'épousèrent dans un long baiser mouillé au goût de sperme, puis sa bouche se fit ventouse autour de ma nuque, au creux de mes aisselles, à la pointe de mes seins qui se hérissèrent, elle pourlécha et creusa la fossette de mon nombril avant de happer ma verge pendant que ses mains se glissaient entre mes cuisses, s'emparaient de mes couilles pour mieux les gober, les faire rouler sous sa langue dans la tiédeur du palais. Je nouai mes jambes autour de son cou. Je n'en pouvais plus de ce bonheur que j'avais cru perdu à jamais. Je me sentais à nouveau englouti dans une avalanche de lumière, j'avais le cœur qui cognait à m'en rompre la poitrine. Djamil avait enfoui son visage dans la raie de mes fesses et me gorgeait le cul de salive. Je brûlais, je fondais au contact de sa langue qui s'enhardissait au plus intime de mon être. Ma respiration se fit saccadée et je happai l'air comme un poisson abandonné sur la rive d'un étang. Quand il s'enfonça en moi, je poussai un cri perçant qui l'arrêta dans son élan.

Il s'enquit :

— Tu as mal ? Ça ne te plaît pas ?

— Continue ! Continue ! Cela fait si longtemps que je n'ai plus connu un tel bonheur que ça me fait crier. Bourre-moi, Djamil. Bourre-moi, délivre-moi de la vertu qui m'a enchaîné depuis que j'ai quitté Omar.

Sa queue allait et venait entre mes fesses et, à chaque coup de boutoir, mes doigts se crispaient sur les draps. Ses paumes raclaient mon torse au rythme de plus en plus effréné qu'il impulsait à son bassin. Puis il y eut cette seconde indicible où je le sentis frissonner au plus profond de moi avant de décharger une longue giclée de foutre. Je n'étais plus qu'un réceptacle, qu'un cul de femelle. Une putain asservie à la queue d'un prince. La malédiction de Malik était conjurée. Djamil, futur sultan de Kazarkhan était apte à régner. Mais les préceptes d'Allah et les sourates du Coran m'interdiraient à jamais d'en témoigner. Le Prince s'écroula sur moi, et nous restâmes enlacés un long moment avant que je ne reprenne l'initiative. Je pus tout à loisir le humer, le goûter, le lécher, le laper, le respirer. Le creux des lombes, la saignée d'un genou, le sillon de l'échine, le pli de l'aine, la courbure d'une hanche, la corolle d'une aréole posée comme un petit coquillage à la pointe d'un sein. Je rangeais dans le grenier de ma mémoire chaque fragment de son corps, chaque fragrance de sa peau, de la plus suave à la plus musquée. J'accumulais des provisions de bonheur pour les nuits solitaires qui succéderaient à cette nuit de noces qui, je le savais, ne pourrait être qu'unique. Je gravai sur mes lèvres chaque parcelle de son ventre, mes doigts redessinèrent le modelé de sa bouche, le galbe de ses fesses, l'ovale de ses couilles, l'arc tendu de sa verge, la ciselure de son gland. Ils caressèrent sans les cueillir les fleurs de sa poitrine, mon sexe s'émut à l'orée de sa bouche, mes genoux écartèrent ses cuisses.

— Je te veux, chuchota-t-il. Je veux que tu me prennes comme je t'ai pris.

Je m'inquiétai :

— Est-ce que Selim et toi ?

— Non. Selim et moi avons pris beaucoup de plaisir ensemble. Tu t'en doutais, n'est-ce pas? Mais il ne m'a jamais…

Le mot restait accroché au bord de ses lèvres. Tabou. Un reste de pudeur qu'il me faudrait surmonter.

— Enculé? Le mot te gêne, te fait peur?

— Oui, avoua-t-il. De ce côté-là, je suis toujours vierge. Mais je compte sur toi pour découvrir cette autre face de moi-même… Vas-y, Luka.

Je lui massai longuement le périnée, enfonçant petit à petit un doigt dans son intimité. Il soupira et s'arc-bouta lorsque mon majeur força l'anus. Son sexe se cambra et il replia les genoux sur mes épaules.

— Maintenant…

J'obéis doucement après avoir humecté la pointe de ma verge de salive et la glissai à l'entrée de sa caverne secrète. Je le sentis se décontracter et je pus le pénétrer lentement. Ensuite… Ensuite, je ne sais plus. Je me suis laissé emporter par la houle du désir. Des vagues successives de plus en plus fortes jusqu'à ce que l'écume surgisse et que je retombe, après l'ultime ressac, éclaboussé de bonheur, dans les bras de Djamil. Épuisé, vidé, complètement anéanti.

J'aurais voulu mourir à cet instant, ne pas survivre à cette escalade d'amour brut, me laisser couler dans une éternité au parfum de sperme et de sueur. Mais Djamil, insatiable, me recouvrait déjà. Son membre, en pleine forme, s'arquait contre le mien, tandis que ses mains me cajolaient les flancs, les hanches et que sa bouche, avide de baisers, butinait mes lèvres, mes paupières, ma gorge, suscitaient de nouveaux désirs, de nouvelles caresses… Je le laissai à nouveau me tarauder le sexe du bout des doigts, du bout des lèvres, jusqu'à ce qu'il reprenne vigueur. Quand il estima que j'étais à nouveau tendu à point, Djamil se mit à califourchon sur mon ventre et s'empala lentement sur mon membre. Son souffle s'accéléra lorsqu'il se mit à monter et descendre le long de ma tige. Je sentais les muscles de ses fesses se resserrer et se détendre à chaque mouvement. J'accentuai le rythme par quelques soubresauts de mon ventre. Pour ne pas être en reste, je lui saisis la verge dont la tête pourpre me narguait et je me mis à la caresser. La même émotion nous envahit qui nous poussa à émettre de concert des râles de plus en plus aigus qui culminèrent lorsque le même frisson nous tendit l'échine et que la fulgurance de l'orgasme dégoulina entre mes doigts, entre ses cuisses. Djamil s'affaissa à mes côtés. Un dernier souffle s'échappa de ses lèvres entrouvertes.

Je le laissai somnoler un peu. Je me servis un gobelet de vin de Chypre et le dégustai en contemplant le prince dans toute sa beauté nue. Le jeune adolescent dont la fraîcheur m'avait ému au bord du fleuve avait mûri et s'était mué en un bel éphèbe à la virilité troublante. Des gouttes de transpiration perlaient à la lisière de ses tempes. Un peu de salive embrumait ses lèvres. Sa respiration restait saccadée, il haletait. Il me semblait entendre les battements effrénés de son cœur et je me plaisais à imaginer le parcours de son sang qui palpitait à hauteur de sa gorge, qui se glissait du creux des épaules au bout des doigts recroquevillés sur son sexe alangui par l'effort. Mes yeux ne se lassaient pas de refaire le même parcours. Le cœur, la gorge, la main, le sexe. Le cœur, la gorge, la main, le sexe. La main, le sexe. Je n'avais d'yeux que pour ce bout de chair érectile. Ce jeune sexe si troublant, replié sur lui-même, mais qu'un rien, un souffle, une caresse, suffirait à cabrer à nouveau dans toute sa superbe insolence…

Au bout d'un moment, Djamil se redressa et s'assit à mes côtés.

— C'était fou ! Non ?

— C'était unique, mon Prince. Voulez-vous boire un coup ?

Je remplis à nouveau le gobelet d'étain et le lui tendis. Il s'en saisit et le vida d'une seule longue gorgée.

— J'avais vraiment soif.

— Vous en voulez encore ? Il en reste.

— Non, Luka. Garde-le pour toi. J'ai besoin d'être lucide demain. Mais, à propos de demain, j'ai une faveur à te demander…

— Une faveur, mon Prince ? D'habitude ce sont plutôt les princes qui accordent des faveurs… Mais je vous écoute…

— Dès demain, j'aimerais te reprendre à mon service…

— à votre service ? Mais, comme vous le savez sans doute, Sa Grandeur m'a prié de rester à son service comme interprète.

— Je sais, Luka, je sais. Nous en avons parlé ensemble. Mais ce que je vais te demander n'est en rien incompatible avec la fonction d'interprète. Voulez-vous, Maître Luka, être mon chroniqueur ? J'ai lu ton journal. Pardonne-moi d'avoir été indiscret, mais je trouve que tu racontes si bien les choses…

— Cela me touche beaucoup, mon Prince. Et m'honore. Si Sa Grandeur n'y voit pas d'objections…

— Mon père y mettra d'autant moins d'objections que ma mère soutient mon initiative.

— Mais qui dirige ce pays à la fin ? Sa Grandeur ou Sa Grâce ?

— Ce sera à toi de le découvrir. Il ne faut pas toujours se fier aux apparences. C'est comme cette nuit. Demain, le drap sera tâché du sang d'une fille vierge alors que c'est avec toi que j'aurai fait l'amour…

J'osai me montrer narquois :

— Et cela, je devrai le noter dans votre chronique ?

En guise de réponse, Djamil me renversa à nouveau sur le lit.

— Contente-toi de noter que cette nuit-là le Prince était au meilleur de sa forme grâce à la décoction miraculeuse du docteur Youssouf… Et si tu en doutais, je vais te prouver que j'ai raison. Un prince a forcément toujours raison.

Je ne demandais qu'à le croire et je laissai une nouvelle fois Djamil me prendre d'assaut. Le désir, le plaisir nous tendaient à nouveau le ventre. Le ciel de la nuit bascula une fois de plus quand le prince scella son corps au mien. Cette nuit, à n'en pas douter, sera unique. Mais dieu, qu'elle aura été multiple ! Quant à l'innocence…

L'AUBE

Selim ne dormait pas. Il était assis, le front posé sur les genoux qu'il avait repliés contre sa poitrine. À ses côtés, Dalia sommeillait…

Dalia ! Son bonheur ! Son supplice !

Certes, il avait accompli sa tâche et plutôt trois fois qu'une. Le drap taché de sang ne laisserait planer aucun doute à ce sujet. Mais comment Djamil réagirait-il lorsqu'il lui annoncerait que leur secret était éventé, que la fille qu'il avait déflorée savait parfaitement qu'elle n'avait pas partagé sa couche avec le futur Sultan de Kazarkhan et qu'elle pouvait donc, d'un seul mot, anéantir ses rêves de succession ?

Tout avait basculé lorsque Dalia avait soulevé les paupières. Au lieu du prince qu'elle ne connaissait pas, elle redécouvrait le jeune ondin qu'elle avait vu surgir du fleuve, nappé de la lumière dorée du couchant comme ce soir il l'était par la clarté ocre des lampes à huile. Son ventre de garçon avait forci, et, sans son passage dans les coulisses de la Maison de la Juive, elle aurait probablement été désemparée par cet éperon de chair qui s'érigeait entre ses cuisses. Un cri s'échappa de ses lèvres :

— Mon dieu ! C'est toi ! C'est toi !

La surprise figea Selim au bord du lit. Cette voix, ce visage familiers… Ce n'était pas possible. Elle le connaissait. Il devait donc la connaître lui aussi. Il rêvait. Il devait y avoir un subterfuge là-dessous. Une farce, un coup monté par Djamil. Mais non : Djamil n'avait jamais rencontré cette gamine. Cette gamine ? Brusquement ses yeux s'écarquillèrent. Mais oui ! Le reflet d'eau grise de son regard, la moue de ses lèvres... La fille d'Anwar ! Comment cette petite sauvageonne toujours attifée sans recherche et sans grâce, tout juste bonne à relever les nasses de son père, avait-elle abouti sur ce lit en offrande à un futur prince héritier ? Par quel miracle cette fillette dont les garçons du village moquaient la gaucherie s'était-elle métamorphosée en jeune houri aux formes succulentes ? Suffisait-il donc d'ajouter quelques années au sablier du temps pour que la grâce épanouisse la chair ? Le garçon n'eut pas le temps d'y réfléchir davantage.

— Selim ! Dis-moi que je ne rêve pas ! C'est bien toi ?

— Dalia ! Mais que fais-tu ici ?

Pour toute réponse Dalia referma ses bras sur le dos du garçon qui se penchait vers sa poitrine et l'attira contre elle. Elle n'en revenait pas de ce bonheur volé qui lui tombait du ciel au moment le plus inattendu. Cela ne pourrait pas durer. Selim n'était sans doute là que pour la mettre en train, la chauffer avant que le Prince ne surgisse à son tour comme elle l'avait vu faire chez la Juive où deux clients se partageaient parfois la même fille. Le premier se contentait de quelques prémices, d'allumer le brasier dont profiterait le second, souvent plus âgé. Il fallait donc faire vite, bousculer Selim, le surprendre, lui offrir tout, tout de suite, ne laisser au prince que les miettes d'un festin déjà consommé. Alors tous les gestes obscènes, les caresses triviales, les baisers inconvenants qui l'avaient parfois choquée chez la Juive se métamorphosèrent en évidences d'amour. Selim eut l'impression que les doigts de Dalia se multipliaient à l'infini, que ses lèvres éclosaient partout à la fois, de la nuque au ventre, du ventre au genou. Chaque nouvel effleurement lui arrachait de nouveaux frissons et il craignit de se répandre sans avoir accompli son devoir. Alors, des gestes venus de la nuit des temps, incrustés au plus profond de lui-même, qu'il avait toujours sus, bien avant d'aller chez la Juive, ces gestes guidèrent son désir et pallièrent sa peur de commettre une maladresse, de ne pas être à la hauteur de cette fille dont la hardiesse le surprenait à chaque instant. Il resserra davantage son ventre contre celui de Dalia. Leurs visages n'étaient plus qu'à un souffle l'un de l'autre.

— N'aie pas peur, chuchota Dalia. C'est pour toi que j'ai accepté de partager le lit du Prince. Rien que pour toi...

Alors, d'une main, elle saisit le sexe du page, le guida jusqu'à l'entrée de sa bouche secrète et bomba le ventre. La douleur fut brève lorsque l'écran de l'hymen se fendit sous la pression du membre du garçon. Selim eut l'impression de s'engouffrer dans un labyrinthe sans fond. Une chute infinie accentuée par les spasmes qui ponctuèrent chaque soubresaut de son sexe lorsque le plaisir gicla. Vite. Chaud. Sous ses paumes, les tétons de Dalia se gonflèrent, sa gorge se creusa et ses lèvres s'ouvrirent sur un cri rauque. Selim la fit taire d'un baiser. Avant de retomber, enivré et abasourdi sur le dos, aux côtés de Dalia, la petite fille du pêcheur, désormais femme à part entière... Comme au sortir du fleuve, il murmura :

— Je l'ai fait, Dalia ! Je l'ai fait !

— Et le Prince ? s'inquiéta Dalia après un long moment de silence.

— Cette nuit, par la grâce de Djamil, je suis le Prince de Kazarkhan...

— Mais alors ? Nous avons toute une nuit pour nous aimer !

— Toute une nuit, Dalia. Mais rien qu'une nuit, je le crains...

Toute une nuit. C'était plus qu'il n'en fallait pour épuiser Selim et contenter Dalia. Entre deux caresses, deux voluptés, elle s'épancha. Elle raconta au garçon la mort d'Anwar, sa fugue pour éviter le mariage avec un cousin lointain et âgé, son arrivée à Kazarkhan, sa rencontre avec Nouri, son accueil chez Salomé et cette mission qu'elle n'avait acceptée que parce qu'elle la rapprocherait de lui, Selim, le seul garçon qui avait jamais peuplé ses rêves et qu'elle tenait là, enfin, à portée de lèvres.

— Maintenant que je t'ai retrouvé, promets-moi que tu ne m'abandonneras jamais ?

La main de Dalia effleura l'épaule de Selim, découvrit l'étoile de sa cicatrice avant d'enlacer ses hanches et de se serrer à nouveau contre lui. Elle se fit chienne, elle se fit chatte. Elle noua ses genoux en collier autour de la nuque du page et se tordit lorsqu'il insinua le bout de sa langue au cœur de sa flore intime. Lorsque le garçon sentit son désir reprendre force, il s'emboîta à nouveau en elle, qui l'aspira tout en douceur, puis, au milieu de la nuit, un rayon de lune illumina leur étreinte, leurs ventres s'apprivoisèrent, calquèrent leur rythme l'un sur l'autre et ils se laissèrent submerger par le balancement harmonieux de leurs corps jusqu'à ce que Selim chavire, sombre dans un plaisir intense, lumineux, inoubliable…

L'amour avait fini par avoir raison de Dalia qui s'était assoupie. Selim veillait à ses côtés. Tant qu'il était nu, il se sentait l'égal d'un prince. De Djamil. Mais bientôt, il faudrait qu'il revête sa tunique de page, qu'il affronte la réalité. Pourrait-il être autre chose que l'amant d'une nuit ? Quel serait le sort de Dalia ? La renverrait-on chez Salomé comme une simple putain ? Ou pire : pourrait-elle survivre au secret qu'elle détenait sans l'avoir voulu ? Djamil prendrait-il le risque de laisser en liberté une fille qui pourrait révéler à tout Kazarkhan qu'il n'avait pas conjuré lui-même la malédiction de Malik ? Tout cela le dépassait. Tout comme le surprenait ce sentiment nouveau qu'il ressentait pour cette fille qu'il avait côtoyée des dizaines de fois sans vraiment la voir. Au-delà du plaisir qu'il avait éprouvé dans les bras de Dalia, à la fois si proche et si différent de celui qui l'enflammait avec Djamil, il avait l'impression que son cœur battait autrement, plus vite, plus fort, lorsqu'il la contemplait. Avait-il suffi d'une nuit pour qu'il tombe amoureux ? Il n'en savait trop rien. Mais c'était la fille d'Anwar, une fille de son village. Il ne pouvait pas l'abandonner comme une simple catin qu'on oublie après l'avoir consommée. Il ne savait pas encore s'il en était épris, mais une chose était sûre : Dalia, elle, l'aimait. Ce n'était pas pour conjurer la malédiction de Malik qu'elle s'était donnée à lui, mais pour conjurer ses propres peurs. Si elle retournait au village, son vieux cousin la répudierait, ou pire, selon le prescrit de la loi, il pourrait la faire lapider. Tout cela était à la fois horrible et profondément injuste. Il ne pourrait pas laisser les choses se passer ainsi. Pas après cette nuit. Il se pencha vers la dormeuse et lui susurra à l'oreille :

— Je te protégerai, Dalia. Je ne sais pas comment, mais je te protégerai.

Le cri du muezzin transperça l'aube. À regret, Selim enfila sa tunique et rejoignit la bibliothèque. Djamil l'y attendait.

— Tu m'as l'air aussi fourbu que moi. À croire que tu n'as pas beaucoup dormi toi non plus !

Il y avait des accents égrillards dans le ton du Prince lorsqu'il s'adressa à Selim. Devant le mutisme de ce dernier, il s'impatienta :

— Mais raconte ! Elle t'a rendu muet ? C'était bien ? Tu as pris du plaisir au moins ?

Comme Selim ne réagissait toujours pas, un soupçon d'inquiétude se mit à germer dans l'esprit de Djamil.

— Ne me dis pas qu'il ne s'est rien passé ! Excité comme tu l'étais quand nous nous sommes séparés, c'est impossible…

— Rassurez-vous : j'ai fait ce qu'il fallait. Et ce ne fut pas une corvée… Mais…

— Mais ? Mais quoi ? Elle n'a pas saigné ? Elle n'était plus vierge ?

— Oh que si ! Dalia était on ne peut plus vierge…

— Je vois que vous n'avez pas seulement échangé des caresses. Ainsi elle t'a révélé son nom… Dalia ! C'est plutôt joli…

— Elle connaît aussi le mien !

Ce fut comme un éclair dans le ciel de l'aube. Le sourire narquois de Djamil se figea, devint glacé.

— Tu lui as révélé ton nom ? Mais c'est de la folie. Pourquoi m'as-tu trahi ?

— Ce ne fut pas nécessaire. Elle me connaissait depuis toujours. C'est la fille du pêcheur de mon village.

— Mais que faisait-elle à Kazarkhan ?

— Son père est mort et... comme elle refusait le mariage avec un vieux cousin, elle s'est enfuie.

— Elle en aimait un autre ?

— Oui. Moi ! Mais je vous le jure, je l'ignorais...

— Et maintenant ? Tu l'aimes ?

— Je ne sais pas, Mon Prince. Je lui ai juste promis que je ne l'abandonnerais pas. Avec votre permission, j'aimerais la sortir de chez la Juive...

— De toute façon, elle en sait trop pour retourner chez la Juive... Si elle veut rester en vie, elle n'aura pas d'autre choix que de vivre au palais...

Puis il ajouta, lapidaire :

— ...et de se taire !

— Vous la feriez tuer ?

— Moi, non ! Mais la raison d'État, oui ! Tout prince que je suis, je devrai me plier à certaines règles. La raison d'État en est une.

— Mais alors, vous devrez me tuer moi aussi, car moi aussi j'en sais trop !

Djamil se voulut rassurant :

— Ne dramatisons pas. Tu sais à quel point je tiens à toi. Je suis sûr que si tu demandes à Dalia de se taire et qu'elle t'aime autant que tu as l'air de le croire, elle sera plus muette que les tombes du cimetière au-delà des remparts de la ville... Va la rassurer avant que Youssouf ne vienne constater qu'elle est devenue femme.

Puis, s'adressant à Ali qui avait assisté à l'entretien sans broncher :

— Ali ! Va prévenir Sa Grâce que je dois la voir d'urgence. N'aie pas peur d'insister. D'urgence !

Samara hésitait entre l'inquiétude et la curiosité. Elle avait renvoyé les servantes qui procédaient à sa toilette matinale pour recevoir son fils. Ali, le fidèle Ali, lui avait fait comprendre qu'il y avait urgence. Le garçon arriva en coup de vent et ne prit même pas la peine de s'asseoir.

— Je sais que la journée sera chargée, Djamil. Mais quand même ! Qu'est-ce qui me vaut ta visite alors que le soleil n'est même pas encore levé ?

— C'est à propos de Dalia…

— Dalia ?… Ah ! Je vois. C'est sans doute la fille qui t'a permis de conjurer la malédiction de Malik, n'est-ce pas ? Quand Youssouf aura constaté qu'elle a perdu son pucelage, nous la renverrons chez la Juive. Ce n'est qu'une petite catin dont le sort ne doit pas te préoccuper…

Devant le regard sombre et les sourcils froncés du prince, Sa Grâce s'inquiéta :

— à moins que… Tout s'est bien passé, n'est-ce pas ?

Djamil répondit avec une pointe d'agacement qui ne lui était pas coutumière :

— Oui. L'ordre des choses a été respecté.

Puis, d'une voix plus suave, il ajouta :

— Toutefois, j'aimerais que vous m'accordiez la faveur de prendre Dalia à votre service plutôt que de la renvoyer chez la Juive.

Samara ne put s'empêcher de sourire :

— Voyez-vous ça ! Le poussin s'est transformé en jeune coq et entend conserver la mainmise sur la poulette qui lui a permis de passer le cap. Le moins que l'on puisse dire, c'est que les rumeurs avaient tort…

— Quelles rumeurs ?

— Rien Djamil. Des scories que le vent de l'aube emportera. Va. La cérémonie du drap ne saurait plus tarder. Tu ne peux pas la manquer. Le peuple t'attend au pied des remparts.

— Et Dalia ?

— Nasreen, ma lingère, se fait vieille. Deux jeunes bras ne pourront qu'alléger sa tâche. Dis à Ali de la lui présenter. Mais promets-moi une chose…

— Tout ce que vous voudrez, Mère !

— Tout ce que vous voudrez… Si ton père t'entendait, il ne manquerait pas de t'adjurer de ne jamais tenir ce genre de propos… Heureusement, moi, j'ai souvent rêvé que tu deviendrais un homme différent des autres. J'ai beaucoup compté sur Maître Luka pour t'ouvrir à d'autres voies que celles de la guerre et de la force. La poésie, par exemple. Ne nous déçois pas, Djamil. Cette petite Dalia, puisque tu souhaites la conserver dans ton entourage, respecte-la. Ne te contente pas de la culbuter quand ton ventre te démangera. N'oublie jamais que c'est à travers elle que tu deviendras un jour Sultan de Kazarkhan… Va ! Le soleil se lève. Les hommes t'attendent pour contempler le sang que tu as répandu cette nuit… Si seulement, ce pouvait être le seul sang que tu répandras jamais !

Djamil se retira des appartements de Sa Grâce. Samara ne put s'empêcher de murmurer :

— Comme c'est curieux ! J'ai le sentiment qu'il ne m'a pas tout dit…

Puis, comme pour se rassurer, elle ajouta :

— Mais n'est-ce pas là le propre des garçons quand ils se croient devenus des hommes !

JOURNAL DE LUKA

« En l'an 610 de l'Hégire, Djamil, fils de Sa Grandeur Ibrahim, Sultan de Kazarkhan, accéda au titre de Prince Héritier selon les rites et coutumes du pays des steppes… »

C'est ainsi sans doute que je débuterai la chronique officielle du règne de celui qui devint mon amant en passant de mes rêves à mon lit. J'y ajouterai qu'il conjura la malédiction de Malik, sans autres précisions, puisque telle est la vérité officielle.

Mon ami Youssouf constata sans surprise que la fille dont il avait dûment authentifié la virginité la veille au soir avait bel et bien perdu son pucelage au cours de la nuit. Le drap taché du sang de l'hymen ne laissait d'ailleurs planer aucun soupçon sur la chose et suffirait, espérait-on en haut lieu, à faire taire les rumeurs sur l'incapacité du Prince à se conduire en homme. Et de fait, le peuple rassemblé au pied des remparts du palais derrière les notables de la ville et les représentants des principales tribus poussa des cris de joie lorsqu'Ali, avec le Prince et le médecin juif à ses côtés, déploya le drap comme un étendard entre deux créneaux. L'étoile de sang, si petite soit-elle, eut l'effet escompté. Le bruit des applaudissements se répandit de ruelles en ruelles à travers toute la ville et ce fut comme un embrasement de joie qui submergea la cité pendant toute la journée. Les youyous des femmes amplifièrent encore le vacarme et réveillèrent les quelques inconscients qui ne se préoccupaient pas des affaires publiques. Je me suis laissé dire que, même chez Salomé, les filles se mirent à danser dans la cour intérieure pour fêter ce qui, après tout, relevait de l'imposture.

Djamil : si tu me relis un jour comme tu l'as déjà fait, sache que je ne mets aucun accent péjoratif dans le terme « imposture ». C'est plutôt un clin d'œil que je me dois de faire à l'Histoire. À ton Histoire, à la mienne, puisque désormais elles se confondent parfois.

Il y eut, comme dans toute dynastie qui veut se faire respecter, des cérémonies plus officielles au cœur du palais. Ibrahim, le vieux sultan que l'on disait sur le déclin, en profita pour renouer des liens avec les principaux seigneurs des tribus nomades et recueillir leurs serments d'allégeance. Djamil, à ses côtés, saluait les uns, congratulait les autres. Dans son uniforme d'apparat, je le sentais parfois embarrassé par la lourdeur du protocole, les pieds qu'on lui baisait, les génuflexions qui se multipliaient, les formules creuses qui n'avaient jamais empêché les trahisons. Je me tenais non loin du trône d'Ibrahim, prêt à intervenir lorsque les représentants de Venise ou de Constantinople viendraient saluer le futur sultan. Mon regard croisa celui du Prince à un moment donné, et la moue fugitive que je crus discerner sur ses lèvres m'indiqua que, sans doute, il aurait préféré se trouver ailleurs. Moi aussi. J'aurais voulu pouvoir m'envoler loin, très loin de Kazarkhan, laisser tomber les turbans et les brocarts dont nous étions attifés, jeter au loin les poignards et autres épées qui nous encombraient les bras et la ceinture, pour ne garder d'autres uniformes que nos peaux nues, d'autres armes que nos mains affamées de caresses, d'autres joyaux que les pupilles de nos yeux avivées par le désir. Je vivais dans une sorte d'état second consécutif à la fièvre qui avait privé ma nuit de sommeil et je remarquai que je n'étais pas le seul à survivre dans cet état. Selim, aux côtés de Djamil, avait le regard perdu, lui aussi. J'aurais donné cher pour savoir sur quels chemins de traverse errait son esprit pendant que les notables de Kazarkhan se répandaient en courbettes et en salamalecs autour de nous. Rêvait-il comme moi de retrouver son prince dans toute sa simplicité naturelle, dépouillé de tous les artifices du pouvoir, ou, au contraire, pensait-il à la grande absente des festivités ?

Car, cela allait de soi dans cette terre vouée au culte du Prophète, la fille qui avait ouvert au Prince la voie du trône était déjà reléguée aux oubliettes, disparue dans les dédales du sérail. Ce qui n'avait pas manqué de me surprendre d'ailleurs. Contre toute attente, on ne l'avait pas renvoyée chez la Juive. Pourquoi le Prince avait-il tenu à garder au Palais une fille avec laquelle il n'avait pas couché et qui ne lui avait forcément procuré aucun plaisir mais qui risquait tôt ou tard de découvrir la supercherie en le croisant au détour d'un jardin ou d'un couloir ? N'était-ce pas jouer inutilement avec le feu ? Il y avait là comme un parfum de mystère dont la clé était peut-être cachée dans le cœur de Selim. Je me jurai d'en saisir la teneur dans les semaines qui suivraient…

Après les hommages, il y eut les ripailles. Des cabris, des agneaux, des jeunes veaux rôtissaient dans des effluves parfumés au cumin et au safran. Des pyramides de riz fumant circulaient, agrémentées de fenouil, de menthe, de ciboulette, de sésame et de sauces épaisses concoctées avec des raisins secs, des olives, des figues et des dattes. La chair des poissons pêchés la veille dans le fleuve grésillait sur des grilles géantes avant d'être assaisonnée avec de l'ail et des clous de girofle. Des poulardes et des faisanes farcies, des civets de lièvres aux oignons, des cuissots de biche à la broche… Les maîtres queux du Palais avaient sorti tous leurs atouts pour en mettre plein les papilles aux nombreux invités. De jeunes échansons allaient et venaient avec des cruchons de yaourt, de karkadé ou de jus de limette pour les plus sobres, des jarres de vin pour ceux qui ne plaçaient pas les préceptes d'Allah — Béni soit quand même Son Saint Nom ! — au-dessus des réjouissances.

Les festivités durèrent jusqu'au crépuscule, agrémentées de musiques et de danses. Après quelques hymnes guerriers enlevés par des soldats qui brandissaient des cimeterres, après des farandoles plus folkloriques de tribus montagnardes, des cris saluèrent l'entrée en scène de quelques filles fort dévêtues. Dans cette assemblée de mâles où seule Sa Grâce avait fait une très brève apparition en début d'après-midi, elles ne pouvaient que susciter une montée de l'enthousiasme. Elles vinrent faire trémousser leurs ventres et leurs poitrines entre les dîneurs. Comme souvent, on les avait choisies plutôt dodues. Cet étalage de chair n'eut pas le don d'exciter ma sensualité. Au contraire, je ne pus m'empêcher de comparer leurs seins opulents et leurs abdomens frémissants à la gélatine qui garnissait les aspics d'agneau qu'on nous servait à ce moment-là. Ce ne seraient certainement pas elles qui me convertiraient au culte de Vénus. Lorsque l'une d'elles se mit à tournoyer et à faire virevolter les quelques lanières qui lui servaient de jupe, il y eut des rires gras, des sifflets, des propos graveleux. Un convive se leva, visiblement éméché, et l'imita de façon grossière en pivotant autour de la fille et en frappant des mains au-dessus de son turban de guingois. Les rires redoublèrent, les propos se firent de plus en plus salaces, de plus en plus explicites. Avant que l'heure ne devienne tout à fait lubrique, Sa Grandeur se retira. Le Prince ne tarda pas à l'imiter. Et Selim.

Je les vis disparaître avec Ali du côté du hammam.

Ma nuit serait solitaire. À moins qu'un échanson… La légende ne dit-elle pas que Zeus après avoir enlevé Ganymède en fit son amant et l'échanson des dieux de l'Olympe ? Abû-Nuwâs ne les célèbre-t-il pas dans ses poèmes licencieux ? Il ne m'était pas interdit d'imaginer qu'il s'en trouverait bien un parmi ceux qui nous entouraient pour perpétuer la légende…

J'ai levé ma coupe. L'un d'eux s'est aussitôt précipité vers moi pour la remplir. C'était du vin du Caucase. Aigrelet, au goût de pierre à feu. Le garçon avait le cou gracile, les jambes nues et glabres, de grands yeux de faon soulignés de khôl. Je glissai une main sous sa tunique. Sa cuisse était tiède, ferme, engageante. Un mot aurait suffi pour qu'il me suive dans un coin d'ombre propice. Mais je préférai me taire. Si succulent soit-il, c'eût été forcément déchoir que de le consommer après avoir goûté du Prince. Je le laissai repartir vers d'autres convives puis je me levai à mon tour. Je regagnai ma chambre. Mon journal était là, sur une étagère. L'encre de mes souvenirs était encore fraîche dans ma mémoire. J'en profitai pour rédiger ces quelques lignes…

RUMEURS ET COMPLOTS

Boutros était soucieux. Il venait d'apprendre qu'une fois de plus une caravane avait été pillée du côté de la frontière nord malgré la présence dans les parages d'*El Sakr* et du prince Djamil. Il allait falloir prendre des mesures, faire accompagner les marchands par des soldats, demander au Sultan d'envoyer de nouvelles troupes pour sécuriser les frontières. Mais il ne fallait pas se faire trop d'illusions. Le territoire très accidenté convenait à merveille aux rebelles tatars. Ils surgissaient à l'improviste sur leurs petits chevaux au détour d'un col pour disparaître presque aussitôt leur méfait accompli au fond d'une gorge connue d'eux seuls. Cette guérilla était exaspérante comme pouvaient l'être des moustiques. Quand on frappe, ils ont déjà piqué et ils se sont envolés. Il faudrait pouvoir nettoyer les vallées de toute cette vermine. Pour cela, il faudrait une poigne de fer à la tête du Kazarkhan. Mais le Sultan se faisait vieux. Quant au prince héritier…

Boutros n'eut pas le temps de pousser plus loin sa réflexion sur les difficultés du temps présent. Un serviteur s'était approché pour lui annoncer la visite de Yasser, le grand imam de la mosquée de Kazarkhan.

— Yasser ! Quel bon vent t'amène ? Assieds-toi, je t'en prie… Tiens ! Goûte un peu ces figues cueillies ce matin. Elles sont dignes du palais d'Allah ! — Béni soit son Saint Nom ! Mais dis-moi, qu'est-ce qui me vaut l'honneur de ta visite ce matin ? Tu as besoin de nouvelles aumônes pour réparer ou embellir la mosquée de Kazarkhan ?

Yasser était aussi long et sec que Boutros était court et rondouillard. Il tendit la main vers la coupe de figues que le marchand lui présentait, en saisit une et la fourra discrètement entre ses lèvres minces que l'on distinguait à peine dans la broussaille de la barbe qui lui envahissait la moitié du visage.

— Rassure-toi, cher ami. Nous connaissons tous ta générosité et Allah — Béni soit son Saint Nom ! — te la revaudra au centuple. Non. Grâce à tes soins, la grande mosquée est plus splendide que jamais et les fidèles ne peuvent que s'en réjouir… Nous sommes tous vraiment impatients de t'y accueillir pour la prière un de ces prochains jours. Préviens-moi seulement de ta visite, que je puisse en informer les croyants et souligner ce jour-là ta générosité…

— N'exagère pas, Yasser ! Je ne suis qu'un humble croyant parmi tous les autres. Je donne selon la prospérité que Dieu et son Prophète — Bénis soient leurs Saints Noms ! — accordent à mes affaires. Ce n'est en définitive qu'un juste retour des choses. Mais ce n'est pas à moi, simple fidèle, à t'apprendre quoi que ce soit sur le sujet. Mais… si tu n'es pas venu pour une aumône, qu'est-ce qui t'amènes ?

Yasser croisa ses mains sur l'arête de ses genoux avant de murmurer de manière presque confidentielle :

Le Sultan se fait vieux !

— Comme nous tous, Yasser ! Chaque jour qui passe nous enlevons une brique à l'édifice de notre vie et le moment viendra où il n'y aura plus rien à soustraire. Nous ignorons tous combien de briques le sultan devra encore retirer avant de comparaître devant son Seigneur.

— Sans doute, Boutros, sans doute ! Mais ce n'est pas tant l'âge du Sultan qui m'inquiète, que celui de son héritier.

— Djamil est encore très jeune, je te l'accorde, mais il a prouvé qu'il était apte à succéder à son père… N'a-t-il pas conjuré la malédiction de Malik comme le veut la tradition ?

— Voyons, Boutros ! Ne me dis pas que tu attaches une quelconque importance à cette tradition venue des siècles passés et qui voudrait que l'aptitude d'un prince à régner soit conditionnée par sa capacité à déflorer une jeune vierge ! Que le peuple attache une certaine importance à ce genre de fariboles, soit ! Mais pas nous, Boutros ! Non, pas nous !

— Bien évidemment que non, mon cher Yasser ! Même si, la semaine dernière, nous avons tous fait semblant d'être réjouis lorsque l'on a exposé le drap taché du sang de l'hymen d'une courtisane sur les remparts du palais. Ce n'est que du folklore, après tout. Mais le folklore n'a jamais fait de mal à personne. Au contraire, il a permis au peuple de se rassembler autour de son futur souverain.

— Ne me dis pas que tu te félicites de voir un gamin monter sur le trône !

— Non, bien sûr ! D'autant plus qu'avant que tu ne viennes me rendre visite, je me préoccupais de la situation à notre frontière du côté des Tatars. Les pillages de caravanes ont une fâcheuse tendance à se multiplier.

— Et tu te disais sans doute qu'un garçon de seize ans n'était pas la personne la plus adéquate pour remédier à cette situation…

— Je n'en étais pas encore là…

— Cela ne devrait tarder. D'autant plus que certaines rumeurs…

— Oh, tu sais, les rumeurs ! Ne dit-on pas que je suis beaucoup plus riche que le Sultan…

— Ce qui n'est peut-être pas tout à fait faux…

Le visage de Boutros se fendit d'un sourire narquois.

— Peut-être. Mais cette rumeur…

— Voyons, Boutros. Ne me dis pas que tu n'as jamais entendu parler de Maître Luka…

— Le précepteur du Prince?

— Oui. Un roumi... et comme si cela ne suffisait pas, un inverti!

— Tu veux dire...

Boutros fit mine de chercher ses mots en lissant sa barbe avant de laisser tomber:

— ...un sodomite?

— Il y a des mots qu'un représentant du Prophète ne prononce pas.

— Admettons. Mais en quoi cela concerne-t-il le Prince?

— La contagion. Avant la fameuse nuit qui a vu une jeune fille offrir son pucelage au prince héritier, une autre rumeur voulait que le Prince Djamil ne s'intéressât guère aux courtisanes du Palais, qu'il n'avait d'yeux que pour son page, un gamin sorti d'un village du côté du fleuve et qui lui aurait sauvé la vie...

— Ce n'est peut-être qu'une amitié entre jouvenceaux, bien légitime s'il doit réellement la vie à ce garçon. Pourquoi voir le mal partout?

— Parce que la Loi d'Allah, — Béni soit son Saint Nom! — condamne ce genre de rapports, parce qu'un Prince éduqué par un païen et amoureux de son page ne peut conduire Kazarkhan qu'à la ruine. Et que si les mœurs du Prince t'indiffèrent, le cours des affaires, lui, ne peut en aucun cas te laisser indifférent! Allons-nous accepter que Kazarkhan sombre dans la décadence? Crois-tu que les Tatars se contenteront de grappiller des miettes à nos frontières quand ils découvriront que nous sommes dirigés par une femmelette? Crois-tu que le peuple se satisfera de folklore et qu'il n'exigera pas de son Prince qu'il respecte les lois divines, à commencer par celle qui veut qu'un homme ne couche pas avec un autre homme? Crois-tu que les cousins de Djamil accepteront longtemps d'être supplantés par un petit braconnier venu des rives du fleuve? Le frère cadet du Sultan est un homme en pleine force de l'âge. Il a trois fils qui ne demandaient qu'à se mettre au service de la nation. En les ignorant,

Djamil en a fait des adversaires qui pourraient nous être utiles si nous estimions préférable de nous passer de l'actuel prétendant. Je suis sûr que toi et moi nous pourrions les convaincre de soutenir leur père et de revendiquer le trône du Kazarkhan. Au nom de la Vraie Foi en ce qui me concerne, au nom de la prospérité du pays en ce qui te regarde. Ajoute à cela la révolte des Kathars du côté du fleuve…

— Une sombre histoire de meurtre s'il faut en croire les bruits qui courent…

— Oui. On a retrouvé dans la montagne le cadavre d'un braconnier, un personnage peu recommandable, certes, et dont la mort n'aurait dû émouvoir personne. Mais…

— Mais…

— Mais on l'a retrouvé avec un poignard fiché dans le dos. Un poignard gravé aux armes du Palais.

— Cela ne prouve rien… Un poignard volé, une rixe entre braconniers…

— Quand on cherche un prétexte, on n'a pas besoin de preuves… Les gens de cette tribu ont toujours eu des velléités d'indépendance. Le cadavre était peut-être celui d'une crapule. C'est désormais celui d'un héros, d'un martyr…

— Fort bien. Et qu'est-ce que tu nous suggères pour conforter l'ordre divin à Kazarkhan ?

— Réfléchis, Boutros, réfléchis. Ce n'est pas de l'hymen d'une fille ramassée dans la rue que doit dépendre le futur du Kazarkhan. Mais de la volonté de Dieu appuyée par mes prêches et mes prières et soutenue par ton or.

— Mon cher Yasser, je comprends d'autant mieux tes inquiétudes que je les partage. Mais ce que tu sous-entends sans me le demander vraiment ne s'improvise pas. Ibrahim, que je sache, est bien vivant. Le peuple ne comprendrait pas que nous nous en prenions à lui… Ce qu'il nous faudrait, c'est quelqu'un à l'intérieur du Palais. Quelqu'un qui nous renseigne sur l'état de santé du Sultan, sur les mœurs réelles du Prince, sur l'état d'esprit des troupes... On ne peut laisser au hasard le soin de dicter la marche des événements.

Boutros se leva, signifiant par là à l'imam qu'il mettait fin à l'entretien.

— Maître Luka... Voilà quelqu'un qui pourrait peut-être nous être utile...

Yasser, qui s'était levé à son tour, sursauta :

— Maître Luka ? Vous n'y pensez pas ? Un inverti ? Comment pourrions-nous avoir la moindre confiance en ce genre d'individu ?

— J'ai ma petite idée. Excusez-moi de ne pas vous en dire plus. Je ne voudrais pas que vous soyez éclaboussé par des relents de sodomie. Pour réaliser ses desseins, Dieu a parfois besoin des hommes, n'est-ce pas ? Priez Dieu qu'il nous protège, mon cher Yasser. Pour ce qui concerne les hommes, faites-moi confiance. Maintenant, je dois vous laisser au service de Dieu. L'or dont Allah — Béni soit son Saint Nom ! — a bien voulu me gratifier, est un maître exigeant. On m'attend au comptoir des Vénitiens. Si vous voulez, vous pouvez m'accompagner. N'est-ce pas que ces figues étaient délicieuses ?...

JOURNAL DE LUKA

Radjiv !

Quand mon regard croisa le corps de Radjiv pour la première fois, la matinée touchait à sa fin. J'avais profité de quelques heures de liberté pour déambuler dans les souks de Kazarkhan sans but précis, si ce n'est celui de flâner, de me laisser submerger par les parfums, les couleurs, l'infinie variété qui se dégageaient des boutiques des artisans. Je humais les odeurs fortes des cuirs et des fourrures, je palpais la douceur des mousselines, des flanelles, des velours et des soieries aux couleurs chamarrées ; je me gavais de l'arôme des épices et, les yeux fermés, j'épelais mentalement leurs noms resurgis du fond de mon enfance à Raguse, quand j'explorais les quais sur les épaules d'un marin : cannelle, coriandre, girofle, safran, vanille… c'était une litanie dont je ne me lasserais jamais ; je passais de longs moments à observer les graveurs et les ferronniers en train de marteler des cuivres ou des étains, les potiers dont les mains galbaient les vases et les jarres… J'aboutissais, comme à chaque fois, entre le caravansérail et la grande mosquée, sur une place où se tenait une foule bruyante et bigarrée. C'était une sorte de vaste marché aux bestiaux où l'on pouvait échanger, vendre ou acheter des chevaux, des chameaux, des brebis, des chèvres, mais aussi des paons, des oies, des coqs, des poules, des perruches… Je m'étais assis sur une des marches près de la grande porte de la mosquée et j'observais cette faune qui hennissait, caquetait, bêlait, blatérait au milieu des marchands qui n'étaient pas en reste de cris, de jurons, de rires et de mains qui claquent l'une sur l'autre pour conclure une affaire... De l'autre côté de la place se dressait un des nombreux entrepôts de Boutros. C'était là que les caravanes déchargeaient provisoirement leurs marchandises avant qu'on ne les répartisse de manière plus précise dans d'autres dépôts du riche commerçant éparpillés à travers la ville.

Une caravane avait certainement dû arriver la veille car il y avait beaucoup de va — et — vient autour de cet entrepôt. Des esclaves de Boutros n'en finissaient pas d'en sortir avec des ballots de laine brute sur les épaules. Ils contournaient la place, passaient devant la mosquée et disparaissaient dans les ruelles du bazar... L'un d'eux était torse nu, vêtu seulement d'un pagne qui lui couvrait les hanches et les cuisses jusqu'aux genoux. C'est sans doute pour cela que je le distinguai dans la file qui passait et repassait devant moi. Il avait la peau d'un brun sombre comme du café et elle brillait à force de transpirer car il faisait fort chaud ce matin-là. La première fois qu'il traversa la place, je le regardai marcher, sans plus. Ce n'était qu'une image volée au temps qui passe et que j'aurais sans doute oubliée avant que le soleil ne se couche... Puis il repassa... et cette fois mon regard croisa le sien. Je l'observai davantage: c'était un bel athlète, bien découplé, au visage affable sous une toison d'un noir très chaud. Ses lèvres, charnues sans être épaisses, se fendaient sur une dentition dont la blancheur contrastait avec la peau brune. Sans doute venait-il des plaines de l'Indus ou d'autres terres tropicales. Le commerce des esclaves brassait tant de races... Il repassa ainsi plusieurs fois et, à chaque rencontre, son regard m'accrocha avec de plus en plus d'insistance. Je le trouvais beau, avenant. Il devait avoir à peu près le même âge que moi. Un peu moins peut-être. Plus de vingt ans certainement. Si, comme je l'imaginais, il venait des lointaines terres indiennes, il devait, comme moi, être ici sans autre famille que celle des esclaves de Boutros. Je me dis que peut-être, je pourrais trouver là une sorte de compensation à l'absence d'Omar et aux fantasmes qui m'assaillaient quand je pensais trop à Djamil. Mais je rêvais sans doute. Ce garçon que je ne connaissais pas n'avait probablement envie que de partager un peu de sa solitude pour la rendre moins pesante. Pour le reste...

Je me préparais à remonter au Palais lorsque je constatai que l'on refermait les portes de l'entrepôt de Boutros. Le dernier à en sortir fut mon « Indien ». Lorsqu'il arriva à ma hauteur, il s'arrêta pour réajuster le ballot de laine qui lui barrait les épaules et me sourit avec plus d'insistance encore que les autres fois. Je le regardai s'éloigner, puis je vis qu'il s'arrêtait avant de quitter la place et de s'engager dans une des ruelles du souk. Je me levai à mon tour et le regardai de manière ostensible. Il disparut dans la ruelle. Je me dis que je n'avais rien à perdre à le suivre. Je le retrouvai arrêté au croisement suivant. Le même manège se reproduisit. De carrefour en carrefour, il m'entraîna ainsi jusqu'au bâtiment qui abritait les ballots de laine de la caravane. Il s'éclipsa derrière la porte qu'il prit soin de refermer derrière lui. Quelques pas plus tard, j'étais là, devant cette porte bleue ne sachant trop que faire. Continuer mon chemin comme si de rien n'était? Ou prendre le risque de dieu sait quelle aventure? Inch'Allah! comme ils disent ici. Je poussai la porte. Elle n'avait pas été verrouillée et grinça un peu. Ensuite...

Tout se passa très très vite. J'avais à peine mis un pied de l'autre côté de la porte que je me sentis happé à l'intérieur du hangar. La porte claqua et le pêne du verrou coulissa dans sa gâche. Je n'eus pas le temps d'avoir peur. L'homme me poussa contre le mur à côté de l'entrée, il me prit une main et la glissa sous son pagne où son sexe traduisait déjà toute la fureur de ses envies. D'une voix rauque, il m'interpella:

— Si tu n'en voulais pas, il ne fallait pas me suivre...

Dans la pénombre du hangar, je ne distinguais bien que l'éclat carnassier de sa bouche et le feu de son regard. Je ne résistai pas, je n'étais d'ailleurs pas là pour m'opposer à des envies qui, quelque part, rejoignaient les miennes. D'un geste brusque, il dénoua le tissu qui lui servait de pagne et se plaqua, nu, contre moi après avoir retroussé ma djellaba au-dessus de mes reins, puis il se mit à me caresser la poitrine, le ventre et les fesses avant de s'attarder sur ma queue. Je me laissai triturer comme un vulgaire pantin. Je ne disais rien, me contentant de répondre à ses caresses en lui effleurant la peau du dos, qu'il avait très douce, presque soyeuse. Il me lécha la gorge pendant que son sexe allait et venait contre le mien, l'écrasait de tout son poids, de toute sa force, de tout son désir irrépressible, violent, visiblement affamé. Il jouit très vite, en grognant, me barbouillant le ventre de son foutre tandis que ses doigts se crispaient sur mes omoplates, les griffant jusqu'au sang… Repu sans doute, satisfait d'avoir consumé son ardeur, il m'abandonna aussitôt.

Déjà, il renouait son pagne autour de ses hanches. J'en étais réduit à me caresser le ventre pour contenter mon propre désir si je voulais jouir à mon tour. Nous n'avions pas échangé trois phrases.

— Je m'appelle Radjiv ! dit-il. Et toi ?

— Moi…

Le souffle me manquait. Mes doigts s'acharnaient autour de ma queue pour lui arracher les spasmes du plaisir. Je haletai.

— Luka…

— La prochaine fois, Luka, si tu veux, nous prendrons le temps de mieux nous connaître… Mais aujourd'hui, le contremaître de Boutros m'attend. Je suis déjà en retard. Je risque le fouet. Mais ce n'est pas grave. Ce ne serait pas la première fois.

En disant cela, il avait posé une main sur mon épaule et croisé ses lèvres sur les miennes. Je sentis mon échine se vriller et mon sexe dégouliner, poisser mes doigts.

— Et où ?… balbutiai-je.

— Contente-toi d'être à la mosquée de temps en temps. Je saurai t'y retrouver…

Et il s'en fut, me laissant seul avec le ventre et les doigts maculés de nos spermes. Ce n'était pas vraiment comme cela que je concevais le partage du plaisir. Mais la douceur de sa peau, là, au creux des reins, l'odeur âcre de son corps en sueur, les griffures de ses doigts sur mon dos, l'effleurement de ses lèvres fruitées sur ma bouche… C'étaient autant de marques qu'il m'avait infligées sans même s'en rendre compte et que je brûlais déjà de retrouver.

— Radjiv… murmurai-je quand j'eus retrouvé mon souffle normal. Il s'appelle Radjiv…

Je laissai retomber ma djellaba sur mon ventre, mes cuisses, mes mollets. J'écartai doucement la porte de l'entrepôt. La ruelle était déserte. Je regagnai le palais, me promettant de devenir un pèlerin assidu de la grande mosquée de Kazarkhan.

Je retrouvai Radjiv. Il me fit découvrir quelques-uns des entrepôts de Boutros. Nous fîmes l'amour sur des ballots de laine, des fourrures de l'Oural, des sacs de noix de muscade, de grains de mil ou de clous de girofle. Les verrous à peine tirés, il se jetait sur moi et me dévorait, me laissant à peine le temps de me déshabiller.

— J'ai faim, disait-il. Cela fait une semaine que ma queue n'a frotté d'autre peau que celle de ma main !

Il m'enfourchait. Son sexe chevauchait le mien et il m'entraînait dans un galop dont je sortais exténué. J'avais les narines embuées de muscade, de cinnamome ou de suint, le cul endolori me brûlait jusqu'aux entrailles. J'avais dans la bouche le goût salé de sa peau et le cœur en capilotade. Quand j'avais repris mon souffle, je le retournais. Je posais ma tête sur ses reins, ma bouche se repaissait dans la tiédeur de ses lombes, de la paume d'une main, j'écartais ses fesses avant de les lécher. Il gloussait des mots que j'imaginais doux dans une langue que je ne pouvais comprendre mais dont je devinais tout. Pour écumer le désir qui me taraudait les reins et me gonflait le membre, je m'enfonçais en lui. Il se faisait d'autant plus doux, d'autant plus tendre qu'il avait pu être brutal quand il m'avait pris. Nous finissions enlacés, et, lorsque la menace du fouet du contremaître de Boutros ne planait pas sur nos rencontres, nous prenions le temps de somnoler avant d'échanger nos histoires. Il me raconta comment il avait quitté les plaines du Sind avec une caravane de marchands, comment, alors qu'ils traversaient les montagnes de l'Hindou-Kouch, ils avaient été attaqués par une armée de pillards. Il avait par miracle échappé au massacre mais s'était retrouvé enchaîné au marché de Kandahar. Un caravanier l'avait échangé contre quelques poteries et il avait abouti chez Boutros comme toutes les autres marchandises de la caravane. Je lui parlai de Sveti Stefan, des psaumes dans le chœur de la chapelle, de la razzia des pirates, de Damas… en gardant toutefois le silence sur mes véritables relations avec Omar. Quand j'évoquais mon rôle au palais, il ne pouvait s'empêcher de remarquer :

— Toi alors ! On ne peut pas dire que tous les esclaves soient tombés dans le même pétrin…

Et il ajoutait volontiers, mi-sentencieux, mi-goguenard :

— C'est une injustice qui crie vengeance au ciel !

Et je le laissais se venger, je lui offrais mon ventre en sacrifice. Il s'y arrimait, me possédait avec toute la volupté dont il savait se montrer capable et m'emmenait loin, très loin, vers des îles inconnues aux senteurs d'aisselles tièdes et aux cascades de sperme éclatantes de blancheur.

— Radjiv !…

Il m'essuyait le ventre avec un bout de son pagne. Je léchais les deux doigts qu'il avait glissés entre mes lèvres. J'y retrouvais le goût mêlé de son sexe et du mien. Nous étions heureux.

— La prochaine fois, je t'inviterai chez Boutros. Il y a tellement de chambres dans ce palais que je suis sûr que nous en trouverons une où nous pourrons nous aimer comme des Princes… sur un grand lit de coussins… Ce sera tellement plus confortable que ces sacs de grains…

Je lui caressai les fesses :

— Voilà les coussins que je préfère, Radjiv ! Pourquoi chercher ailleurs ce qui est à notre portée ?

Nous rentrions chacun de notre côté après nous être promis de nous revoir. Le minaret de la mosquée tendait son doigt pointu vers le ciel. Allah — Que Son Saint Nom soit Béni mille et mille fois ! — nous protégeait et il me semblait qu'il ne pourrait que veiller sur nos rencontres puisque c'était sous son ombre que nous les commencions, même si, par la suite, nous écorchions quelques sourates du Coran. Cela n'avait guère d'importance. Comme me l'avait dit et répété quelques fois Omar, les lois de Dieu n'ont jamais été écrites que par des hommes. Donc susceptibles d'erreurs. Et d'horreurs. S'il fallait imputer à Dieu tous les crimes commis en son nom, cela justifierait largement sa condamnation à disparaître à jamais ou son éternelle inexistence.

DANS LA STEPPE

Dalia hantait l'esprit de Selim alors qu'il galopait vers le nord, dans la foulée du Prince, au milieu de la troupe de soldats qui les accompagnaient.

Il ne l'avait plus revue depuis qu'elle s'était fondue dans le sérail à la suite d'Ali. Lorsque Selim lui avait brièvement fait part du sort qu'on lui réservait, elle n'avait soulevé aucune objection. Elle semblait, au contraire, ravie de ne pas retourner chez Salomé, même si, au fond d'elle-même, elle regretterait sans doute l'amitié de Mariam et la complicité que les filles lui avaient témoignée pendant son bref séjour chez la Juive. Selim n'avait pas dû insister pour lui faire comprendre que sa vie dépendrait du silence qu'elle saurait garder sur leurs ébats nocturnes. Pas plus qu'Anwar, son père, Dalia n'avait jamais été très bavarde. Elle n'allait pas commencer à se répandre en confidences avec Nasreen, la lingère, laquelle l'avait accueillie sans beaucoup de manières.

— Tu tombes bien, ma fille ! Nous avons quelques mannes de linge à repriser. Tu sais tenir une aiguille au moins ?...

Nasreen ne s'était pas inquiétée de savoir par quels détours cette nouvelle recrue était passée. Sa Grâce avait répondu à sa requête plus vite que prévu. Ce n'était pas le moment de faire la fine bouche. Même si la servante qu'on lui proposait lui semblait encore bien jeune, à peine sortie de l'enfance. Mais elle avait débuté très jeune, elle aussi. Et puis, il y avait bien ces traces de fards sur ses joues, ses lèvres trop rouges, ses cils trop appuyés, comme ceux d'une courtisane. Nasreen prit cela pour un accès de vanité d'une petite fille qui se croit devenue grande. Cela lui passerait… En dehors du Prince, il n'y avait pas de garçons à charmer au sérail. Et ne murmurait-on pas que le Prince… Des racontars sans doute, puisque cette nuit la malédiction de Malik avait été conjurée.

La vie ne faisait que continuer. Même si Dalia eut le cœur un peu gros lorsque les échos de la fête retentirent dans l'autre partie du palais pour célébrer les noces factices qui permettraient au prince Djamil de succéder un jour à son père. Djamil ! Elle ne l'avait même pas aperçu. Si elle venait à le croiser, elle ne pourrait pas le reconnaître. C'était sans doute mieux ainsi. Pour elle, il n'y avait qu'un seul prince. Il s'appelait Selim. Il avait une étoile à l'épaule gauche et son sceptre de chair avait fait d'elle une femme. Rien que d'y repenser suffisait à lui insuffler des bouffées de tiédeur entre les cuisses.

— Ne rêvez pas trop, ma fille… Il nous faut finir cette manne aujourd'hui. Car demain, après la fête, nous aurons des montagnes de linge à lessiver… Les hommes, on peut leur faire confiance pour manger comme des malpropres. On voit bien que ce ne sont pas eux qui sont de corvée après…

Nasreen avait le ronchonnement facile. Mais Dalia mit cela sur le compte de la vieillesse. Elle saisit un mouchoir dans le paquet de linges. Elle contempla les cœurs entrelacés qui l'ornaient avant de piquer l'aiguille sur le bord dont l'ourlet était décousu. Deux cœurs croisés… Quand pourrait-elle à nouveau croiser le sien avec celui de Selim ? Le garçon ne lui avait fait d'autre promesse que de la protéger. Mais Dalia avait la conviction que Selim ne se contenterait pas de l'aider. Elle avait su lui procurer du plaisir, elle ne doutait pas qu'il voudrait le commuer en bonheur. Maintenant qu'elle était au palais, il lui suffirait de faire preuve de patience.

— Un pêcheur trop pressé, disait son père, rentre souvent bredouille.

Pourquoi n'en serait-il pas de même en amour ?

Cela faisait huit jours qu'ils avaient quitté Kazarkhan. Au lendemain des festivités, Djamil avait immédiatement entrepris une tournée dans les steppes du nord, à la rencontre des tribus nomades dont quelques-unes avaient boudé les cérémonies d'investiture.

— Il fallait, lui avait martelé Ibrahim, les reconquérir au plus vite. Le charisme de ta jeunesse suffira peut-être à ramener l'une ou l'autre dans notre giron. Mais ne t'y fies pas trop. Seule, l'affirmation de notre présence, et de notre présence armée, pourra convaincre les plus réticentes. *El Sakr* t'accompagnera avec une partie de la garde nubienne. Il veillera sur toi et surtout, il t'inculquera sur le terrain les notions indispensables au futur chef de guerre que tu seras, que tu le veuilles ou non… Le temps des rimes et du setâr est révolu, mon fils. Si tu veux vraiment me succéder, il faudra plus que quelques gouttes de sang sur un drap de noces. C'est avec celui de nos ennemis que tu scelleras ton avenir à celui du Kazarkhan.

Ils avaient laissé Kazarkhan derrière eux pour s'enfoncer dans les steppes. Leurs chevaux fendaient un océan d'herbes courtes et drues, moirées par les sautes de vent et le jeu subtil du soleil avec les nuages. Ils avaient croisé une caravane et partagé avec les chameliers quelques informations autour d'une théière fumante. Il n'y avait rien de particulier à signaler, si ce n'étaient les traces d'un campement abandonné à deux jours de marche. Une dizaine de chevaux avaient dû transiter par là. Beaucoup trop peu pour inquiéter *El Sakr*. Au crépuscule, les Nubiens avaient monté les tentes et allumé les feux pour le bivouac. Pendant ce temps, Selim s'était laissé emporter par Varouna, sa jument. Il avait galopé longtemps en solitaire, en direction du soleil couchant, comme s'il avait voulu échapper à son destin. Quel destin ? Celui marqué du sceau de Djamil ou celui, à peine esquissé dans les bras de Dalia ? Comme chaque soir, il partagerait la tente de Djamil. Ali monterait la garde à l'extérieur pendant que les doigts du Prince étreindraient les siens, pendant que la bouche du Prince s'approprierait la sienne, pendant que le désir du Prince subjuguerait le sien, pendant que le plaisir du Prince raviverait le souvenir de Dalia…

— Dalia…

Le prénom s'était échappé de ses lèvres au moment où le Prince, du bout des doigts, avait fait jaillir la source de son ventre.

— Elle t'a ensorcelé, n'est-ce pas ? C'est son djinn qui te hante.

Djamil contemplait son page, immobile, les bras en croix en travers de leur couche, les cils rabattus sur ses rêves intérieurs, le ventre éclaboussé de quelques perles de lune.

— Réponds-moi, Selim ! Est-ce ma main ou son souvenir qui t'a fait jouir ? Est-ce avec moi que tu fais l'amour, ou est-ce seulement avec son djinn ?

— Ce n'était pas un djinn, Djamil. C'est bien dans la douceur de tes doigts que mon plaisir s'est exprimé. Mais pardonne-moi si mes lèvres trahissent le trouble que je ressens. Je ne peux pas balayer du revers de la main les souvenirs de cette nuit-là, pas plus que je ne pourrai jamais oublier les moments que nous avons partagés…

— L'aimerais-tu à ton insu ? Serais-tu capable de me trahir pour elle ?

— Pourquoi te trahirais-je ? Je te dois tout, même le plaisir que j'ai cueilli dans les bras de Dalia. Laisse-moi seulement le temps de voir clair en moi. Mais sache que ton amitié m'est trop chère pour la gaspiller… Quand tu feras de moi ton écuyer, je ne manquerai pas de jurer sur le Livre de mettre ma vie à ton service, même au prix de ma mort !

— Le Livre ! Ce ne sont jamais que des feuilles que le vent peut éparpiller. Allah — Que Son Nom soit Béni ! — n'a jamais empêché certains qui avaient juré fidélité sur les pages du Coran de se retourner contre le Sultan. Vois les fils du frère cadet de mon père...

— Mon Prince, implora Selim, ne me dites pas que vous me confondez avec eux ?

— Bien sûr que non, Selim ! Par toutes les perles de lune que nous avons partagées, comment pourrais-je te confondre avec de lointains cousins ? Y a-t-il seulement une parcelle de ta peau où je n'ai pas posé mes lèvres ? Y a-t-il seulement un détail de mon corps que tu ne connaisses pas ? Allez ! Dormons ! Et si Dalia envahit à nouveau tes rêves, n'hésite pas à me caresser. En partageant l'amour que tu lui portes, notre amitié sera plus forte, Selim. Je ferai mien les secrets de ton cœur et je te jure...

— Non, Mon Prince, ne jurez pas ! Je vous crois sur parole. Mais laissons Dalia dormir en paix entre nous deux. Ne vous liez pas par un serment que la raison d'État vous forcerait à renier... Je suis à votre service, Mon Prince, et non l'inverse.

— Ma parole, ironisa Djamil, te voilà devenu bien sage ! On croirait entendre Sa Grandeur ! Si tu continues, je serai obligé de faire de toi mon vizir !

Un cheval hennit. Les flammes du bivouac projetaient l'ombre d'Ali sur la toile de la tente. Des rires de soldats fusèrent de-ci de-là. Djamil se glissa sous la peau de mouflon qui leur servait de couette et se blottit contre le flanc de son compagnon. Petit à petit le bruissement de la nuit alourdit ses paupières. Les flammes des feux vacillèrent avant de s'éteindre, l'ombre d'Ali se dilua dans l'encre des ténèbres. Contre son flanc, Selim s'était assoupi, le souffle de sa respiration venait frôler l'épaule du prince, doux et léger comme le froissement de l'aile d'un djinn. Peut-être, celui de Dalia !

Trois semaines plus tard, ils lancèrent leurs montures sur les traces d'une bande de Tatars. Une caravane de Boutros avait été décimée à quelques lieues de là. Ils avaient atteint les premiers contreforts des montagnes. Il y eut une brève escarmouche avec l'arrière-garde des pillards. Un Tatar succomba, le corps lardé de flèches. Les autres s'éparpillèrent sur les flancs des collines.

— Inutile de les poursuivre, fit *El Sakr*. Ils ne cherchent qu'à nous isoler les uns des autres pour nous massacrer un à un. Quant au gros de la troupe, il s'est probablement déjà replié de l'autre côté de la frontière… Nous patrouillerons quelques jours dans les parages, de quoi décourager de nouvelles attaques contre les caravanes…

Les Nubiens s'en tiraient avec quelques écorchures. Ali était resté collé aux basques du Prince, l'œil aux aguets, la lame du cimeterre pointée vers le ciel, prête à décapiter quiconque aurait osé franchir le cercle invisible que, dans son esprit, il avait tracé autour de son protégé. Djamil avait eu beaucoup de mal à cacher sa répulsion face au Tatar ensanglanté, les yeux vitreux et la bouche ouverte sur un cri muet. *El Sakr* s'était montré compréhensif.

— Il faudra vous y faire, Mon Prince. La mort n'est jamais agréable à contempler, mais c'est le prix à payer pour que d'autres ne meurent pas.

Cette nuit-là il apaisa son angoisse dans les bras de Selim et se laissa sombrer dans les abysses d'un sommeil sans fond. Ce n'est qu'à l'aube qu'il réalisa que, contrairement à son page, il ne s'était même pas déshabillé…

Selim dormait encore, le front reposant dans la saignée d'un coude. Un léger duvet commençait à assombrir ses lèvres. Un signe de plus que leur enfance s'éloignait. Djamil se caressa les joues. Non, ce n'est pas encore demain qu'il devrait avoir recours au barbier. Comme toujours, Selim avait une longueur d'avance. Le page remua sous sa couette, allongea les bras. Djamil affectionnait de le contempler au réveil, quand il étirait les muscles de ses bras, déployait ses épaules, défroissait ses paupières engluées des dernières bribes de sommeil. Il aimait le surprendre à ce moment-là, profiter de la douce tiédeur qui émanait de son ventre, se blottir contre lui, sentir leurs propres désirs se dilater au contact l'un de l'autre. Mais, ce matin-là, Djamil n'eut pas le loisir de partager l'intimité du page. Un cri retentit aux alentours du campement. Un cheval arrivait au grand galop. C'était un courrier de Kazarkhan. Le cavalier réclama aussitôt le Prince. Il avait un message urgent à lui transmettre.

Le message tenait en quelques mots que Djamil eut vite fait de déchiffrer. Il se retourna vers Selim, toujours allongé sur sa couche :

— Toutes mes félicitations !

Devant l'air ahuri de son page, il continua :

— Pour un premier coup, ce fut un coup de maître !

Selim se leva, dévoilant son sexe épanoui.

— Vous ne pourriez pas être plus clair...

— Clair ? Mais voyons... avec ce que tu me montres à cet instant, ça ne pouvait que donner ce résultat-là...

Puis, il précisa :

— Dalia est enceinte. Nous rentrons à Kazarkhan !

JOURNAL DE LUKA

Maudit soit le jour où mon regard a croisé celui de Radjiv !

Maudite soit la bête qui sommeille en moi et qui éprouve encore du plaisir quand mon épiderme lustre celui de l'Indien, quand son désir exalte le mien, quand ma raison succombe aux assauts de la chair !

J'aurais dû me méfier, ne pas me laisser embraser par cette ardeur nouvelle que Djamil avait initiée le soir de ses noces en trompe l'œil, qui me rappelait trop les heures chaudes de Damas et que j'avais cru pouvoir ressusciter dans les bras de Radjiv. J'aurais dû savoir que les lettres courbes avec lesquelles on écrit l'Histoire n'empruntent jamais les mêmes parcours et qu'il ne suffit pas de chevaucher un corps pour aboutir à la même plénitude. Alors que je croyais décliner à nouveau les versets du bonheur, je ne faisais que planter les jalons du malheur.

Pourquoi ai-je accepté ce jour-là de suivre Radjiv chez Boutros ? Pourquoi n'ai-je pas insisté pour aller, comme d'habitude, éteindre le feu qui consumait nos ventres dans un entrepôt de grains, de laine ou d'épices ?

— Tu verras, m'avait dit Radjiv, j'ai déniché une pièce inoccupée près des écuries de Boutros. Je suis sûr que ça te plaira beaucoup.

Comment ai-je pu être aveugle à ce point et ne pas me douter que Radjiv, si entreprenant qu'il ait pu être, ne pouvait pas disposer à sa guise de cette chambre garnie de coussins moelleux et de tapis épais ?

En fait, la porte à peine verrouillée derrière nous, je n'avais plus d'yeux que pour le ventre qu'il avait dénudé et qu'il offrait à la caresse de mes yeux, préludant d'autres tendresses.

— Déshabille-toi, me chuchota-t-il, pendant que je te verse un jus d'oranges.

Je m'exécutai et, dans mon impatience, j'avalai d'une traite le jus qu'il me tendait dans une coupe dorée.

— J'ai ajouté un peu de cannelle. Mais si j'en crois ce que voient mes yeux, tu n'en avais pas plus besoin que moi.

Pourquoi n'ai-je même pas remarqué qu'il ne s'était pas servi du jus de fruit ? Comment l'aurais-je pu ? La coupe à peine déposée sur un tapis, mon corps roula sur le sien, les poignards tendus de nos sexes se croisèrent, je frissonnai et je glissai dans un abîme sans fond…

Quand je revins à moi, j'étais toujours nu, mais les pieds et les poignets entravés, un goût amer en travers de la gorge. Radjiv avait disparu. Mais je n'étais pas seul. Un homme était assis dans un coin de la pièce. Quand il se déplia, il me toisa de sa haute taille en ricanant :

— Quand même ! Je commençais à me demander si vous vous réveilleriez jamais !

Son ton m'irritait et m'inquiétait.

— Qui êtes-vous ? De quel droit ?

— Mon cher Luka…

Ainsi donc, en plus, il me connaissait…

— Vous êtes mal placé pour parler de droit alors que l'on vous a surpris en train de violer un serviteur de Boutros à l'intérieur même du palais de ce dernier…

Je hurlai :

— Mais c'est faux ! Je n'ai jamais violé personne.

Pour toute réponse, l'homme ouvrit la porte et cria un nom. Aussitôt, un jeune esclave de Boutros apparut. Son regard me croisa à peine. Je ne savais comment faire pour cacher mon ventre nu offert à la curiosité de tous.

— Dis-nous ce que tu as vu?

Il récita une leçon visiblement apprise quelques instants plus tôt. Il avait, dit-il, été alerté par les appels au secours venant de cette pièce alors qu'il se rendait à l'écurie toute proche. Quand il avait ouvert la porte…

Mais c'est impossible! Cette porte était verrouillée…

Mes objections n'intéressaient personne.

Quand il avait ouvert la porte, il m'avait vu en train de violer Radjiv, il l'avait secouru. Ensuite, ils m'avaient assommé et ligoté.

— Mais ce n'est pas vrai! Où est Radjiv? Radjiv vous dira que ce n'est pas vrai, qu'il m'a offert à boire… Oui. C'est cela. Il y avait une drogue dans le jus d'oranges. Faites-en goûter au serviteur, vous verrez!

— Mon cher Luka, comment voulez-vous que je serve à cet homme un jus d'orange qui n'existe que dans votre imagination?… Regardez autour de vous! Vous voyez quelque chose qui ressemble à un cruchon de jus d'oranges?

Même la coupe dorée avait disparu. Je commençai à douter de tout, à commencer de ma propre version des faits. Radjiv, Radjiv seul, pourrait me sortir de ce mauvais pas.

— Je veux voir Radjiv.

— Comme il vous plaira mon cher Luka…

L'homme frappa dans ses mains et, comme par enchantement, Radjiv apparut. Je voulus accrocher son regard, le supplier de dire la vérité. Mais ce fut peine perdue. Les yeux rivés au sol, il confirma la version du garçon d'écuries. Je tentai de me défendre sans me faire beaucoup d'illusions.

— Tout cela est faux, archifaux et vous le savez. Que voulez-vous de moi à la fin?

— Vous faire subir le châtiment que la loi prévoit pour punir les sodomites: la lapidation!

— Jamais le Prince n'acceptera…

— Laissez donc le Prince en dehors de tout cela! D'abord, il est pour le moment très loin de Kazarkhan. Ensuite, le cadi qui vous jugera…

Je gigotai entre les coussins. La colère m'empourprait le front. Et la peur. Cet homme, cet inconnu, pouvait me détruire, et il le savait. Je tentai un dernier argument :

— Le cadi, s'il est intègre, exigera plusieurs témoins. Un seul ne suffira pas…

Je n'oublierai jamais le rire de cet homme :

— Il y a dans cette maison plus de témoins qu'il n'en faut pour vous faire condamner dix fois. Voulez-vous que je vous en présente quelques-uns ?

L'odieux le disputait à l'absurde. Je n'allais pas le laisser triompher sans même comprendre pourquoi on m'avait tendu ce piège. Car ma conviction était faite : ce n'était pas le hasard qui avait poussé Radjiv à m'inviter chez Boutros ce jour-là. Peut-être même que toutes nos rencontres n'avaient jamais eu d'autre but que de me jeter pieds et poings liés dans les griffes des hommes de Boutros. Je jouai le tout pour le tout :

— Je veux voir Boutros !

Je n'eus pas longtemps à attendre que le maître des lieux fasse son apparition.

— Mon Dieu ! Maître Luka ! Je vous trouve en bien fâcheuse posture !

Puis s'adressant à l'homme qui m'avait interrogé :

— Déliez-le, Osman, déliez-le. Et rendez-lui ses habits. On ne traite pas ainsi un ami de Sa Grandeur et du Prince Héritier…

Sa fausse bonhomie ne me disait rien qui vaille. J'avais déjà dû ravaler ma pudeur, j'étais prêt à ravaler d'autres couleuvres pour sortir de cette chambre dorée qui aurait dû être une chambre d'amour. Quand j'eus retrouvé ma liberté et mes vêtements, il fit signe à l'homme de sortir et m'invita à m'asseoir à ses côtés…

— La Loi est on ne peut plus claire, mon cher Luka… Le crime de sodomie…

Je ne le laissai pas continuer :

— Je connais la Loi. Je sais aussi que je n'ai pas violé Radjiv. Et vous le savez. Si je dois être jugé, je veux que ce soit par Sa Grandeur et non par un quelconque cadi.

— Par Sa Grandeur ! Vraiment ?

Le regard de Boutros se plissa d'un mauvais sourire.

— Vous croyez vraiment que Sa Grandeur sera plus clémente qu'un cadi ? S'il ne s'agissait que de Radjiv, sans doute ! Mais si, par souci d'intégrité, ce genre de prose venait à sa connaissance…

Je crus que mon cœur allait cesser de battre. Boutros venait de sortir de sa djellaba la copie du poème que j'avais dédié à Djamil un soir de mélancolie et qui traînait toujours dans les poches de mon manteau. Autant dire qu'il tenait entre ses mains mon arrêt de mort. Il lut avec une sorte de délectation :

— …L'irrésistible tendresse de tes couilles. Comme une friandise raffinée qui fond dans la bouche. Djamil… Dois-je vous rafraîchir la mémoire avec d'autres extraits on ne peut plus explicites ? Ce texte a beau être d'une grande intensité poétique, je ne suis pas sûr que Sa Grandeur l'appréciera de la même manière…

Ce jeu du chat et de la souris n'avait que trop duré. Boutros, le matou, me tenait entre ses griffes. Ce n'était sûrement pas la santé morale de son esclave qui le guidait dans sa démarche.

— Finissons-en, Boutros. Cette comédie n'est pas de mon goût !

— Du mien non plus, mon cher Luka. Du mien non plus. Rassurez-vous, je n'ai aucun faible pour les lapidations… Vous savez, ces pierres qui s'écrasent l'une après l'autre sur votre corps, la peau qui se fend sous l'arête d'un caillou plus pointu que les autres, les muscles qui se déchirent, le sang qui ruisselle, la bouche, le nez, les yeux réduits en bouillie. L'agonie peut durer des heures. C'est atroce et barbare, je vous le concède volontiers. Mais c'est la Loi. Le Prophète — Béni soit Son Saint Nom ! — l'a voulu dans Sa grande Sagesse. Pourtant…

Je sentais que nous approchions du moment crucial où ma survie ne tiendrait plus qu'au fil de ma réponse…

— Pourtant… murmurai-je à mon tour.

— Pourtant, je crois que nous pourrions éviter que votre vie ne se termine fâcheusement dans les jours qui viennent et que l'opprobre qui entourerait votre mort ne rejaillisse sur le prince Djamil.

Je ne voyais pas où il voulait en venir. Mais je voulus couper court à toute tentative de trahison.

— Sachez Boutros que je n'accepterai pas de trahir le Prince…

— Tout de suite les grands mots ! Qui vous a demandé de trahir le Prince ? Sûrement pas moi, en tout cas !

— Mais, ajouta-t-il en exhibant à nouveau le poème, si vous ne nous laissiez d'autre choix que de vous poursuivre devant les cadis ou même devant Sa Grandeur, ce poème trahira le prince au-delà de tout ce que vous pouvez imaginer. Si vous tenez vraiment à ce que la vertu du Prince ne sorte pas ternie à jamais d'une confrontation inutile avec la justice, écoutez-moi…

— Mais je ne fais que ça, Boutros. Je ne fais que ça !

— Ce que je vais vous proposer n'est pas bien méchant et devrait même vous ravir…

— Me ravir ?

J'étais aussi ravi qu'un lapin hypnotisé par un naja. J'étouffais. J'étais paralysé. J'étais prêt à tout entendre. Et pourtant, Boutros réussit à me surprendre :

— Oui. Sa Grandeur a fait de vous un homme libre. Je trouve néanmoins qu'un homme de votre qualité… Non, ne souriez pas, je pense ce que je dis. Un homme de votre qualité se doit d'avoir un serviteur. Prenez donc Radjiv ! Je vous l'offre.

— Radjiv !

Le ciel venait de me tomber sur la tête.

— Oui. Vous étiez encore très liés lorsqu'on vous a découverts. Au sens propre comme au sens figuré. Ce garçon dispose d'arguments très convaincants quand il le veut. Ce n'est pas vous qui allez me démentir.

— Et si je refuse ?

— Vous aimez trop le Prince pour le trahir, n'est-ce pas ? Vous auriez tort de vous priver des services de Radjiv. Ses caresses sont

autrement plus agréables que celles des cailloux lors d'une lapidation. Vraiment, Maître Luka, vous me décevriez beaucoup si vous m'obligiez à faire respecter la Loi… Je vous accorde une semaine de réflexion au terme de laquelle Radjiv sera à votre service ou ce poème dans les mains d'Ibrahim. Vous êtes trop jeune pour mourir, Luka.

— Et que fera Radjiv au Palais?

— Mais il se pliera à vos quatre volontés mon cher ami. Tous ceux qui l'ont pratiqué — car vous n'imaginiez quand même pas être le premier à avoir étrenné son splendide cul — lui reconnaissent beaucoup de savoir-faire. Allons, Luka, tout est bien qui finira bien. Je vous laisse. Les affaires, vous savez, les affaires…

Trois jours plus tard, Radjiv était à mon service.

— Je veux que les choses soient claires. Je n'ai accepté de t'engager comme serviteur que contraint et forcé par le chantage de Boutros. Je sais que tu n'es ici que pour me trahir, m'espionner. Sache qu'au moindre faux pas de ta part…

— Vous ne ferez rien, Luka. Tout comme moi, vous n'êtes qu'un jouet dans les mains de Boutros. Je n'ai pas choisi de nous trahir, Luka. Pas plus que vous n'avez choisi de me prendre à votre service. Croyez-vous que j'ai eu davantage le choix que vous quand Osman m'a demandé de vous compromettre? C'était ça ou l'accusation publique d'avoir tenté de violer un des fils de Boutros…

— Tu l'as fait?…

— Mais non. Je n'ai fait que répondre à ses avances. Il m'avait fait venir dans sa chambre pour déplacer quelques meubles. Il m'attendait, allongé sur sa couche, à moitié nu. Quand je lui demandai quel meuble il fallait déplacer, il me dit qu'il avait changé d'avis, mais puisque j'étais là, je pourrais peut-être lui masser le dos car il avait une crampe. Je m'exécutai. Le dos terminé, il arracha le linge qui lui ceignait les reins et me pria de continuer plus bas en écartant les fesses. C'est le genre d'invitation à laquelle il est difficile de résister. Je glissai mes mains entre ses cuisses… C'est à ce moment-là qu'une chambrière pénétra dans la pièce et poussa des hauts cris,

alertant toute la valetaille. J'eus droit au fouet, une fois de plus. Puis Osman intervint. Il pourrait, me dit-il, m'éviter la mort par lapidation. Je devais vous séduire, vous amener un jour chez Boutros et, si le plan réussissait, me mettre à votre service…

— Ainsi donc, tu m'as trahi avant même de me connaître ?

— Je n'ai fait qu'obéir. Un esclave n'a pas d'autre choix. Mais, si vous le voulez…

— Si je veux quoi ?

— Nous pouvons œuvrer ensemble pour trahir Boutros.

L'idée était séduisante. Mais n'était-ce pas me rassurer à bon compte que d'accorder quelque crédit à Radjiv ?

L'ENFANT DE LA TRINITÉ

Dalia avait été surprise un matin au réveil. Les rideaux de sa petite alcôve s'étaient mis à vaciller et des crampes avaient noué son estomac. Elle se leva en titubant, elle cracha un peu de bile. Mais le mal disparut comme par enchantement. Elle put rejoindre les autres servantes pour le repas du matin, puis elle s'en fut avec Nasreen laver quelques piles de linges au lavoir du sérail. Elle ne connut pas d'autres malaises de toute la journée et ne s'inquiéta pas. Ce n'était qu'une indisposition passagère due à un réveil trop brusque après un sommeil trop lourd. Elle avait mangé du lapin la veille. C'était sans doute cela. Elle n'était pas habituée à ce genre de viande.

Deux jours plus tard, de nouveaux vertiges l'assaillirent, de nouvelles nausées. Elle sentit ses jambes flageoler juste avant de s'évanouir. Quand elle reprit conscience, Youssouf était penché sur elle. Il lui avait déboutonné la blouse et posé une main à la naissance d'un sein. Instinctivement, Dalia avait tenté de recouvrir sa poitrine dénudée.

— J'en ai vu d'autres, vous savez, ma petite fille. Mais rarement d'aussi jolis. Dites-moi plutôt quand vous avez saigné pour la dernière fois... Je ne parle pas de la nuit avec le Prince bien entendu...

Saigner... Elle se souvint de la première fois. De la peur puis de la honte lorsqu'elle avait découvert le mince filet marron qui séchait sur la peau à l'intérieur de ses cuisses. Elle n'avait pas osé en parler à son père. Dieu seul sait ce qu'il aurait pu imaginer? Au bout de quelques jours la source mystérieuse s'était tarie d'elle-même et la vie avait repris son cours normal. À la lunaison suivante, le phénomène s'était reproduit. Elle avait fini par se confier à Aïcha, la chamane du village.

— Ce n'est pas bien grave, ma petite Dalia. Tu n'as fait qu'entrer dans le cycle des femmes. Seule la venue d'un enfant pourra l'interrompre momentanément. En attendant que cela arrive, entre chaque lune, tu saigneras. C'est le tribut que nous continuons à payer pour la faute d'Ève au paradis. Un prix injuste sans doute, mais que veux-tu, c'est la vie...

Et la vie avait continué, rythmée par le soleil, la lune et le sang qu'elle versait chaque mois en rémission d'un péché dont elle ignorait tout. À moins que sa seule faute fût tout simplement d'être une fille, une femme...

C'est vrai qu'avec son passage chez la Juive, son arrivée au Palais, elle n'avait pas pris garde au fait qu'elle n'avait pas versé son obole de sang comme à chaque lune. La nature se vengeait sans doute. Dalia ne put que confirmer l'absence de menstrues au cours des dernières semaines. Contre toute attente, l'information eut le don de réjouir Youssouf.

— Mais dans ce cas tout va bien, ma petite Dalia...

On voit bien, pensa la fille d'Anwar, que ce n'est pas lui qui a des vertiges, des envies de vomir, des crampes au plus profond du ventre...

— Vous n'êtes malade que de la vie de l'enfant que le Prince a conçu avec vous en conjurant la malédiction de Malik. Prenez soin de vous, Dalia, et de l'enfant que vous portez...

L'enfant! Le mot résonna dans son cerveau avant d'écraser son cœur. Elle faillit s'évanouir à nouveau. L'enfant! Bien sûr, les filles de la Juive lui avaient expliqué que le plaisir des hommes peut engendrer des enfants. Mariam connaissait les herbes qui empêchaient la semence des mâles de féconder les femelles.

— Je t'en ferai prendre dès que nous serons de retour chez Salomé lui avait-elle promis.

Seulement, Mariam était rentrée seule chez la Juive et Dalia, trop heureuse de rester au palais, à portée de Selim, avait complètement perdu de vue que l'acte d'amour servait aussi à perpétuer la vie. Et d'ailleurs, maintenant qu'elle savait l'enfant, qui plus est, l'enfant de Selim, accroché là, quelque part, au creux de son ventre, elle n'imagina pas une seconde qu'elle aurait dû s'en débarrasser. Au contraire. Même si.

— Nous allons veiller sur vous en attendant le retour du prince Djamil. N'oubliez pas que l'enfant que vous portez, si c'était un garçon, et en attendant que le Prince ne prenne une épouse légitime, pourrait être amené à succéder à son jeune père en cas de malheur. Mais nous n'en sommes pas là et je prie Allah — Béni soit son Saint Nom ! — de veiller sur le Prince comme sur l'enfant que vous portez. Je m'en vais de ce pas prévenir Sa Grandeur et Sa Grâce. Attendez-vous à perdre votre emploi de lingère. La mère d'un futur prince, fût-il bâtard, ne doit pas se commettre avec des domestiques…

Dalia réalisa brusquement que l'enfant qu'elle avait conçu avec Selim risquait de leur échapper. Aux yeux de tous, ce ne pouvait être que l'enfant du Prince. La vérité, si elle venait à sortir de l'ombre, ne lui permettrait pas de survivre longtemps. Ni elle, ni Selim, ni l'enfant qu'elle portait.

— Pourvu que ce soit une fille, pensa-t-elle. Dans ce cas, je n'intéresserai plus personne. Sauf Selim, bien sûr ! Comment réagira-t-il quand il apprendra que je vais être la mère de son enfant ?

Selim chevauchait en solitaire.

Il avait dû assister, muet, impassible, aux applaudissements des soldats quand ils avaient appris la raison du retour précipité à Kazarkhan.

Sitôt le camp levé, il avait cravaché Varouna et s'était mis à l'écart de la troupe. Des sentiments diffus se partageaient son cœur. Au bonheur d'être bientôt père se mêlait l'appréhension de devoir en assumer les conséquences. Sa fierté de jeune mâle qui avait prouvé qu'il n'avait pas des couilles molles était tempérée par l'amertume et la frustration de ne pas pouvoir revendiquer ouvertement cette paternité qui lui tombait dessus à l'improviste. Seul le prince Djamil aurait pu lever l'équivoque. Mais à quel prix? Avouer la supercherie qui avait présidé à la conjuration de la malédiction de Malik? Même si le prince avait eu la moindre velléité de dévoiler la vérité, la raison d'état l'en aurait empêché. C'est donc dans la solitude et la discrétion que Selim devait savourer sa toute jeune paternité.

Un enfant! Il avait fait un enfant à Dalia! C'était donc aussi simple! Quelques perles de lune, comme aurait dit Djamil, égarées dans un ventre de fille et… le tour était joué…

Les souvenirs de la nuit avec Dalia surgirent à nouveau, son cœur se mit à battre plus fort, le sang afflua, gorgea son sexe émoustillé par les réminiscences des caresses les plus audacieuses de la fille du pêcheur.

Selim arrêta sa jument et ferma les yeux. L'image du ventre nu de Dalia s'imposa. Et la douce rotondité de ses seins épanouis, et sa gorge arquée par le cri rauque du plaisir.

— Dalia!

Il glissa une main à l'intérieur de son saroual. Sa verge n'avait pas attendu le contact de ses doigts pour manifester l'impatience de son désir. Il l'empoigna et, d'un mouvement sauvage et rapide, il l'amena au point de non-retour, à l'épanchement. Quelques étoiles scintillèrent dans l'ombre noire de ses cils et sa gorge vibra sans retenue:

— Dalia!

Il rouvrit les yeux et contempla ses doigts barbouillés de sperme. Il les porta à ses narines et en huma la fragrance suave qui lui rappelait le parfum du henné. C'était donc cela la vie: un peu de liquide blanchâtre, visqueux comme du blanc d'œuf. Il ne savait pas trop par quelle alchimie une simple giclée de plaisir pouvait se métamorphoser en une vie humaine. Comment et pourquoi ces quelques gouttes qui séchaient déjà sur ses doigts auraient pu donner naissance à un autre enfant si, au lieu de les répandre au creux de sa paume, il s'était épanché entre les cuisses d'une femme ? Combien d'enfants avait-il gaspillés ainsi entre les doigts de Djamil ? Combien de semences de petits princes Djamil avait-il éparpillées sur son ventre, ses lèvres, son dos ? Puis, il se sentit rougir en pensant : ...son cul ?

Pourrait-il recommencer, ce soir ou demain, les mêmes jeux qui avaient émaillé son adolescence avec Djamil ? Est-ce que le père de l'enfant que Dalia portait, pourrait continuer à s'adonner à ces plaisirs stériles ? Ne venait-il pas de franchir définitivement la frontière de l'enfance, de ses rites, de ses jeux ? Certes Djamil savait stimuler son plaisir et, lorsqu'ils jouissaient dans les bras l'un de l'autre, il ne regrettait pas le bonheur qu'il éprouvait, même s'il avait parfois le sentiment de se fourvoyer. Car n'était-ce pas là une voie sans issue ? Tôt ou tard, lui-même et Djamil devraient convoler en noces conformes à la tradition du Kazarkhan. Un homme, a fortiori un prince, ne peut s'adonner indéfiniment à un simulacre d'amour. La raison d'État lui imposerait ce que sa nature voulait ignorer. Que resterait-il alors de leur relation ? Aucune trace, sinon de beaux souvenirs nostalgiques à ressasser en fumant un narguilé... Et Dalia ? Il avait beaucoup aimé la nuit passée à ses côtés et il espérait bien que Djamil lui permettrait de la revoir. Mais pourrait-il conjuguer son désir pour Dalia avec celui du Prince ? La réponse n'était ni simple, ni évidente.

— Inch'Allah, soupira-t-il avant d'essuyer ses doigts sur l'encolure de Varouna. Puis il serra davantage ses cuisses contre les flancs de la jument, tira sur les rênes, et l'animal partit au galop. Au loin, on apercevait les nuages de poussière soulevés par les Nubiens. Dans deux jours, ils seraient de retour à Kazarkhan...

Une fois rentré au palais, Ali fut chargé d'inviter Dalia.

— Le Prince vous prie de lui faire l'honneur de partager le repas du soir avec lui… Préparez-vous. Je viendrai vous chercher un peu après le chant du muezzin…

Avec Feryel, la suivante qu'on lui avait octroyée depuis qu'elle était passée du statut de lingère à celui de courtisane du prince, elle prit le temps de se baigner, de se coiffer, de se parfumer, de souligner son regard avec un bâtonnet de khôl. Elle laissa Feryel lui garnir les doigts et les pieds d'arabesques de henné. Le miroir lui renvoya le reflet d'une jeune fille très appétissante. Son ventre de marbre rose était encore plat et sa poitrine fraîchement éclose frémit lorsque les doigts de Feryel en accentuèrent les pointes d'un soupçon de henné.

— Laissez-moi faire, et je vous promets que le Prince va succomber une fois de plus…

Feryel avait des doigts de fée. Elle ne faisait pas seulement fleurir des pétales autour des mamelons de Dalia, elle les faisait palpiter sous ses caresses, saillir entre le pouce et l'index… Le pinceau qu'elle maniait avec une grande dextérité en frôla les pointes avant d'aller effaroucher les contours du nombril. Dalia roucoulait :

— Tu me chatouilles… Tu crois vraiment que le Prince fera attention à tout ça ?

— Ah ! Si j'étais à la place du Prince…

Elle enfouit sa bouche dans l'entrejambe de Dalia, y déposa un long baiser mouillé, arrachant à cette dernière un cri d'indignation mâtiné d'un rire en cascade.

— Mais qu'est-ce qui te prend, Feryel ? Mais qu'est-ce qui te prend ?

— Il me prend que vous êtes trop belle, beaucoup trop belle pour un prince dont on raconte qu'il n'apprécie pas les filles…

— Mais qu'en sais-tu ?

— J'en sais ce qu'on en dit…

— Et qu'en dit-on ?

— Qu'il est toujours fourré avec son page et qu'avec le précepteur qu'on lui a choisi il ne pouvait pas en être autrement... Mais tout ça n'est peut-être que du vent... La preuve du contraire est sans doute là, ajouta-t-elle en caressant le ventre de Dalia. On ne voit pas encore que vous portez un enfant.

— Pas encore. Mais il est bien là. Parfois, j'ai comme l'impression qu'il me mange le cœur... J'espère que ce sera une fille...

— Pourquoi pas un garçon ? Dans ce pays, il vaut mieux avoir des fils. Croyez-moi, Dalia : c'est un fils qu'il vous faut. Sinon, vous risquez de retomber dans l'oubli. Ce serait dommage, car vous êtes tellement jolie que vous méritez beaucoup mieux que de faner dans un sérail... Mais je bavarde, je bavarde... Bientôt le muezzin va appeler à la prière du soir et vous ne serez pas prête. Laissez-moi vous choisir une robe... Je vais prendre celle de soie verte. Elle se marie très bien avec votre teint. Il faut mettre tous les atouts de votre côté, Dalia. Tous. Absolument tous... Le Prince, vous n'en ferez qu'une bouchée !

Dalia ne répondit pas. Il ne fallait surtout pas que Feryel se doute qu'elle ne se faisait belle que pour le page, que s'il n'avait tenu qu'à elle, elle se serait précipitée sur les pas d'Ali et qu'elle aurait, depuis longtemps, rejoint Selim. Le seul, l'unique. Celui qui avait vaincu le fleuve. Celui qui avait sauvé le Prince. Celui qui l'avait faite femme et mère en une seule et inoubliable nuit. Pourvu, pensa-t-elle, alors que Feryel ajustait sur elle la robe de soie d'un vert d'eau pâle qui découvrait ses épaules, pourvu que Selim soit présent, pourvu que cette fois encore, le Prince laisse à Selim le soin de la séduire et de l'aimer...

Le cœur de Dalia battait la chamade quand elle pénétra dans les quartiers princiers à la suite d'Ali.

— Le Prince vous attend...

Le Prince était seul, le dos appuyé à une des fenêtres de la pièce. Il portait un saroual d'un blanc lumineux qui lui moulait les cuisses et s'arrêtait à mi-mollet. Il avait planté un œillet grenat à la boutonnière de la chemise en soie de Damas lamée de fils d'argent, très fine et ajourée, qui laissait deviner les contours de sa poitrine. Le contre-jour masquait ses traits, mais Dalia savait que ce n'était pas celui qu'elle espérait. Pour cacher sa déception, elle baissa les yeux.

— Ainsi, c'est donc vous… murmura Djamil.

Dalia s'inclina légèrement :

— Pour vous servir, mon Prince…

Djamil s'avança et ses traits sortirent de l'ombre. Dalia découvrit un visage agréable, séduisant. Le velouté de ses joues, le soyeux de ses grands yeux marron, la grâce et la finesse de ses cils, la pulpe et le fruité de ses lèvres, ses cheveux mi-longs dont quelques mèches rebelles lui ombraient le front, tout concourait à en faire une sorte de prince charmant, et elle ne s'étonna pas que plus d'une fille de la Juive avait rêvé de prendre sa place l'autre nuit. Si elle n'avait pas été amoureuse de Selim, elle qui n'avait connu que les garçons rustres du village, elle aurait sans doute apprécié de se laisser séduire par le Prince, de se laisser enjôler par la flamme de ce regard, de se laisser butiner par cette bouche qu'elle imaginait savoureuse et douce. Le prince avait l'air si tendre, si comestible, que les allusions de Feryel lui semblèrent n'être que de vulgaires médisances dues à la jalousie. Toutes les filles de Kazarkhan auraient sans doute rêvé de partager la couche d'un garçon si joli. Et il avait fallu que le sort tombe sur elle… Restait à comprendre pourquoi il avait chargé son page de la déflorer à sa place. Un excès de pudeur peut-être. À moins que ce ne fut la volonté de ne se donner corps et âme qu'à une fille, qu'à une femme, celle qu'il aimerait vraiment. Ainsi il se démarquerait du commun des hommes… C'est cela, se dit Dalia, c'est par respect pour moi qu'il ne m'a pas touchée… par amour pour celle qui sera un jour la sultane de Kazarkhan…

Djamil s'approcha d'elle. Sa bouche s'ouvrait sur un sourire légèrement crispé. Ses grands yeux marron clignèrent. Il avait appréhendé le moment où il se trouverait face à celle qu'il était censé avoir mise enceinte. Le moment était délicat, mais il était primordial qu'il rencontrât Dalia s'il voulait accréditer définitivement son statut de successeur d'Ibrahim, s'il voulait que Dalia continue à jouer le jeu, à accepter de laisser croire qu'il était, lui, Djamil, le père de l'enfant qu'elle portait. D'autres, moins scrupuleux, se seraient débarrassés d'elle. Le lacet d'un Nubien serait facilement venu à bout de cette gorge si fragile, si délicate. Mais le poète qui sommeillait en Djamil ne pouvait que s'émerveiller devant cette gamine à peine sortie de l'enfance, qui avait osé braver la loi du Prophète pour rejoindre le garçon qu'elle aimait. Elle méritait cent fois de vivre.

— Youssouf avait raison. Vous êtes vraiment très jolie...

Le compliment lui empourpra les joues. Elle ne savait que dire, que faire. Elle se sentait gauche et maladroite, presque nue dans cette robe qui lui découvrait les épaules et la naissance de la gorge. Trop inquiète de faire un faux pas, elle ne remarqua pas que Djamil était presque aussi embarrassé qu'elle, qu'il ne savait trop comment alimenter la conversation...

— Vous êtes bien installée ? Vous ne manquez de rien ?

Elle balbutia :

— Merci. On prend bien soin de moi. J'ai tout ce qu'il me faut...

La vérité était qu'il lui manquait l'essentiel, mais ce garçon à peine plus âgé qu'elle tenait son sort et celui de Selim entre ses mains. Elle ne pouvait pas prendre le risque de le vexer ou de le rendre jaloux. Elle préféra se taire. Si Djamil était fidèle à l'image qu'elle se faisait de lui, elle retrouverait Selim. Le Prince s'assit à ses côtés.

— Et si vous me racontiez tout...

— Tout ?

Elle se tut un instant puis se lança :

— Voilà, je m'appelle Dalia, je suis la fille d'un pêcheur...

Le Prince l'interrompit :

— Tout cela, je le sais. Vous imaginez bien que Selim m'a déjà parlé de vous. Je crois d'ailleurs, bien qu'il ne soit pas très loquace sur le sujet, que vous avez réussi à prendre son cœur dans vos filets. Vous êtes la digne fille d'Anwar le pêcheur… Dites-moi plutôt comment vous, vous avez pu tomber amoureuse d'un garçon qui vivait si loin de votre village depuis des lunes et des lunes…

Alors elle lui raconta comment Selim avait voulu relever le défi du fleuve, comment, alors qu'Anwar et Hassan étaient partis à la recherche de son cadavre en aval des rapides, elle avait assisté à la résurrection de Selim, comment il avait surgi des flots tout auréolé de la lumière du couchant, comment cette vision s'était forgée une place unique dans son cœur et qu'elle s'était faite la promesse de n'aimer qu'un seul garçon : Selim.

À son tour, le Prince lui raconta comment Selim avait assommé le crotale et lui avait sauvé la vie, comment Ali, pour venir à son secours, avait failli tuer le garçon, comment il avait veillé sur lui pendant les trois jours au cours desquels Selim avait lutté contre les esprits de la mort, comment Selim l'avait aidé à sortir de l'enfance, comment il l'avait poussé à se dépasser, comment il lui avait appris à vaincre ses peurs, à se battre…

— Moi aussi je me suis fait la promesse de n'aimer qu'un seul garçon : Selim !

Dalia se retourna et posa vivement son regard dans les yeux de Djamil.

— L'aimer ?

La voix du prince se fit confidentielle, juste un chuchotis :

— Il faut que vous sachiez, Dalia, que Selim est beaucoup plus qu'un simple ami pour moi. Nous ne partageons pas seulement des sentiments identiques à son égard, nous partageons aussi les mêmes gestes, les mêmes caresses, les mêmes baisers. La même tendresse.

— Oh!

— Ne soyez pas choquée, Dalia. Les voies du bonheur sont parfois imprévisibles. Votre corps, celui de Selim, le mien, apprécient les caresses, toutes les caresses... Je me trompe?

Dalia préféra ne rien dire, mais les caresses de Feryel tout à l'heure, l'exquise douceur de ses doigts quand elle lui avait effleuré les seins, le trouble qui l'avait gagnée quand elle avait appuyé ses lèvres au plus intime de son ventre... tout cela ne faisait que confirmer ce que disait le Prince. Mais ce n'était que des caresses. Ce qu'elle ressentait pour Selim allait bien au-delà de la simple conjonction de deux épidermes. C'était de l'amour. Elle objecta timidement

— Des caresses, oui, peut-être. Mais l'amour?

— Mais j'aime Selim, Dalia. Autant que vous. Autrement peut-être, mais aussi intensément, croyez-moi. Si je venais à le perdre... je crois bien qu'il ne me resterait plus qu'à mourir.

— Et lui?

— Je ne sais pas. Je ne sais plus en fait. Avant que vous ne surgissiez dans notre vie, je vous aurais répondu oui, sans l'ombre d'un doute. Mais maintenant, et avec notre enfant en plus...

— Notre?

— Oui. Notre enfant. Cela peut vous surprendre mais c'est pourtant évident. Cet enfant, ce n'est pas seulement le vôtre. Pour tout le monde ici, au Palais et dans la ville de Kazarkhan, c'est aussi le mien, et nous savons tous les deux que c'est vraiment celui de Selim... Oui, Dalia, c'est bien notre enfant... Quoi qu'il advienne, nous devrons tous les trois en assumer la naissance... En attendant, vous comme moi ne souhaitons qu'une chose: que Selim soit heureux... Le bonheur est une plante fragile, Dalia! Ne le laissons pas se flétrir dans la jalousie. Selim m'offre son cœur et son corps comme il vous l'offre. Mais vous nous apportez ce que ni moi ni Selim ne pourrons jamais nous donner l'un à l'autre: un enfant. Au lieu de voir en vous une adversaire, je préfère vous imaginer complémentaire. Plutôt que de nous brouiller, unissons nos amours pour n'en faire qu'un. Vous voulez bien, Dalia ?

Dalia était bouleversée. Ainsi donc Feryel avait dit vrai. Elle avait du mal à imaginer la bouche du Prince se nouer à celle de Selim, les mains du Prince prodiguer toutes les caresses qu'il fallait pour amener le désir de Selim à son apogée, le sexe du Prince…

C'est que, si doux, si charmant qu'il fût, le Prince avait un sexe lui aussi. Cette simple évocation empourpra le front de Dalia. Est-ce qu'ils avaient poussé l'audace jusqu'à se conjoindre comme des amants ? Mieux valait sans doute ne pas chercher à savoir. Vouloir tout comprendre, c'était prendre le risque de tout briser.

— Comme il vous plaira, chuchota-t-elle. Mais surtout, comme il plaira à Selim…

Ali s'approcha pour annoncer que le repas était prêt.

— Le repas va nous être servi dans quelques instants… Mais, si vous n'y voyez pas d'inconvénient, j'aimerais que nous le partagions avec celui qui nous est cher à tous deux…

Toujours muette, Dalia vit le Prince se diriger vers une porte, l'ouvrir et faire un geste de la main pour inviter Selim à les rejoindre. Il était vêtu du même saroual blanc, de la même chemise de soie de Damas que le Prince. Il resplendissait, il rayonnait. Djamil l'invita à prendre place en face de Dalia.

— Je ne crois pas avoir besoin de vous présenter…

Dalia, oubliant tout protocole, voulut se lever et se précipiter dans les bras de son amoureux. Djamil l'en empêcha :

— Je vous en prie, Dalia ! N'oubliez pas qu'aux yeux des gens qui nous entourent, c'est moi qui suis votre amoureux… Assieds-toi, Selim.

Puis, s'adressant à Ali, il demanda que l'on serve le repas.

Il y avait du riz, de l'agneau, des courgettes farcies, des pêches confites et des beignets aux fruits. Le festin se déroula presque en silence. Trois serviteurs allaient et venaient sans ouvrir la bouche, on entendait à peine le froissement de leurs pieds nus sur les tapis. Un geste d'Ali, et ils apportaient un nouveau plat, enlevaient une assiette vide, ajoutaient un bol de sauce, un pot d'épices, remplissaient une carafe d'eau, versaient du vin dans les gobelets de cristal, allumaient un bâton de santal, rajoutaient une bûche dans la cheminée où un feu de cèdre crépitait. Dalia, pas plus que Selim, ne savait trop quelle contenance adopter. Elle goûta à peine aux plats. Par contre ses yeux n'en finissaient pas de se rassasier de la silhouette du page dont les contours ambrés s'esquissaient sous la transparence de la soie de Damas.

— À votre santé, Dalia ; à ton bonheur, Selim ; à nos amours…

Djamil leva sa coupe de vin, Selim l'accompagna. Dalia se contenta d'humecter ses lèvres. Elle n'avait jamais bu de vin et elle se méfiait de ce breuvage qui pouvait faire perdre la raison à ceux qui en abusaient…

— J'ai appris, ajouta-t-il quand lui et le page eurent vidé leurs coupes, que mon père avait envoyé quelques ambassadeurs en mission…

La nouvelle n'émut aucun des deux convives. Djamil précisa :

— Une mission plutôt particulière : trouver celle qui partagera ma couche de manière officielle et conclure un accord qui satisfasse les deux parties… Plaise au ciel qu'elle soit aussi jolie que vous… Buvons à sa santé !

Il trinqua à nouveau avec Selim. Les joues de ce dernier commençaient à s'enflammer. Djamil se tourna à nouveau vers Dalia :

— Vous, au moins, vous avez eu le courage de fuir le mariage qu'on vous imposait… J'aimerais pouvoir en faire autant… mais je suis Prince. Et, contrairement à ce que l'on croit, les princes ne font pas toujours ce qu'ils veulent…

Dalia hasarda :

— Mais peut-être que vous l'aimerez…

— Peut-être, en effet. Peut-être que vous auriez aimé votre vieux cousin… Heureusement vous ne l'avez pas cru, pour votre plus grand bonheur, celui de Selim, le mien…

— Le vôtre ? demanda Selim.

Le Prince s'esclaffa :

— Voyons, Selim ! Combien de temps te faudra-t-il pour comprendre que ton bonheur fait le mien ? Allez, cela mérite bien une nouvelle coupe de vin…

Selim laissa le Prince remplir son gobelet. Une douce langueur l'envahissait petit à petit. Le repas s'achevait. La nuit était tombée.

Djamil pria Ali de renvoyer les serviteurs, puis il se leva et demanda à Dalia et à Selim de le suivre.

— Nous serons mieux dans ma chambre. Ali veillera à ce que personne ne nous dérange…

Dans le couloir, la main de Dalia frôla celle du page, leurs doigts se nouèrent. L'un comme l'autre étaient émus à la pensée de se retrouver devant le lit où ils avaient effacé les dernières bribes de leur enfance, où ils avaient vécu les premiers balbutiements de ce qui serait peut-être un jour une belle histoire d'amour. Dalia n'en doutait pas, Selim en rêvait. Quant au prince… Il les invitait à le rejoindre près d'une fenêtre dont l'ogive s'ouvrait sur le ciel étoilé. Les dernières rumeurs de la ville venaient s'éteindre au pied des murs du palais. La chambre baignait dans la lumière ocre des veilleuses.

— Regardez ce ciel. Il n'y a pas de lune cette nuit, mais les étoiles n'en brillent que davantage. Vous voyez *Al Naïr*, c'est la plus brillante, et plus loin, *An Nidham*, comme une chaîne de perles…

— Des perles de lune, murmura Selim…

L'allusion ne pouvait échapper à Djamil, qui lui souffla à l'oreille :

— Les perles de lune, c'est pour tout à l'heure…

Puis, saisissant Selim et Dalia par la taille, il ajouta :

— Je m'en voudrais de ne pas vous offrir cette nuit. Car, dès demain, il nous faudra repartir mater quelques rebelles aux frontières du nord… Mais, avant cela, j'aimerais que nous fassions un serment…

— Un serment! reprirent en écho Selim et Dalia...

— Oui. Je voudrais que nous nous promettions de rester unis comme une Trinité...

— Une Trinité? interrogea Selim.

— Le Dieu des chrétiens, s'il faut en croire Maître Luka, est à la fois Père, Fils et Esprit... Trois personnes bien distinctes mais qui ne font qu'un seul Dieu...

— Mais c'est le Dieu des Roumis... objecta Selim avec un soupçon de réticence dans la voix.

— Peu importe qu'il soit des Roumis ou d'autres... C'est l'idée qui est séduisante, pas le Dieu.

— Quelle idée?

— Toi, Selim, Dalia, moi... Trois personnes bien distinctes, mais un seul amour... Tu aimes Dalia, elle t'aime, je t'aime, tu m'aimes, nous nous aimons... Promettons-nous de rester unis quoi qu'il advienne...

— Et l'enfant? s'inquiéta Dalia.

— Il nous unira encore davantage... Contrairement à la Trinité des Chrétiens, la nôtre pourra se perpétuer... J'ai envie de cet enfant autant que vous... Je veux qu'il vive, qu'il soit le témoin privilégié de notre amour, de notre bonheur...

Djamil prit la main droite de Selim, y noua les doigts de Dalia et les siens.

— Je veux qu'à jamais nous restions unis comme les doigts de nos mains en une seule poignée... Répétez après moi, je le veux...

— Je le veux...

— Je le veux!

Un oiseau de nuit fendit l'air au-dessus de la fenêtre. Son ombre se perdit au-delà des remparts. Dalia frissonna. Ce n'était pas un bon augure. Pour s'en protéger les villageois n'hésitaient pas à clouer les dépouilles de rapaces morts aux portes des étables... Ici, elle n'avait d'autre protection que les bras de Selim. Elle s'y blottit. Cette fois, Djamil ne la retint pas.

Au contraire, il les convia à rejoindre le lit dont il tira les courtines avant de se saisir du setâr qui reposait sur une table basse.

— La nuit nous appartient… Laissez-moi la bercer. Contentez-vous de la vivre…

Les premiers accords vibrèrent sous ses doigts. Longs et lents comme des sanglots. Puis sa voix s'éleva, suave et limpide. La mue ne l'avait pas encore froissée. Son cristal en était encore lumineux… Les versets du *Cantique* se mirent à couler, et toute leur magie inonda la pièce.

Comme tu es belle, ma bien-aimée
Toute belle et sans tache aucune…
Pose tes yeux sur moi
Et mon cœur sera comblé…

De l'autre côté de la courtine, les lèvres de Dalia s'alanguissaient à la naissance de la gorge de Selim. Ses doigts dénouaient le cordon de la chemise du garçon…

Et de tes lèvres, ma fiancée,
Coule le nectar des Rois
Plus doux que l'ambroisie…

Les ombres chinoises des amants s'emmêlaient, se nouaient, se dénouaient au rythme langoureux du setâr. La voix du prince les enrobait de son miel, les subjuguait, les enhardissait, ajoutant ses caresses vocales à celles de leurs mains. Comme une épluchure, la chemise de soie passa par-dessus la tête de Selim. Sa silhouette bascula. Le vin l'avait légèrement grisé. Il laissa les doigts de Dalia poursuivre leur mainmise sur son torse, son ventre.

Qu'elles sont douces tes étreintes,
Ma sœur, ma fiancée,
Plus douces que le vin,
Plus tendres qu'une tendre colombe…

La ceinture du saroual glissa comme un serpent autour des hanches du garçon. Dalia dénoua ses cheveux, les ébroua sur ses épaules. Ses doigts voletèrent de boutonnière en boutonnière jusqu'à ce que sa robe se déploie en éventail autour de son bassin…

Tu es plus belle que l'aurore,
Plus belle que la lune…
Resplendissante comme un soleil…

Djamil devina que les derniers remparts étaient tombés. La silhouette de Dalia, complètement nue, apparaissait en filigrane à travers la courtine. Le relief d'un sein se dessina avec une rare précision, et l'émotion le gagna quand les doigts de Selim se recroquevillèrent autour de la boursouflure qui le garnissait. Les doigts du Prince hésitèrent, écorchant au passage une note sur le setâr…

J'irai dans ton jardin secret
Cueillir les fruits les plus exquis…
Dans le bourgeonnement des orangers…

La musique les berçait, la voix de Djamil les envoûtait. Les genoux de Dalia enserraient les hanches du garçon dans un carcan de soie. Elle se balança d'avant en arrière, son sexe agaçant celui de Selim tendu sous le saroual.

Ô ma colombe, ma bien-aimée,
Laisse-moi te verser
Ma liqueur de grenade…

Doucement, tout doucement, Dalia retroussa le saroual le long des cuisses du garçon, libérant la colonne de chair tendue, en alerte. Ensuite…

Viens, mon Bien Aimé,
À l'ombre de l'oranger

Où je me suis couchée,
Et dresse sur moi
L'étendard de ton amour…

Djamil comprit que le dénouement approchait. Il déposa le setâr près de la fenêtre et s'approcha du lit. Il écarta légèrement un rideau de la courtine. Il vit que les mains de Selim étaient posées sur les hanches de Dalia dont l'échine ondulait sur un rythme lascif et luxurieux. Ses cheveux dénoués balayaient ses épaules. Quand Selim arqua son ventre, Djamil eut l'impression que c'était sa propre verge qui allait cogner au plus tendre de la chair de Dalia, tant il se sentait tendu, exacerbé par la montée de son propre désir. Dalia laissa la corolle de son ventre s'ouvrir, éclore, déployer ses pétales d'un rose corail, puis elle pesa de tout son poids sur le membre de Selim et le laissa se frayer un passage au cœur de sa flore intime. Elle pensa à l'enfant tout proche, à cette première rencontre inopinée avec son géniteur… puis elle s'abandonna au plaisir. Les mains de Selim avaient repris possession de ses seins qui dardaient. Les fleurs de Feryel s'épanouissaient sous les doigts du page et elle ne put s'empêcher d'émettre des petits cris de plus en plus aigus qui s'accentuèrent encore lorsque deux mains supplémentaires enserrèrent ses hanches et que les lèvres de Djamil étreignirent sa nuque. Le sexe de Selim, greffé au sien, se mit à frissonner. Son ventre se liquéfia. Elle n'en pouvait plus et elle se laissa retomber, complètement alanguie sur le torse de Selim. C'est alors seulement que ce dernier constata que le setâr s'était tu. Et que si les doigts de Dalia étaient noués à son cou, d'autres doigts lui caressaient le flanc droit. Mais, vaincu par la fatigue, le vin et l'amour, il s'endormit presque aussitôt… Il lui sembla toutefois curieux que la bouche de Dalia puisse tout à la fois lui baiser les lèvres et la saignée d'un genou. N'avait-il pas abusé du vin ?

Quand Selim s'éveilla, la nuit se délayait dans les pâleurs de l'aube. Dalia dormait encore à ses côtés. Il fut d'abord tenté de la réveiller, de satisfaire les appétits qu'il sentait à nouveau pointer au creux de son ventre. Puis il se dit qu'il ne fallait pas abuser de l'hospitalité de Djamil, que le ventre de Dalia était aussi le berceau de son enfant et qu'il avait besoin de repos. Son enfant ! Un garçon ? Une fille ? Un garçon, bien sûr ! Ils avaient mis tant d'ardeur à le faire que ce ne pouvait être qu'un garçon ! Il serait encore temps de faire des filles après, lorsque, la succession assurée, ils pourraient faire l'amour sans autre arrière-pensée que celle de s'aimer... S'aimer pour le seul plaisir de s'aimer... N'était-ce pas là ce qu'avait suggéré Djamil à travers son énigmatique Trinité ? Le Prince... Avait-il fini par partager vraiment leur intimité ou n'était-ce qu'une illusion, un excès d'imagination ?

C'est alors qu'il remarqua, au milieu de leurs vêtements épars et des draps chiffonnés, l'œillet grenat. Et il comprit qu'il n'avait pas rêvé...

JOURNAL DE LUKA

Comme à chaque fois qu'il avait rendez-vous avec Osman, Radjiv me prévenait.

— Et que vas-tu lui raconter cette fois-ci ?

— Rien qu'il ne sache déjà, Maître Luka. Que la santé d'Ibrahim a encore décliné…

— Combien de fois devrai-je te répéter qu'au Palais on ne dit pas Ibrahim, mais Sa Grandeur…

— Pourquoi vous formaliser pour si peu, Maître Luka… Vous êtes encore tout crispé. Laissez-moi vous masser !

Je n'avais pas le temps de refuser que déjà Radjiv me malaxait les épaules. Bien que je m'en défende, je devais reconnaître que cela me faisait le plus grand bien. Je savais surtout qu'après les épaules, il m'assouplirait les muscles du dos, qu'il libérerait mon échine de toutes les tensions accumulées et que, lorsqu'il me flatterait les flancs et qu'il me polirait les reins, il serait aussi nu que moi.

Entre deux pétrissages, je m'informais.

— Et que lui raconteras-tu d'autre, à Osman ?

— Que le Prince Djamil a engrossé la fille du pêcheur…

Je sursautai :

— La fille du pêcheur ? D'où tiens-tu cette information ?

— Voyons Luka : toute la ville est au courant. Il n'y a pas une commère dans tout Kazarkhan qui ne se soit émue du sort de la jeune Dalia… La petite orpheline venue d'un village des bords du

fleuve et qui se retrouve dans le lit du Prince… Si vous fréquentiez les marchés ou les fontaines, vous n'entendriez les femmes parler que de cela…

— Et qui a mis toutes les femmes au courant?

— Les filles de la Juive n'ont pas leur langue dans leur poche. Il se murmure même que la petite Dalia était secrètement amoureuse du page…

Décidément, rien de tel qu'un espion pour vous apprendre ce qui se passe dans votre propre entourage. Je compris alors pourquoi Dalia, puisque c'est ainsi qu'elle s'appelait, n'avait pas été renvoyée chez Salomé. Elle savait parfaitement qu'elle n'avait pas couché avec le Prince, et c'est sans doute pour cela que Djamil avait préféré la garder au sérail. Le sérail est presque aussi clos qu'un couvent. L'enfant qu'elle portait était forcément celui de Selim. La supercherie qui avait présidé à la fausse nuit de noces prenait un relief de plus en plus singulier… C'est le genre d'information qu'Osman aurait raffolé entendre de la bouche de Radjiv. Mais je me gardai bien de l'en informer. Du bout des doigts il m'avait enduit les fesses d'un onguent parfumé au cèdre. Avec la paume de ses mains il m'étrillait l'intérieur des cuisses. Mes muscles lubrifiés, assouplis attendaient l'estoc final. Il prenait un malin plaisir à me laisser languir. J'appréhendais l'instant où ses pouces cesseraient de me masser le périnée pour y empaler son bâton de chair tout chaud, tout vif. Comme un matou en chaleur, il me mordillerait le lobe des oreilles, me grifferait… Je n'aurais pas été surpris s'il s'était mis à miauler quand son foutre onctueux m'envahissait, me dégoulinait entre les cuisses… J'en oubliais que Radjiv n'était là que pour nous trahir…

Les lunes se succédèrent. La santé de Sa Grandeur devenait préoccupante malgré les bons soins de Youssouf. Mais il n'y avait pas que sa santé qui s'effilochait. La situation du Kazarkhan se dégradait elle aussi.

Les rumeurs les plus folles circulaient dans le bazar et dans le pays tout entier. Les émissaires de Boutros étaient particulièrement actifs. Non contents d'échanger leur or contre des troupeaux, de la laine, des graines de pavot ou encore les produits de l'artisanat des tribus qu'ils visitaient comme de coutume, ils distillaient des informations que nul ne pouvait vérifier ou contredire et qui, à force de se répéter, devenaient des vérités.

Le médecin juif d'Ibrahim — on insistait lourdement sur le fait qu'il fût juif — soignait Sa Grandeur avec le sang de nouveau-nés égorgés à la pleine lune. Les cadavres ensuite étaient abandonnés aux chiens sauvages qui divaguaient aux lisières de la ville. Quant au Prince Djamil, il ne fallait pas s'étonner si on lui prêtait des mœurs singulières : il n'était pas le fils d'Ibrahim. Il aurait été conçu en l'absence de ce dernier par un trouvère grec de passage à Kazarkhan qui aurait séduit Sa Grâce en la charmant de sa flûte… Il était de bon ton d'appuyer d'un rire gras ce dernier détail.

En écho à ces insanités, les prêches de quelques imams s'appesantissaient sur les malheurs de Sodome. La colère de Dieu, tonnaient-ils chaque vendredi, pourrait fort bien s'abattre sur le Kazarkhan comme elle l'avait fait sur la cité de Loth. Malheur à la ville et au pays dont le prince ne serait pas digne du rôle que Dieu lui a assigné. Il n'était pas trop tard, mais il était temps de rendre au trône de Kazarkhan la dignité qui lui seyait. Comme pour souligner la pertinence de ces sermons, on n'avait pas hésité à appliquer la charia et à lapider un jeune homme surpris en train de monnayer ses charmes aux abords du caravansérail. La morale triomphait au mépris de la justice. La morale, m'avait dit Omar, elle est comme le bon vin : il ne faut pas en abuser, sinon on n'en goûte plus la saveur, elle nous enivre et elle finit par nous perdre et nous conduire en enfer plus sûrement que les péchés qu'elle prétend condamner…

Et d'aucuns se plaisaient à souligner que le fils aîné du frère cadet d'Ibrahim n'avait pas seulement plusieurs épouses, mais qu'il ne manquait pas de fils pour lui succéder. On soulignait aussi qu'il avait brillé par son absence lors des cérémonies d'investiture du Prince héritier, estimant avoir été trahi par un Prince Djamil qui n'avait pas daigné choisir son page parmi ses fils. Il était prêt, murmurait-on, à se sacrifier pour reprendre le flambeau dynastique qui vacillait dans les mains d'Ibrahim. L'or de Boutros conjugué aux prières insistantes de quelques imams dont celui de la grande mosquée de Kazarkhan finirait bien par le convaincre qu'il n'y avait pas de mal, au contraire, à succéder à son oncle en lieu et place de celui qui n'était peut-être que le bâtard d'un musicien grec…

Et le Prince dans tout ça ?

Il battait la campagne avec El Sakr et les Nubiens. Pour venir à bout des pillards, ils avaient levé des troupes dans plusieurs tribus restées fidèles à la dynastie malgré les ragots.

Entre deux expéditions, il rentrait au Palais. C'était à chaque fois le même cérémonial : après avoir rendu compte à Sa Grandeur des aléas de la campagne, il allait saluer Sa Grâce avant de se retirer dans ses quartiers avec Selim. Je les y retrouvais pour rédiger la chronique officielle. Cette énumération d'escarmouches avec les pillards, de palabres avec les chefs des tribus pour obtenir quelques soldats en renfort des Nubiens, ne me passionnait pas plus qu'elle ne devait passionner le Prince. Mais c'était là le côté officiel de sa mission et il se devait de la remplir du mieux qu'il pouvait. Selim, par contre, semblait à l'aise quand il me narrait la façon dont, avec quelques soldats, il avait surpris et capturé une bande de rebelles. El Sakr lui confiait de plus en plus souvent le soin de peaufiner les aspects pratiques de la chasse aux pillards. Le petit braconnier des bords du fleuve savait comment on traque et réduit le gibier et plus d'un Tatar en avait déjà fait les frais… Je ne doutais pas qu'un jour, quand le Prince Djamil succéderait à Sa Grandeur et qu'El Sakr prendrait sa retraite, Selim chausserait tout naturellement les bottes du maître d'armes. Mais nous n'en étions pas encore là. À mon tour je leur confiais les derniers potins du Palais. Massoud, paraît-il, était revenu bredouille de Samarcande. Les filles du Sultan de cette cité étaient déjà toutes promises à l'un ou l'autre prince des environs. La nouvelle ne sembla pas affecter Djamil outre mesure. Au contraire ! C'est avec un sourire satisfait qu'il me congédia. Enfin, il invitait Dalia à partager leur repas du soir. Ali était le seul témoin de ce qui se passait ensuite. Connaissant le Prince, j'avais assez d'imagination pour deviner qu'il laissait à l'amour le soin de s'épancher en toute liberté… Je me les figurais en train de célébrer leurs retrouvailles sur le grand lit princier. Dalia, éduquée par les filles de la Juive, connaissait sans doute les caresses qui font mouche. Le Prince, j'étais bien placé pour le savoir, ne manquait ni d'audace ni de savoir-faire lui non plus… Partagé entre son amant et sa maîtresse, Selim devait sans doute sortir exténué de ces joutes que je pressentais voluptueuses à défaut d'être inspirées par le Dieu des imams, des Juifs ou des Chrétiens… Mais en fait, je ne savais rien. Peut-être qu'après tout, ils se contentaient de se contempler, d'échanger leurs sentiments, de partager le bonheur d'être ensemble, d'écouter Djamil réciter des poèmes d'amour en pinçant son setâr… N'est-ce pas ce que je faisais parfois avec Omar alors que notre entourage était persuadé que nos rencontres étaient dictées uniquement par le stupre et la luxure…

Revenu à Kazarkhan pour quelques heures, Djamil m'informa que, la prochaine fois, il souhaitait que je l'accompagne. J'acceptai sans trop d'enthousiasme. Les batailles, les escarmouches n'avaient jamais été mon fort…

— Si vous estimez que c'est nécessaire…

— Oui. Je veux que quand la journée s'achève j'aie quelqu'un à qui parler d'autre chose que de stratégie, de politique, d'alliances…

— Mais vous avez Selim…

— Certes. Et vous savez à quel point je tiens à lui. Mais il n'y a qu'avec vous que je pourrai évoquer les vers de Méphistos, les amours d'Abû-Nuwâs… Qui d'autre que vous pourrait m'aider à décrire le bruissement du vent dans la steppe ou la mélancolie d'un crépuscule quand le ciel rougeoie?

Le bruissement du vent, la mélancolie d'un crépuscule… Heureusement que nos ennemis ignoraient tout des préoccupations essentielles du Prince Djamil.

J'avais à peine quitté le Prince que Sa Grâce me fit mander.

— Je viens d'apprendre, dit-elle, que vous alliez accompagner mon fils sur les sentiers de la rébellion. J'en suis personnellement ravie. Cela lui permettra de rester en contact avec la poésie… On devrait obliger les soldats à écrire un poème chaque soir. Ce serait autant de temps gagné pour la paix. Mais je suis folle. Nous savons, vous et moi, combien les hommes de guerre préfèrent user du sang de leurs ennemis plutôt que de l'encre des poètes. Non… Si je vous ai appelé, ce n'est pas seulement pour vous demander d'être prudent, de veiller vous aussi sur mon fils, bien sûr, mais, surtout, de prendre garde à Radjiv…

Je sursautai :

— Radjiv ?

Elle me fixa de ses grands yeux marron.

— Oui. Votre serviteur !

Je ne pus qu'opiner.

— Ne soyez pas surpris que je sois au courant. Pouvoir et savoir vont de pair. Depuis que la santé de Sa Grandeur décline, je suis forcée de m'impliquer davantage dans la bonne marche du Palais en attendant que le Prince Djamil ne prenne vraiment la relève… Il faut dire aussi que votre Radjiv ne passe pas inaperçu. Plutôt avenant, plaisant, il ne manque pas de bagout. Mes servantes le disent curieux de tout… Un peu trop parfois. En fait, vous n'ignorez pas, j'espère, que c'est un homme de Boutros ?

J'eus l'impression que le sol se dérobait sous mes babouches. Ainsi donc, elle savait. Mais jusqu'où poussait-elle pouvoir et savoir ?…

— Vous savez, continua-t-elle, Boutros tient la moitié de Kazarkhan avec son or et l'autre moitié par la peur ou le chantage. Je ne veux pas connaître les raisons qui vous ont poussé à accepter la présence de Radjiv…

— Si vous voulez, je peux le renvoyer…

Je disais cela tout en sachant que je n'étais guère en position de le faire. Mais Sa Grâce me rassura.

— N'en faites rien. Boutros nous infiltrerait avec quelqu'un d'autre que nous mettrions du temps à découvrir. Pour peu qu'on le

tienne à l'œil, votre Radjiv est inoffensif. S'il y a lieu de prendre des mesures particulières, Ali vous en informera...

— Ali?

— Oui! Ali. Ce n'est pas seulement l'ombre du Prince. Ce sont aussi mes yeux, mes oreilles. Et le cas échéant: ma bouche!

Je frémis. Sa Grâce dut le remarquer.

— Rassurez-vous: Ali sait faire la part des choses et s'il est des secrets bien gardés, ce sont ceux du Prince. Ali n'est pas une commère qui clabaude à tous vents... Pour ce qui ne relève pas de l'essentiel, c'est une tombe...

Restait à deviner si ma nuit de noces avec le Prince relevait de l'essentiel ou du futile...

Nous repartîmes vers le Nord avec pour mission de lever une nouvelle armée avec l'aide des tribus fidèles. Nous allions de villages en villages, de campements en campements... Généralement nous étions bien accueillis. Rares étaient ceux qui contestaient la nécessité de rétablir l'ordre aux frontières. Au bout de trois semaines nous étions plus d'un millier à chevaucher aux confins de la steppe. Un millier de soldats, cela fait beaucoup de monde. Assez, semblait-il, pour décourager les Tatars qui s'étaient repliés de l'autre côté de la frontière, au-delà des cols enneigés. Assez aussi pour cacher le pire...

C'était un matin bleu pommelé de quelques nuages d'altitude. Nous avions levé le camp de bonne heure et nous nous préparions à pénétrer dans une des nombreuses gorges réputées servir de repaire aux Tatars. Quelques éclaireurs avaient balisé le chemin et aucun danger ne semblait nous menacer. Le Prince Djamil chevauchait à mes côtés. Selim nous suivait à quelques enjambées avec Ali et Radjiv. J'avais été assez surpris de découvrir à quel point ce dernier était plutôt bon cavalier. Comme je m'en étais étonné, il m'avait, comme toujours, rassuré d'une caresse et d'un boniment.

— Vous savez, me dit-il, entre Kandahar et Kazarkhan, j'ai eu l'occasion de m'occuper des chevaux qui accompagnaient la caravane

de Boutros et de les monter… J'ai aussi travaillé aux écuries de Boutros…

Pas plus que le Prince, je ne fis attention lorsqu'un de nos cavaliers surgit au galop derrière nous. Sans doute une estafette qui avait des ordres urgents à transmettre aux avant-gardes… Arrivé à hauteur du Prince, quelle ne fut pas notre surprise de voir le soldat brandir un cimeterre et le pointer vers le dos de Djamil pour le transpercer. Le temps de bondir en avant et il serait trop tard : la lame aurait tranché le dos, le cou ou un bras… peu importe ! Nous allions tous être les témoins impuissants du meurtre du Prince. Mais le miracle eut lieu : avec une précision et une rapidité redoutables, la fronde de Selim avait tournoyé et un galet vint ricocher au front du meurtrier avant qu'il n'ait pu donner l'estocade fatale. Je l'entendis hurler de dépit ou de douleur, je ne sais. Il laissa tomber son arme et fouetta son cheval pour déguerpir au plus vite avec… Radjiv sur ses talons. Quelques dizaines de pas plus loin, je vis mon serviteur se rapprocher du fuyard, le désarçonner, sauter de son cheval et trancher la gorge du félon. Tout cela n'avait pris que le temps d'une respiration.

— Vous êtes vengé Mon Prince, hurla Radjiv, sous les applaudissements des quelques soldats présents…

Étais-je vraiment le seul à me poser la question de savoir si c'est la vengeance du Prince qui avait motivé Radjiv ou la nécessité de réduire le meurtrier au silence ?

Djamil avait le visage exsangue, il vacilla sur sa monture et je crus qu'il allait s'évanouir. Mais Ali veilla à ce qu'il mette pied à terre en toute sécurité. Selim avait rangé sa fronde. Une fois de plus, il venait de sauver le Prince. El Sakr, arrivé à la rescousse, le félicita et il fit de même avec Radjiv. Pourtant, au ton de sa voix, je crus y déceler plus que de la réticence… Le maître d'armes s'approcha du cadavre et le retourna. Son rictus figé par la mort était horrible à contempler.

— Quelqu'un connaissait cet homme, interrogea-t-il ?

Personne ne le connaissait. Ou, en tout cas, personne ne prétendait le connaître. El Sakr saisit son poignard et déchira la chemise du cadavre à hauteur de l'épaule, découvrant son aisselle. Un petit signe cabalistique y était tatoué représentant une sorte de feuillage.

— C'est un Haschâchine, nous annonça-t-il avec stupéfaction.

— Vous en êtes sûr ?

— Absolument. Le tatouage représente grossièrement une feuille de haschich. Mais plus que le tatouage, il y a aussi la façon de faire. Cet homme n'avait aucune chance de survivre au meurtre qu'il voulait commettre. Mais il n'en avait cure, car on lui a inculqué que sa mort lui ouvrirait les portes du paradis que le vieux de la montagne lui a fait goûter avant de l'envoyer en mission…

La remarque d'El Sakr me glaça. J'avais entendu parler des Haschâchines mais je croyais que ce n'était qu'une légende. J'avais du mal à croire que des hommes sains d'esprit acceptent de sacrifier leur vie pour une cause qui n'était même pas la leur en échange de la promesse de passer l'éternité dans la volupté d'un paradis peuplé de jeunes houris ou de tendres éphèbes… Comment pouvaient-ils être aveugles au point de ne pas comprendre qu'au terme de leur parcours, ce n'est pas seulement la mort qui les attendrait, mais la haine, mais l'opprobre, et qu'en fin de compte leurs corps ne seraient pas livrés aux plus douces des voluptés mais bien à la déchéance, à la pourriture, à l'oubli… Des Haschâchines étaient donc parmi nous, prêts à sacrifier leurs vies pour la cause que d'autres avaient choisie pour eux en échange de l'or de Boutros et des bénédictions de l'un ou l'autre imam… J'observai les visages impassibles des soldats qui nous entouraient. En dehors des Nubiens, faciles à repérer, les autres étaient presque tous des inconnus. Chacun d'eux pouvait être un Haschâchine !

— Tout à l'heure, ordonna El Sakr aux Nubiens, vous passerez tous les soldats en revue. Torses nus. Bras levés. Et vous trancherez la tête de tous les tatoués… !

Je m'attendais au pire, mais il n'en fut rien. Les soldats se plièrent aux ordres sans broncher et aucun cadavre ne vint s'ajouter à celui du Haschâchine.

La tension accumulée au cours de cette journée me pesait et j'avais hâte de m'allonger sur ma couche dans la tente que des soldats dressaient pour moi, comme toujours un peu à l'écart du gros de la troupe. Je n'avais qu'une envie, celle de dormir, mais avant cela, il me fallait consigner les faits du jour dans la chronique officielle. Pendant que j'écrivais, Ali écarta les pans de ma tente et vint s'asseoir à mes côtés.

— Vous en aurez des choses à raconter aujourd'hui…

— Pour mieux les raconter, j'aimerais surtout mieux les comprendre…

— Comprendre quoi ? fit-il en tournant lentement la tête vers moi.

— Comprendre comment ce Haschâchine a pu agir seul, sans complices… Votre inspection des soldats n'a pas permis de découvrir qui que ce soit de suspect…

— Parmi les soldats, non… Mais peut-être qu'ailleurs…

Je frémis. L'ombre de Radjiv me hantait.

— Ailleurs ?

— Tout comme moi, vous avez dû être surpris du rôle de Radjiv dans cette affaire. Pourquoi a-t-il tranché la gorge de ce Haschâchine que nous aurions capturé de toute manière ? Par amour du Prince ? Vous y croyez ?

— Pas vraiment, avouai-je. Mais en attendant, El Sakr et le Prince Djamil l'ont publiquement félicité… Nous n'avons aucune preuve de sa complicité avec le Haschâchine.

— Pas encore. Mais nous pouvons la trouver…

— Nous ?

— Oui. Vous êtes assez intime avec votre serviteur…

Comme je m'empourprais, il se voulut rassurant :

— Ne craignez rien. Sa Grâce a dû vous prévenir de mon rôle. Votre vie intime ne me concerne pas, même si, par la force des choses, je n'ignore presque rien de vos relations avec le Prince et que je devine que Radjiv ne se contente pas de ranger votre chambre et de faire vos courses…

— Où voulez-vous en venir ?

— à la vérité, Maître Luka. Et pour la découvrir, ce soir, comme vous êtes à cran, vous aurez besoin d'un bon massage. Radjiv se fera un plaisir de vous satisfaire. Ensuite…

Le supplice dura longtemps, trop longtemps. Aucune des caresses de Radjiv ne parvenait à me détendre.

— Vous avez vraiment les nerfs en boule, me dit-il. Votre dos est raide comme une planche. Laissez-vous aller…

Ses doigts avaient beau m'envelopper de caresses, même les plus intimes. Aucune ne parvenait à m'émouvoir. De guerre lasse, il se coucha sur mon dos. Son sexe, contrairement au mien, manifestait déjà son ardeur.

— Tu es tout froid ce soir. Qu'est-ce qui t'arrive, Luka ? Même ton ventre ne répond pas à mes caresses…

Puis il continua, la voix mielleuse :

— Peut-être que tu as besoin de changer de rôle ?

Du bout de sa langue, il m'agaçait le lobe d'une oreille et me souffla :

— Baise-moi, Luka. Décharge dans mon cul toute la tension de cette journée.

Il se coucha à mes côtés et me fit basculer sur lui. Les yeux fermés, je commençai à frotter mon ventre contre le sien. Petit à petit, je sentis mon membre se gonfler de sang mais pas de désir.

— Vas-y, m'encouragea-t-il. Plante-moi ton clou entre les fesses ! Vas-y, Luka ! Tu connais le chemin ! Vas-y ! Vas-y !

Je lui obéis sans un mot. J'enfonçai mon éperon entre ses cuisses larges ouvertes. Mes doigts noués aux siens, j'écartai ses bras comme pour le crucifier. Une sorte de rage me creusait les reins, je m'arc-boutai, je rouvris les yeux. Je ne vis plus que cette petite tache au creux de l'aisselle ouverte.

— Haschâchine, hurlai-je en me vidant de toute ma hargne et de mon sperme ! Haschâchine !

Comme convenu, Ali, resté aux aguets, se précipita dans notre tente. Cloué sur ma couche par mon sexe, Radjiv n'eut pas le temps de se débattre lorsque le Nubien serra le lacet autour de sa gorge. Sa mort fut instantanée. J'eus à peine le temps de me retirer de son ventre, de me retourner et de vomir…

— Je vous ai fait préparer une autre tente…

Pas la moindre émotion ne se marquait sur le visage d'Ali. Comme si la mort de Radjiv n'était qu'un acte anodin.

Quant à moi, je m'inquiétais de savoir comment Boutros réagirait quand il apprendrait la mort de son espion… Inutile de préciser que, cette nuit-là et les suivantes, je dormis peu ou mal…

Et puis, il y eut ce messager venu à bride abattue de Kazarkhan. Il n'apportait que des mauvaises nouvelles : Ibrahim se mourait et les fils du frère cadet du Sultan marchaient sur la capitale à la tête de troupes qui n'avaient pas l'intention de faire allégeance au futur souverain. La guerre civile était à nos portes…

LE CHAOS

Dalia était doublement inquiète. Les rumeurs de guerre civile avaient fini par percer les murs du sérail et si les autres courtisanes s'inquiétaient du sort qui leur serait réservé au décès de Sa Grandeur, Dalia, elle, tremblait pour Selim dont elle ne doutait pas qu'il serait aux premières lignes si des combats avaient lieu. Et les premières lignes étaient peut-être les plus glorieuses, elles n'en étaient pas moins les plus mortelles… À cela s'ajoutait la grossesse qui approchait de son terme. Youssouf lui avait conseillé de rester couchée le plus souvent possible parce que, avait-il dit, l'enfant qu'elle portait était trop précieux pour risquer de le perdre. Des douleurs au ventre et des saignements intempestifs qui se manifestaient de temps à autre laissaient augurer un accouchement difficile. Mais cela, il préféra le taire pour ne pas affoler davantage la fille d'Anwar.

Feryel l'apaisait comme elle pouvait avec des tisanes, des caresses, des mots tendres…

— Si votre enfant est aussi joli que vous et le Prince, ce sera le plus bel enfant du monde. Vous verrez… Dans quelques jours, nous serons tous éblouis par sa beauté… Et peut-être que le Prince renoncera à épouser une autre femme que vous…

— Voyons Feryel : tu sais bien qu'un Prince ne peut pas épouser la fille d'un pêcheur !

— Un Prince peut-être pas, mais un Sultan, oui !

« Si tu savais, pensa Dalia. Si tu savais… »

Elle plissa les paupières et referma les yeux sur l'image de Djamil, nu, endormi aux côtés de Selim. La dernière fois qu'il était revenu à Kazarkhan, le Prince n'avait pas manqué de l'inviter à passer la soirée avec son page. Le rituel était presque toujours le même. Après le repas, ils se retiraient dans la chambre du Prince. La soirée se prolongeait en musique et en tendresse dans des vapeurs de myrrhe et d'encens. Lorsqu'il avait épuisé ses rimes sur les cordes du setâr, Djamil rejoignait les amants, partageait avec eux quelques câlins… Quand il lui avait demandé de recueillir quelques perles de lune au creux de sa main, elle avait obéi, mais c'étaient les doigts de Selim, finalement, qui avaient achevé la besogne… La dernière fois, elle s'était à la fois émue et amusée de les voir l'un comme l'autre poser leurs joues, leurs oreilles contre son ventre pour écouter battre le cœur de « notre enfant » comme ils avaient coutume de dire… Selim s'était contenté de la caresser, Djamil de lui baiser les paupières. Il fallait préserver le bien-être de l'enfant à naître. Elle s'était assoupie bien avant les garçons. Le froissement des draps à ses côtés l'avait tirée du fragile sommeil qui était le sien depuis quelques semaines. Les yeux mi-clos, elle avait vu l'ombre du Prince épouser celle de Selim, la conjoindre avant de chavirer dans une mêlée de soupirs et de bruissements de peaux… à l'aube, elle avait pu tout à loisir contempler les deux corps nus endormis à ses côtés. Elle n'avait pu s'empêcher de comparer leurs sexes en léthargie: elle les trouvait émouvants dans leur impudeur, rassurants, assagis sous leur touffe de poils, drus chez l'un, plus clairsemés chez l'autre. Bien qu'assoupis, il suffirait d'un rien pour qu'ils se cabrent et manifestent leur insolence. Celle de Selim avait fait germer leur enfant. Celle du Prince n'avait fait que s'égarer dans les replis des draps ou au creux des doigts ou de l'intimité de son page… Son sexe, plus petit, plus ramassé que celui de Selim finirait pourtant bien par se nicher ailleurs… Un Prince si gracieux, si sensuel, quand il n'avait d'autre parure que sa peau lisse et ambrée, ne pourrait pas rester éternellement à l'abri des femmes. Un jour, il finirait par fourrer lui aussi le bout de son ventre dans celui d'une fille... Pourquoi pas le sien ?

La question se poserait peut-être un jour. La trinité dont Djamil se prévalait n'impliquait-elle pas qu'ils soient égaux entre eux ? Le Prince pourrait-il prétendre l'aimer en ne couchant qu'avec son page ? Selim accepterait-il de la partager comme il se partageait ? Pouvait-on être fidèle à deux garçons sans apparaître comme inconstante ou frivole ? Les mystères de la trinité n'étaient pas toujours faciles à élucider...

— Le Prince devrait rentrer d'un moment à l'autre, annonça Feryel. Sa Grandeur est au plus mal...

Un calme tendu régnait dans les ruelles de Kazarkhan lorsque le Prince Djamil réintégra le Palais avec l'escorte nubienne. Par précaution, les portes de la forteresse se refermèrent sur les derniers cavaliers. Le Sultan Ibrahim venait de rendre son âme à Dieu mais, par prudence, la nouvelle n'avait pas encore été ébruitée. On n'ignorait pas que les troupes du cousin insurgé attendaient à quelques lieues de là la confirmation du décès pour marcher sur Kazarkhan... Le silence était donc de mise en attendant qu'El Sakr ait mis au point un plan et une stratégie pour résister... Peine perdue, l'impatience gagna le camp rebelle et l'ordre de partir à l'assaut de la capitale retentit dans des clameurs et des cris de joie. Dans la ville, quelques hommes de main se tenaient prêts à déclencher des troubles. Osman, l'homme à tout faire de Boutros, les rejoignit en début d'après-midi...

Le marché, près de la grande mosquée était presque désert. Au cours des dernières semaines, les prix avaient grimpé, suscitant la grogne des Kazarkhanis. Les caravanes qui auraient dû acheminer les céréales et d'autres denrées alimentaires avaient été pillées, disait-on, malgré la présence aux frontières du Prince héritier et de ses troupes. Une preuve de plus, s'il en fallait, que Djamil n'était pas du même sang qu'Ibrahim et qu'il ne méritait pas de monter sur le trône. En fait, les caravanes avaient été détournées vers Samarcande ou d'autres cités sur l'ordre de Boutros. Elles attendaient le renversement du Prince pour réapprovisionner la ville et confirmer ainsi le bien-fondé du coup d'état. Il n'y avait donc que peu de marchands et quelques femmes sur la place du marché. L'une d'elles serrait un bambin de quelques mois contre sa poitrine. Elle avait hésité avant de sortir faire ses emplettes. Elle espérait trouver un peu de lait et quelques œufs à un prix abordable. Ensuite elle rentrerait chez elle le plus vite possible et préparerait le repas pour le mari quand il rentrerait ce soir du travail chez un ferronnier du bazar. On était loin du palais. Ce n'était pas dans ce quartier que les troubles éclateraient à la mort d'Ibrahim…

Pas plus que les autres badauds, elle ne prit garde au cavalier qui surgit d'une rue adjacente à la place du marché. Ce n'est que lorsqu'il fondit sur elle pour s'emparer de son enfant qu'elle réalisa le danger. C'était trop tard. Les quelques témoins qui avaient assisté au rapt ne purent que hurler leur colère. Le cavalier avait déjà disparu dans une ruelle à l'autre bout de la place.

Personne ne le connaissait. D'ailleurs, il avait le visage masqué. Mais une chose était sûre, il portait les couleurs du Palais. Ainsi donc, la rumeur se vérifiait. Pour retarder sa mort, Ibrahim n'hésitait pas à faire enlever de jeunes enfants pour se gaver de leur sang. Ce n'était plus un sultan, c'était devenu un vampire. Aux hurlements désespérés de la mère s'ajoutèrent bientôt les cris de révolte des marchands et des badauds qui se répercutèrent dans le quartier de la mosquée avant de se répandre dans tout Kazarkhan. Après la consternation, la colère enfla, gagna les ruelles du bazar. Des cortèges se formèrent un peu partout dans la ville. Un commerçant qui tardait à fermer sa boutique vit son bien saccagé en quelques instants. Ils furent bientôt des centaines, des milliers à converger vers les portes du Palais…

À la même heure, le feu prit de manière inexpliquée dans un entrepôt de Boutros. Le bâtiment avait été préalablement vidé à l'exception de quelques ballots de laine qui alimenteraient durablement l'incendie...

Le feu eut le don de décupler la rage des manifestants.

Le rapt, le feu... L'excitation était à son comble lorsque Osman sortit de la ville à l'insu de tous. Il hésita à peine avant d'étrangler le bébé qu'il venait d'enlever. Constatant que ce n'était qu'une fille, il ne prit pas la peine de l'enterrer. Il jeta le petit cadavre sur le côté du chemin. Un chien sauvage, un chacal s'en ferait un festin. Si on cherchait son corps, ce serait dans le palais pris d'assaut par la foule en furie, pas en dehors de la ville. Il était temps de rejoindre les troupes des insurgés qui investiraient Kazarkhan sous les applaudissements du petit peuple. La ville tomberait comme un fruit mûr. Quant au Palais, la forteresse tiendrait sans doute quelques heures, quelques jours tout au plus avant que le nouveau maître ne liquide le petit sodomite au sang grec... Il y aurait sans doute quelques morts, mais Dieu — Béni soit Son Saint Nom ! — saurait reconnaître les Siens.

Dans sa vaste demeure dont la garde avait été triplée, Boutros recevait le grand imam de Kazarkhan.

— Ce n'est plus qu'une question d'heures, mon cher Yasser... Et vos vœux seront bientôt exaucés... Le règne de Djamil sera terminé avant même d'avoir commencé.

— Peut-être, mon cher ami. Peut-être. Mais restons prudents : la fortune des armes est parfois inattendue. Ne dit-on pas qu'El Sakr garde en réserve quelques tribus fidèles qui pourraient venir à la rescousse des assiégés...

— Nous ne l'ignorons pas. C'est pourquoi il était nécessaire que le petit peuple de Kazarkhan se soulève lui aussi. Si des troupes restées fidèles au Sultan venaient pour secourir El Sakr, elles n'auraient pas seulement affaire aux soldats du cousin de Djamil, mais à la colère et à la rage des Kazarkhanis. Cela ne pourra que les inciter à y réfléchir à deux fois avant de se lancer dans la bataille…

— Et les Kathars ?

— Comme d'habitude ils vont profiter du désordre pour se soulever et piller quelques villages du côté du fleuve. Nous leur avons fourni quelques chevaux, quelques armes… Assez pour qu'ils puissent créer une diversion et forcer El Sakr à lutter sur deux fronts…

— Mais vous savez que le cousin ne veut pas leur accorder l'indépendance…

— Pas plus que nous, mon cher Yasser. Pas plus que nous. Quand nous aurons pris le pouvoir, nous les remettrons au pas. Les Kathars sont les éternels dupes de l'histoire du Kazarkhan. Depuis des temps immémoriaux, ils soutiennent une faction contre une autre dans l'espoir d'obtenir davantage de libertés… Et à chaque fois, le vainqueur, quel qu'il soit, finit par se retourner contre eux et les remettre au pas le temps d'une ou deux générations jusqu'à ce qu'une nouvelle opportunité d'autonomie ne survienne, et le cycle recommence. Il faut croire que Dieu ne les a créés que pour servir les intérêts des uns ou des autres au mépris des leurs…

Un serviteur vint les interrompre :

— Maître, fit-il en s'inclinant, l'incendie n'a pu être maîtrisé et se propage dans tout un quartier de la ville… Les troupes rebelles sont entrées dans les faubourgs par la porte du nord…

— Et le peuple ?

— Il applaudit, il les accueille en libérateurs…

— S'il savait la vérité, tempéra l'imam.

— Quelle vérité, mon cher Yasser ? Il n'y a qu'une vérité, c'est celle du vainqueur. Ne me dites pas qu'Allah — Béni soit Son Saint Nom ! — pourrait être du côté des vaincus… Allons plutôt encourager les assaillants. Il faut que le peuple sache que Boutros est avec eux !

Dans le sérail, les courtisanes étaient terrifiées. Elles savaient quel tribut elles paieraient au vainqueur si ce dernier s'avérait être le cousin insurgé. Dans toutes les guerres les femmes finissent par servir d'exutoire à la rage des vainqueurs qui, non contents d'avoir massacré leurs adversaires mâles, doivent impérativement s'en prendre aux femmes, aux filles, en jouir avant de les étriper... Il leur fallait coûte que coûte marquer leur nouveau territoire en usant de leurs sexes après avoir usé de leurs glaives, répandre du sperme en contrepartie du sang versé...

— Et si je renonçais au trône, suggéra Djamil...

— Vous n'en subiriez pas moins toutes les infamies que l'on peut imaginer, rétorqua El Sakr. Votre reddition ne ferait qu'accélérer le massacre.

— Que pouvons-nous faire alors ?

— Résister. Toutes les tribus ne sont pas prêtes à faire allégeance à votre cousin. Si nous tenons bon, dès demain nos assaillants seront peut-être assaillis à leur tour et pris entre deux feux...

Des projectiles enflammés tombaient de temps à autre dans l'enceinte du palais. L'un d'eux mit le feu à un bâtiment du sérail. Des soldats, des serviteurs réussirent à circonscrire l'incendie grâce à l'eau des fontaines, mais la peur était désormais palpable. El Sakr se rendait bien compte que la fortune des armes serait très incertaine et, lorsque Selim lui suggéra de tenter une sortie pour mettre le Prince et Dalia à l'abri, il finit par acquiescer.

— Il y a une porte dérobée qui donne sur la steppe. Il y a très peu d'assaillants de ce côté-là. Rassemblez les Nubiens et quelques autres soldats... Nous provoquerons une diversion du côté de la grande porte quand vous tenterez la sortie... Pour le reste nous nous en remettrons au Prophète et à Dieu ! Ensuite vous rejoindrez le fleuve et ton village. L'enfant de Dalia pourra y naître en paix pendant qu'avec les Nubiens vous commencerez à remettre les Kathars au pas. On m'a dit que tu connais la région mieux que quiconque. Ce sera l'occasion de faire tes griffes pour de vrai. Et comme le Prince sera à tes côtés, votre victoire rejaillira sur lui. Je viendrai vous renforcer dès que nous aurons, avec l'aide de Dieu, repris le contrôle de Kazarkhan… Dieu te garde, Selim ! Dieu garde le Kazarkhan !

Le lendemain, il fut convenu que Dalia prendrait place sur la monture d'Ali pour sortir du Palais assiégé. Elle était partagée entre le soulagement et la frayeur. Soulagement de se sortir de ce qui risquait d'être un enfer, d'échapper au sort que lui prédisaient les courtisanes si les troupes du cousin venaient à franchir les remparts du palais. Mais frayeur de se retrouver loin de Youssouf pour mettre son enfant au monde, frayeur de devoir supporter une longue chevauchée dans des conditions pénibles alors que son ventre était tenaillé de crampes de plus en plus vives, et tout d'abord la frayeur de se trouver face aux ennemis dont aucun ne lui voudrait du bien…

Comme convenu El Sakr fit monter des troupes aux créneaux, et un déluge de flèches et d'autres projectiles s'abattit sur les assaillants qui, un moment désemparés par cette soudaine riposte, refluèrent. Le cousin battit le rappel des troupes pour faire face et dégarnit d'autres endroits du siège. Selim et les Nubiens en profitèrent pour surgir par l'arrière du palais. Les cimeterres des Nubiens virevoltèrent, froissant l'air et tranchant quelques têtes. Mais les assaillants étaient trop peu nombreux à cet endroit pour empêcher la petite troupe de franchir les remparts et de s'engager au grand galop vers la steppe et au-delà vers le fleuve.

Le cousin hésita à les poursuivre, puis il choisit de conserver la proie qu'il tenait fermement. Les fuyards, dont il ignorait tout, il finirait bien par les rattraper si les Kathars en révolte ne les cueillaient pas avant lui…

Lorsque la ville de Kazarkhan disparut de l'horizon, la petite troupe ralentit l'allure. Il fallait ménager Dalia. Elle était blême, semblait si menue, si fragile avec son ventre distendu.

— Demain, lui annonça Selim, qui chevauchait à sa hauteur, demain nous serons de retour au village. C'est Aïcha qui mettra notre enfant au monde…

— Qui est Aïcha ? s'enquit le Prince.

— Une chamane. Au village, que l'on naisse ou que l'on meure, c'est toujours avec elle que cela se passe…

Vers le soir, ils traversèrent un petit bourg. Il était complètement désert. Mort. Les portes éventrées, des toits encore fumants, témoignaient de la razzia qui avait probablement eu lieu quelques heures plus tôt. Les habitants avaient dû fuir. Sauf un vieillard dont le corps éventré gisait entre deux murs. Trop vieux pour courir, le destin l'avait rattrapé…

— Ce sont sûrement les Kathars, gronda Selim. Demain, nous leur ferons payer leurs crimes… Maître Luka, n'oubliez pas d'écrire ce que vous avez vu et dites bien qu'il faut être particulièrement lâche pour s'attaquer à un petit village comme celui-ci…

Ils continuèrent leur route. Dalia somnolait parfois, le dos appuyé contre le ventre et la poitrine d'Ali. Parfois un soubresaut du cheval la réveillait. Dans son ventre, l'enfant remuait de temps en temps. L'enfant… Elle se prit à rêver : l'enfant était né, elle l'allaitait. Assis à leurs pieds, Djamil jouait du setâr et Selim les couvait de son regard. Comment disait-on trinité quand on était quatre ?

LA DERNIÈRE NUIT

Au bout de la chevauchée, ils atteignirent le fleuve à quelques lieues en aval du village de Selim et de Dalia. Le soir était tombé. Les Nubiens installèrent un camp de fortune. Avec des branches et des feuillages, ils montèrent un abri pour le Prince et Dalia. Selim les y rejoignit.

Dalia n'en pouvait plus. Le galop l'avait exténuée. Son ventre ballonné, tendu par la grossesse, était douloureux. Elle avait l'impression que l'enfant cahoté, malmené, tentait de s'échapper sans trouver l'issue de sa prison de chair. Parfois, des spasmes la secouaient, la peur de voir l'enfant surgir de son ventre de manière précipitée l'étreignait. Il n'y avait que des hommes autour d'elle. Feryel n'avait pas pu l'accompagner. Peut-être que celle-ci aurait su la rassurer, lui prodiguer les caresses qui apaisent… Mais les Nubiens ! Même le Prince et Selim ne pouvaient rien. Pas plus qu'elle, ils n'avaient jamais vécu d'accouchement. Ils ne savaient rien et auraient été bien incapables de reconnaître les signes précurseurs qui annoncent la venue au monde…

— Pourvu, murmura-t-elle entre deux hoquets, pourvu qu'il ne vienne pas cette nuit. Pourvu que demain Aïcha soit toujours en vie…

— Il faut vous reposer, implora le Prince. Oubliez la guerre. Pensez seulement à notre enfant. Laissez-vous aller…

C'était plus facile à dire qu'à faire et il fallut de longues heures et quelques gouttes d'opium pour que la fatigue vienne enfin à bout de l'anxiété de Dalia. Elle sombra alors dans un sommeil lourd, glissa dans une sorte de trou noir qui la mena jusqu'aux aurores.

Djamil et Selim en profitèrent pour se dégourdir les jambes sur les berges du fleuve. Les Nubiens n'avaient pas fait de feu pour éviter de signaler leur présence à d'éventuels ennemis. Il n'y avait d'autre lumière que celle de la lune et des étoiles.

— Demain, dit Selim, nous rejoindrons le village et nous confierons Dalia à la vieille Aïcha. C'est elle qui nous a tous mis au monde. Dalia sera en de bonnes mains… Ensuite nous nous occuperons des Kathars.

— Nous ne sommes pas très nombreux, objecta Djamil.

— Je sais… Mais chaque Nubien se battra comme dix. La première chose que nous offrirons à notre enfant, après la vie, ce sera la victoire…

— Puisse Dieu t'entendre et le Prophète veiller sur nous…

À quelque distance du camp, les deux garçons s'arrêtèrent.

— Regarde comme le fleuve scintille. On dirait des perles de lune, susurra le Prince. J'ai envie d'aller en recueillir quelques-unes. Tu m'accompagnes ?

Ils se déshabillèrent sans hâte et Selim plongea le premier dans les eaux fraîches du fleuve. La flèche plus claire de son corps fendit les flots avec aisance, ensuite il se retourna et se laissa flotter, offrant à Djamil, qui se contentait de patauger dans les eaux moins profondes de la rive, l'image fluide de son ventre plat, du galbe de ses hanches, de son sexe recroquevillé entre les fuseaux de ses cuisses bien découplées. Entre deux nuages, un rayon de lune l'éclaboussa de sa lumière fragile, transformant l'eau qui glissait entre ses doigts en gouttes d'argent vif…

— J'ai attrapé une perle, claironna Selim en projetant une giclée d'eau froide vers le Prince. Regarde comme elle brille…

— Et celle-ci, riposta Djamil avec le plat de la main, comment tu la trouves ?

Pendant quelques instants, une véritable pluie de perles d'eau s'abattit autour des deux baigneurs. Après s'être copieusement aspergés, ils regagnèrent la berge, le torse, les bras, les jambes ruisselants…

— Et on n'a rien pour se sécher, pas même du feu, constata Selim.

— Et nos bras ? Les tiens seraient-ils paralysés ? répondit Djamil en commençant à frictionner son compagnon.

Selim se piqua au jeu et, à son tour, il frotta ses mains nues sur la peau du Prince. Ils se bouchonnèrent ainsi jusqu'à ce que leurs épidermes s'échauffent…

— Ça fait du bien… fit Selim en se baissant pour ramasser son saroual.

Djamil le retint.

— Attends ! Profitons encore un peu de ce moment d'intimité.

Puis, d'un ton qui se voulait suave et persuasif :

— Fais-moi l'amour, Selim. Fais-moi l'amour…

Le page hésita :

— Mais… Les soldats…

— Les soldats, quoi ? Il y a ceux qui veillent à l'autre bout du camp. Quelques-uns qui dorment… Et ceux qui sont occupés à prendre leur plaisir, seul ou à deux…

— Qu'en sais-tu ? s'enquit Selim.

— J'ai souvent observé les Nubiens quand ils s'entraînaient au combat. Ils me fascinaient. Je les ai regardés quand ils se chevauchaient dans la lutte, quand leurs jambes se nouaient autour de leur ventre et que leurs bras glissaient entre leurs cuisses. Quand ils se relèvaient, j'ai plus d'une fois observé que leurs sarouals ou leurs pagnes n'étaient pas seulement tachés de poussière ou de sueur, mais bien de perles de lune, juste au bon endroit… Là !

La main droite de Djamil s'était plaquée contre le sexe du page, le sortant de la torpeur où l'avait plongé le bain glacé. Le Prince se fit implorant.

— Faisons l'amour une dernière fois, Selim. Dieu seul sait de quoi demain sera fait...

— Demain, nous vaincrons, répondit sourdement le page. Nous vaincrons, et notre enfant naîtra...

— Notre garçon naîtra, oui ! Mais nous ?

— Notre garçon ?

— Bien sûr ! Je n'imagine pas une seconde que tu aies pu nous faire une fille... Si la nature nous avait permis de nous faire faire des enfants l'un l'autre, je ne t'aurais donné que des garçons... Et Dalia nous aime trop pour nous trahir de cette façon... Ce sera un fils, Selim. Sur toutes les perles de lune que j'ai abandonnées entre tes doigts, je te jure que ce sera un fils !

— Si vous le dites ! ironisa le page.

Djamil avait poussé Selim contre le tronc d'un arbre tout proche et avait plaqué ses cuisses contre celles du page. Leurs bustes se frôlaient. La bouche du prince soufflait son haleine sur les lèvres de Selim.

— Et il y a une chose que tu dois encore me promettre... si jamais je ne survivais pas à demain...

Tout en parlant, les mains de Djamil taraudaient le ventre et le sexe du page. Ce qui n'empêcha pas ce dernier de réagir à nouveau :

— Demain, nous vaincrons ! Arrêtez de croire au pire. C'est la meilleure manière de le faire venir !

— Je m'en fiche ! Mais promets-moi au moins que notre garçon s'appellera Selim comme toi et que tu ne feras rien, tu entends bien, rien, pour l'empêcher de me succéder si je venais à mourir !

— Je mourrai avant vous, mon Prince. Ce sont toujours les pages qui meurent les premiers...

— Ne sois pas stupide. Toi, tu sais te battre ! Tu vivras. Ne serait-ce que pour m'obéir. Tu vivras Selim. Et ton fils sera le Prince de Kazarkhan… Et maintenant que ta queue est tendue à point, fais-moi l'amour… Ne te contente pas de me caresser ou de me donner du plaisir comme les autres fois…

— Mais, Mon Prince…

— Laisse tomber « *Mon Prince* ». Je m'appelle Djamil. Je ne suis qu'un garçon comme toi, qui a envie de toi… J'ai envie de ressentir en moi toute la force qui t'a permis de concevoir notre fils… Pour l'amour du ciel, Selim, ne te fais pas prier… Fais-moi l'amour comme si j'étais Dalia… Je veux ressentir ce qu'elle a ressenti quand tu l'as aimée, éprouver la chaleur de la vie quand elle jaillit de ton ventre, non pas entre mes doigts comme d'habitude, mais là, Selim, là… au plus secret, au plus profond…

Djamil se laissa doucement glisser vers le sol, entraînant avec lui un page à la fois désorienté et excité.

À quelques pas de là, une silhouette s'ébrouait. Cela faisait un moment que Maître Luka, qui s'était couché à l'écart, avait été réveillé par les propos incisifs du Prince. Le cœur serré, la gorge sèche, il vit le page s'agenouiller entre les cuisses écartées de Djamil, il vit les deux garçons nouer leurs bouches, leurs bras, il entendit le crissement des feuilles séchées sous les corps qui s'accrochaient l'un à l'autre, il observa les reins du page se creuser, se relever, se creuser… les muscles de ses fesses se contracter, s'épanouir, se contracter… les cuisses du prince se replier, son bassin osciller, le torse de Selim se redresser, se tordre, sa gorge s'arquer, il devina le sexe qui froisse la peau au plus tendre, au plus intime, qui force les muscles à s'ouvrir, qui pénètre le ventre, s'y engloutit… les lèvres du Prince qui se crispent sur un cri de douleur contenu, qui s'épanouissent sur un soupir de bonheur…

Et puis ce sanglot, ce dernier sanglot commué en cri d'amour quand Selim, à bout de souffle, à bout de force, à bout de tendresse se répandit enfin au plus profond du Prince… Luka ferma les yeux.

Tout se brouillait dans sa tête. C'était sa propre chair qui s'embrasait, fouaillée par l'éperon du Prince, c'était son ventre qui en recueillait la semence, c'étaient ses bras qui se refermaient sur les épaules de Djamil, ses lèvres, sa langue qui s'enivraient de sa salive… c'était son sexe, son propre sexe qui, à son tour, ensemençait ses propres doigts…

L'aube se leva, dévoilant les falaises qui se dressaient sur l'autre rive du fleuve. Les Nubiens rassemblèrent les chevaux et la petite troupe se prépara à rejoindre le village. Selim se pencha vers Dalia qui, avec le réveil, avait renoué avec ses angoisses.

— Nous serons bientôt chez Aïcha… Quand le soleil sera complètement levé nous apercevrons les fumées du village. Courage, Dalia ! Notre enfant va naître aujourd'hui…

Ils se mirent en marche. Dalia frissonna. Pourquoi à l'horizon le ciel était-il si gris ?

Quand ils arrivèrent à la plage, non loin du village, ils aperçurent les fumées. Mais ce n'étaient pas celles des fours à pains ou des foyers sur lesquels les femmes préparaient les repas. Le ciel tout entier, de la colline jusqu'au fleuve, tourbillonnait de volutes grises et noires. L'air grondait. L'évidence s'imposa : le village était en flammes… Dalia poussa un cri strident alors même que Selim découvrait avec anxiété que le dos de la jument ruisselait d'un liquide inconnu qui s'écoulait du ventre de sa compagne. L'effroi le saisit :

— Mais qu'est-ce qui t'arrive, Dalia ? Que se passe-t-il ?

Dalia avait toutes les peines du monde à se maintenir sur le cheval. Elle vacilla, et Selim n'eut que le temps de sauter à terre et de la rattraper alors qu'elle s'affaissait dans ses bras. Varouna dégoulinait.

— Mais qu'est-ce que c'est ? Mais qu'est-ce que c'est ?

Le Prince, Ali, Maître Luka et quelques Nubiens s'étaient rapprochés.

— Je crois savoir, fit Maître Luka. Elle a perdu les eaux. L'enfant sera bientôt là…

— Et c'est grave ? s'inquiéta Djamil.

— Je ne sais pas…

Il ne voulait surtout pas avouer que la seule fois où il avait vu sa mère perdre les eaux, elle n'avait pas survécu à l'accouchement. Heureusement, un Nubien fut plus loquace.

— C'est normal. Toutes les femmes font ça avant de mettre un enfant au monde. Mais il faut trouver de l'aide au plus vite…

Sur son cheval, Djamil trépignait.

— De l'aide ? Mais où allons-nous trouver de l'aide ? Le village est en feu. Les Kathars ne sont pas loin. Il est hors de question que Dalia s'en approche…

Maintenant qu'il savait que le phénomène qui l'avait effrayé était naturel, Selim avait retrouvé son aplomb.

— Je connais un endroit où Dalia pourra accoucher en paix. Là-bas, de l'autre côté du fleuve.

Dalia, qui avait repris conscience, sursauta :

— De l'autre côté du fleuve ? Mais il n'y a que des falaises…

— Non. Il y a aussi une grotte. Celle où j'ai terminé ma traversée du fleuve. Préparez la barque d'Anwar.

Puis il désigna quelques Nubiens.

— Toi, toi, toi et toi, vous allez m'accompagner jusqu'au village. Aïcha habite un peu à l'écart. Peut-être qu'elle est toujours en vie… Nous allons aller la chercher et nous la ramènerons ici…

Lorsqu'elle entendit le galop des chevaux, Aïcha crut que sa dernière heure approchait. Quand les Kathars avaient attaqué le village à l'aube, elle avait préféré rester chez elle. Pas seulement parce que sa masure, en dehors du bourg, échapperait peut-être à la curiosité des pillards, mais parce que, trop vieille pour fuir, elle aurait été une proie facile pour ses assassins éventuels.

— Tant qu'à mourir, pensa-t-elle, autant le faire chez moi, entre mes murs, plutôt que sur le bord d'un chemin…

Sa surprise fut totale lorsque la porte s'ouvrit brutalement et que le jeune cavalier qui surgit devant elle se révéla être Selim.

— Vite, ordonna-t-il, nous n'avons pas de temps à perdre. Prépare ce qu'il te faut pour mettre un enfant au monde. Je t'emmène…

Devant l'air plus qu'ahuri d'Aïcha, il précisa :

— C'est pour Dalia. Elle a déjà perdu les eaux… l'enfant va naître. Elle nous attend sur la plage avec quelques soldats… Fais vite. Les Kathars nous ont aperçus, ils ne vont pas tarder à nous poursuivre…

Aïcha rassembla à la hâte quelques fioles, quelques sachets avec des poudres et des plantes aux pouvoirs connus d'elle seule et un peu d'étoupe qu'elle enfouit dans ses poches. Elle s'empara d'une grande marmite et se prépara à suivre Selim. Celui-ci la saisit par la taille, la souleva et la hissa sur Varouna sans tenir compte des protestations de la vieille femme.

— Mais c'est de la folie, mon garçon ! Je n'ai jamais fait de cheval de ma vie. Je vais me rompre le cou, et Dalia sera bien avancée…

— Tais-toi, riposta le page. Si tu veux nous rejoindre à pied, tu n'auras pas fait cent pas qu'un Kathar t'aura prise pour cible.

Escortée par les quatre cavaliers nubiens, Varouna bondit en avant. Aïcha hurla, mais Selim la tenait solidement. Ils dévalèrent ainsi le chemin qui descendait vers le fleuve. Plus d'un cadavre le jonchait. Dans la fumée des incendies, ils distinguaient parfois des silhouettes. Mais étaient-ce des villageois en fuite, ou des ennemis comme ce soldat qui bondit devant eux au détour d'une sinuosité du sentier ? Une témérité qui fut sanctionnée sur-le-champ par un Nubien dont le cimeterre voltigea et décapita l'homme. Un cadavre de plus que les chevaux piétinèrent en passant… Mais ce n'était qu'un soldat parmi d'autres qui, d'évidence, commençaient à cerner la plage où attendaient Djamil, Dalia et le reste de la troupe… Au prix de quelques escarmouches, ils réussirent à se frayer un passage à travers les lignes ennemies, et c'est une Aïcha morte de peur que Selim eut tout juste le temps de déposer près de la barque d'Anwar.

— Maître Luka, ordonna-t-il, vous allez accompagner les femmes de l'autre côté du fleuve. Vous longerez la falaise, vous trouverez une grotte un peu en aval… Vous y serez en sécurité…

À Dalia en larmes, il confia :

— Ne crains rien, Dalia. Aïcha nous a tous mis au monde. Notre enfant survivra. Je me battrai pour que ton enfant vive, Dalia… Jusqu'à la dernière goutte de mon sang… Sois forte, Dalia… Et Allah — Béni soit Son Saint Nom ! — nous protégera tous…

Il partit aussitôt rejoindre les Nubiens qui combattaient à quelque distance, sur les contreforts de la colline. Dans les bosquets de saules, derrière les troncs des peupliers, des hommes aux aguets attendaient, scrutaient… L'un d'eux avait l'arc bandé. Il observait Djamil s'approcher de Dalia pour une dernière étreinte…

— Inch'Allah, gronda-t-il !

Et il libéra la flèche qui chuinta dans l'air matinal…

JOURNAL DE LUKA

Pourquoi ai-je survécu à cette hécatombe ? Pourquoi le destin m'a-t-il épargné tout en me privant de ce qui faisait mon bonheur de vivre ? Pourquoi ?... Pourquoi ?... Les questions sont d'autant plus vaines qu'il n'y a pas d'interlocuteur. Dieu, Allah, Yahveh, quel que soit le nom qu'il porte, est aux abonnés absents. Il en est toujours ainsi quand les hommes s'étripent. Dieu, dans ces moments-là, est d'une infinie surdité. Pourtant le cri d'Ali, quand il vit s'effondrer Djamil, avait de quoi transpercer les nuages. Il me glaça le cœur. Dieu, s'il avait été présent, n'aurait pas pu ne pas l'entendre ! Fallait-il absolument que ce soit moi l'unique témoin de cette ultime tragédie ? Si j'avais pu choisir, j'aurais préféré que les premières flèches des Kathars s'abattent sur ma poitrine. Au lieu de quoi l'une d'elles atteignit Djamil à la saignée de la nuque et de l'épaule. J'étais occupé, avec la vieille Aïcha, à aider Dalia à prendre place dans la barque de son père. Le hurlement du Nubien suspendit nos gestes. En deux bonds, je rejoignis Djamil agonisant dans les bras d'Ali. Il ne fallait pas être grand clerc pour deviner l'issue de tout ce gâchis. Les yeux du prince s'éteignaient déjà. Il eut tout juste encore la force de murmurer :

— L'enfant... Il faut sauver l'enfant...

À la lisière de la plage, Selim et les soldats se battaient à un contre trois. Les hennissements des chevaux, le cliquetis des armes et les clameurs des guerriers se confondaient dans un tumulte de plus en plus angoissant. Les Nubiens se battraient jusqu'au bout. Mais je pressentais qu'au bout du combat il n'y aurait plus de Nubiens… Ali dut probablement en être conscient lui aussi lorsqu'il me dit :

— Dépêchez-vous de rejoindre l'autre rive. Et emmenez Djamil avec vous. Il ne faut pas qu'il subisse les outrages que les vainqueurs imposent aux vaincus.

Nous n'avions plus de temps à perdre si nous voulions sauver Dalia et l'enfant à naître. Je saisis les rames à pleines mains, Ali poussa la barque vers le courant. Aïcha tenait la fille d'Anwar serrée contre elle. Elles tremblaient toutes les deux. L'une de fièvre. L'autre de peur. Couché entre elles et moi, Djamil reposait. Ses lèvres balbutiaient des mots silencieux. Au milieu du fleuve, un vent froid nous enveloppa de son souffle et mugit. Je frissonnai au contact de cette haleine qui ne pouvait être que celle de la mort. Je vis le Prince se raidir, ses doigts se crisper sur le pommeau de sa dague et je compris qu'il était au terme de sa traversée. Un peu d'écume rose jaillit de ses lèvres, et son regard s'endeuilla définitivement…

Des larmes brouillèrent mes yeux et je crispai davantage mes doigts aux manches des rames pour évacuer ma colère et mon désespoir.

— Pourvu, pensai-je, pourvu que le cimeterre d'Ali ou d'un autre Nubien sépare à jamais la tête de l'archer qui a tué Djamil de son corps et que son âme erre pour les siècles des siècles à la recherche d'une impossible paix. Que son âme soit maudite, plus maudite que ce jour fatal…

Je ne pus m'empêcher de revoir Djamil nu implorant Selim de l'aimer une dernière fois. Savait-il vraiment que les poètes ne sont pas faits pour régner lorsqu'il ordonnait à son page de veiller à ce que leur fils lui succède ? Leur fils… à mon tour j'implorai Dieu pour qu'il exauce au moins ce dernier vœu et qu'il donne à Dalia le garçon que Djamil aurait voulu faire à Selim si la nature l'avait permis…

La vieille Aïcha se pencha sur le corps du prince et, les doigts écartés, elle glissa la main droite sur la figure du garçon pour lui fermer les paupières tout en récitant la formule rituelle pour que son âme trouve la route à travers les ténèbres de la mort et aboutisse au paradis de ses rêves… Puis il lui fallut s'occuper à nouveau de Dalia prise de pâmoisons, écartelée entre horreur et douleur, et dont les gémissements lancinants me déchiraient le cœur. J'aurais tant voulu pouvoir partager avec elle la détresse qui me poignait, moi aussi, l'apaiser de quelques caresses, mêler mes larmes aux siennes. Mais nous étions sur le fleuve, et la moindre fausse manœuvre de ma part pouvait nous être fatale. Surtout que le courant était devenu plus violent quand nous nous étions approchés de l'autre rive. Je dus batailler ferme avec les rames pour éviter que le fleuve ne nous entraîne trop loin vers l'aval. Après avoir longé la paroi lisse de la montagne sur une longue distance, je crus deviner enfin la présence d'un renfoncement dans la falaise. Effectivement, comme Selim nous l'avait décrite, la montagne s'incurvait sur des eaux plus calmes, et une grande échancrure déchirait la falaise du haut en bas et ouvrait sur une grotte. Nous y pénétrâmes. Dalia n'en pouvait plus.

— Vite, me dit Aïcha, prépare un feu. Fais bouillir de l'eau pendant que je m'occupe de cette petite. Et donne-moi ta djellaba pour éviter qu'elle ne s'écorche le dos sur les cailloux pendant l'accouchement…

Aïcha avait tout prévu. L'étoupe pour le feu. La marmite pour l'eau. Des vastes poches de son manteau elle sortit des poudres, des fioles, des sachets de feuilles, des racines qu'elle rangea à portée de main pendant que Dalia, prise de nouveaux spasmes, s'allongeait sur ma djellaba. Il y avait dans la grotte des morceaux de bois morts vieux comme le monde et secs comme de la pierre. Le feu prit facilement, à mon grand soulagement. Aïcha vint y répandre une poudre blanche à l'odeur âcre.

— C'est pour écarter les esprits maléfiques qui pourraient hanter cette caverne depuis les siècles des siècles…

Les flammes grésillèrent, se tordirent en couleurs vertes et jaunes, enveloppèrent la marmite d'une chaleur cuivrée. Il ne fallut pas longtemps pour que l'eau se mette à bouillir.

Sur sa couche, Dalia gémissait. Aïcha approcha des lèvres de celle-ci une petite fiole qui contenait une liqueur épaisse d'un rubis sombre.

— Juste quelques gouttes pour apaiser tes douleurs…

À peine Dalia eut-elle ingurgité cette potion que de nouvelles contractions lui secouèrent le ventre. Elle respirait avec peine. La sueur autant que la peur lui collaient à la peau. Elle avait le front encombré des mèches de ses cheveux mouillés et les mains moites qui s'empoussiéraient chaque fois qu'elles raclaient le sol lors des contractions. J'aurais voulu être ailleurs, sur l'autre rive, me battre avec Selim, plutôt que d'assister, impuissant, au combat de cette gamine qui luttait pour donner la vie au risque de perdre la sienne. Je pensai à ma mère, morte en couches. Je ne l'avais pas vue trépasser, mais son souvenir ne manqua pas d'obscurcir mes pensées.

— Venez m'aider… Soulevez-lui les épaules pendant que je retrousse sa robe…

Puis, s'adressant à Dalia :

— Respirez, poussez… respirez…

Dalia suffoquait, sa respiration était saccadée, ses bras, ses jambes s'agitaient de façon chaotique dans des gestes désordonnés, comme des tentacules affolés. J'entendis Aïcha maugréer entre ses dents :

— Je crains que ce ne soit pas facile…

Elle sortit un petit cruchon d'une de ses innombrables poches, y jeta quelques feuilles de verveine et me le tendit.

— Laissez-la reposer un peu. Allez me verser de l'eau bouillante sur ces herbes.

J'obéis. Elle y ajouta quelques fibres d'une racine.

C'est de l'angélique. Cela devrait nous aider…

Dalia semblait dormir. Mais elle continuait de haleter péniblement. La transpiration collait ses vêtements à sa peau. Elle étouffait.

— Passez-moi votre poignard…

Aïcha glissa le tranchant de l'arme sous la robe. Le tissu crissa, se déchira, découvrant les jambes marbrées de bleu, le ventre bombé, les seins qui semblaient minuscules par rapport à l'abdomen. Dalia voulut rabattre les pans de ses vêtements pour cacher sa nudité. Aïcha s'en irrita :

— Si vous ne vous étiez pas mise nue, vous ne vous seriez pas mise dans cet état… Alors, une fois de plus… ce n'est pas le moment de jouer la mijaurée. Buvez !

La décoction lui arracha quelques grimaces, puis son ventre se mit à frémir, et de nouveaux spasmes, plus violents que les précédents, lui arrachèrent une longue plainte qui se répercuta en écho sur les parois de la caverne.

— Tenez-la ferme pendant que je l'aide à expulser l'enfant. Et vous, aidez-nous, par le sang d'Allah ! Poussez, que diable, poussez !

Aïcha enfonça une main dans la corolle ouverte du sexe de Dalia. Je la vis grimacer à nouveau.

— L'enfant n'est pas bien placé.

Elle retira ses doigts ensanglantés du vagin. Dalia s'était évanouie. J'eus un haut-le-cœur à la vue du sang qui se répandait entre les jambes de la gamine sur ma djellaba. Si nous n'en finissions pas vite, je risquais fort de sombrer moi aussi dans l'inconscience. Me revinrent les dernières paroles du Prince :

— L'enfant. Il faut sauver l'enfant…

Comme en écho, la voix sourde d'Aïcha me fit tressaillir :

— Je crains que ce ne soit lui ou elle…

— L'enfant doit vivre. C'était le dernier vœu du Prince…

Je fermai les yeux pour tenter d'oublier le sang qui giclait entre les cuisses de Dalia et puiser au fond de moi-même la force de tenir encore quelques instants…

Quand je les rouvris, Aïcha avait à nouveau poussé une main dans le ventre de Dalia.

— Soulevez-la et poussez dans son dos… Encore un effort, je sens qu'il commence à bouger…

Dalia n'était plus qu'un pantin qui respirait à peine. Au bout d'un moment, son ventre s'ouvrit sur un petit crâne aux cheveux sombres, fins et détrempés. Une vie émergeait pendant qu'une autre se délitait dans le sang perdu. La sage-femme dégagea la tête du nouveau-né, une épaule apparut, ensanglantée, puis l'autre. Une dernière traction et… je m'écroulai, avec Dalia. J'entendis à peine le vagissement du bébé. Aïcha me réveilla d'une paire de claques.

— C'est un garçon… Un beau petit mâle. Le Prince aurait eu de quoi être fier.

— Et Dalia ?

— Elle a rejoint le Prince de l'autre côté du miroir. Avec tout le sang qu'elle a perdu, elle aurait eu du mal à survivre…

Dalia avait rendu son dernier souffle en donnant la vie. C'était le lot de beaucoup de femmes.

Pendant qu'Aïcha s'affairait à confectionner quelques linges pour emmailloter le nouveau-né avec ce qui restait de ma djellaba et la blouse de Dalia, je plaçai le corps du Prince et celui de la fille d'Anwar côte à côte au fond de la caverne. Je pris soin de briser l'empennage de la flèche qui avait tué Djamil. La mort avait figé le Prince sans trop l'abîmer. La couronne de ses cheveux noirs, les cils qu'Aïcha avait pu clore sur le velours de ses yeux… Je revis l'image de mon amant d'une nuit pendant qu'il somnolait après l'amour. Le cœur, la gorge, la main, le sexe… Le cœur, la gorge… C'est sur la gorge finalement que la litanie de la vie s'était arrêtée… Le règne de Djamil s'achevait sans avoir eu même le temps de commencer. Mais c'est davantage l'élève que je pleurais, le poète qui préférait le setâr à l'épée.

…Que Dieu nous pardonne
Ou qu'à mourir d'amour
Il nous condamne…

Je me rappelai les quelques rimes qu'il avait griffonnées lorsque, après la tentative de viol dont il avait été l'objet, il avait retrouvé le goût de vivre dans les bras de Selim… Je me souvins du poème de Méphistos qu'il avait découvert à mon insu, de la suavité de sa voix lorsqu'il se laissait porter par la grâce des muses, du cristal de son rire lorsqu'il pouvait me surprendre par la saveur d'un jeu de mots…

Pour répondre aux vœux de Sa Grâce, et aux penchants naturels de Djamil, j'avais voulu en faire un prince poète. Comme si un poète pouvait survivre dans une meute de loups ! C'est Ibrahim qui avait raison : on ne gouverne pas avec des rimes et le setâr en bandoulière.

À ses côtés, Dalia reposait. J'avais recouvert son corps avec les restes de sa robe. C'était la première fois que je contemplais vraiment une femme nue. Étrange émotion que celle-là. J'aurais voulu pouvoir lui rendre un dernier hommage, une dernière caresse, un dernier baiser en souvenir de son seul amour, de son seul amant : Selim. Au fond, le garçon venait de perdre à la fois son amant et sa maîtresse. Ses amours. Car je ne doutais pas que Selim ait aimé l'une comme l'autre avec la même fougue de l'adolescence. Selim… Avait-il seulement survécu aux combats sur l'autre rive ? La mort avait-elle cessé de faucher à grands coups d'arbalètes, de masses et d'épées ? J'appréhendais de remonter dans la barque avec Aïcha et le nourrisson. Que retrouverions-nous sur l'autre rive ? Et qui ? Y aurait-il seulement d'autres survivants que des guerriers kathars ? Et si c'était le cas, comment leur annoncerai-je que si la caverne avait permis à un enfant de naître elle s'était aussi transformée en un double tombeau ?

Quand j'eus recouvert les corps de pierres, Aïcha s'installa dans la barque avec le bébé serré contre sa poitrine.

— Il nous faudra trouver une nourrice au plus vite si nous ne voulons pas qu'il rejoigne son père et sa mère avant demain… Sans la guerre, nous en aurions facilement trouvé une au village. Mais va savoir où sont les femmes… s'il en reste…

La traversée du fleuve dans l'autre sens fut d'autant plus épuisante qu'il me fallait remonter le courant pour rejoindre la plage. Toutes mes appréhensions se vérifièrent. Le fleuve avait été nourri de cadavres en pagaille. Des guerriers ennemis, certes, mais aussi quelques Nubiens et d'autres soldats de la garde princière. Pourtant, c'étaient bien les couleurs du Kazarkhan qui garnissaient les oriflammes des chevaux qui piaffaient sur la rive. Un fort détachement dominait la plage. À ma grande surprise, El Sakr en personne vint à ma rencontre quand je poussai la barque sur la grève.

— Maître Luka ! Vous êtes sauf ! Et le Prince ? Et Dalia ?

J'enchaînai :

— Et Selim ? Et Ali ?...

Nous récitions une litanie funèbre. Aïcha, avec toujours le bambin serré dans les bras, s'était précipitée vers un cadavre qui flottait à la lisière des flots. Elle lui avait saisi la main :

— Si courte, sanglota-t-elle. J'avais raison. Elle était si courte...

Je reconnus aussitôt Selim. Les larmes jaillirent de mes yeux. Il ne saurait jamais qu'il avait eu un fils... El Sakr était arrivé trop tard. Il m'apprit en vrac que la rébellion avait fait long feu, que les tribus restées fidèles avaient pris les insurgés à revers et que la force du nombre avait joué en faveur des fidèles d'Ibrahim, que Boutros avait réussi à fuir Kazarkhan avec la protection de l'imam et que Sa Grâce assurait la régence en attendant le retour du Prince...

— Le Prince est mort...

— Et ce bambin ?

J'étais à la croisée des destins. D'un mot, je pouvais renvoyer ce bambin dans son village. Aïcha lui trouverait une nourrice. D'un autre, je pouvais en faire un Prince... Je criai pour que les soldats présents m'entendent :

— Il s'appelle Selim. C'est le fils de Dalia...

Le fils de Dalia. Autant dire le fils du Prince. D'un geste, El Sakr leva bien haut son oriflamme. Comme par contagion, toutes les oriflammes présentes s'agitèrent à leur tour alors qu'un cri retentissait sur la berge du fleuve et rebondissait sur les flots :

— Vive Selim ! Vive le Prince de Kazarkhan !

Comme en écho, le bébé se mit à vagir...

— Ce n'est pas le tout de l'applaudir, c'est d'une nourrice que ce gamin a besoin...

Le bon sens d'Aïcha nous ramenait à la plus urgente des réalités.

On enterra les soldats du Prince que le fleuve n'avait pas engloutis. À ma demande, El Sakr accepta que Selim repose lui aussi dans la caverne de l'autre côté du fleuve. Et Ali dont on retrouva le corps en lambeaux. Les rares survivants me racontèrent la lutte sans merci, les chevaux qui se cabraient, les armes qui taillaient les épaules, le sang qui giclait, les têtes brisées arrachées des corps, piétinées par les chevaux. L'odeur, l'âcre odeur de la mort qui les suffoquait tous. Les rigoles de sang que le sable de la berge n'épongeait plus et qui se mélangeaient dans le fleuve. Selim assailli par trois hommes, la lame de sa dague qui entaillait l'épaule de l'un, éborgnait le second mais manquait le troisième dont la lance venait se ficher en plein cœur, le désarçonnait, l'arrachait de la selle de sa jument. Le galop éperdu de Varouna, les yeux exorbités par la peur… Et puis, au loin, les trompes annonçant l'arrivée d'El Sakr…

Un garçon du village, un certain Hassan, nous accompagna. C'était lui qui nous avait procuré une nourrice quand les soldats étaient retournés au village. Les Kathars avaient été mis en fuite et les villageois qui avaient pu leur échapper rentraient petit à petit, enterraient eux aussi leurs morts, pansaient leurs plaies, relevaient les ruines…

— Selim était mon ami. J'étais là quand il a relevé le défi du fleuve et nagé dans les rapides. Je n'ai jamais eu aussi peur de ma vie. Je l'avais cru mort. Et pourtant il était revenu vivant. Depuis, je l'avais cru immortel… Hélas, ce n'était qu'un rêve d'enfant.

C'est dans la clarté irréelle d'une lune pleine et rousse que nous rendîmes un dernier hommage au Prince, à son page, à son ombre, à celle qui resterait pour les siècles à venir, la mère de Selim, prince de Kazarkhan…

J'étais le seul à savoir qu'il n'était que l'enfant du fils du potier et de la fille du pêcheur d'un petit village des bords du fleuve…

Le seul?

Sa Grâce, en attendant que l'enfant de Dalia n'atteigne l'âge de gouverner, assurait la régence du pays. El Sakr, le fidèle El Sakr, veillait au maintien de l'ordre et avait sécurisé les frontières et maté les Kathars. Samara, ma chère Samara, puisque c'est ainsi que je l'appelle désormais, avait fait de moi son secrétaire particulier.

Un jour que nous devisions à propos d'une missive à envoyer au calife de Bagdad, le petit Selim, alors âgé de quelques mois, batifolait sur un tapis de laine dans un coin de la pièce. Ses traits commençaient à s'affirmer et dénotaient déjà un garçon plutôt trapu, assez éloigné des traits tout en finesse de Djamil.

— Vous ne trouvez pas qu'il ressemble beaucoup à son père, me dit-elle.

C'est le genre de propos qu'il aurait été inconvenant de démentir. Les bambins ressemblent toujours à leur père. Cela va de soi. Je m'empressai donc de confirmer la chose. C'est alors que Sa Grâce ajouta, comme par inadvertance:

— Selim était un si brave garçon!

Ainsi donc, elle savait...

Mais le savait-elle depuis toujours ou l'avait-elle deviné à la binette que révélait la figure du petit Selim?

Je préférai ne jamais poser la question.

Il est des djinns qu'il vaut mieux ne pas réveiller. Puisse celui d'Ali reposer en paix pour l'éternité auprès du Prince, dans la grotte, là-bas, de l'autre côté du fleuve...

TABLE DES MATIÈRES

Journal de Luka	9
Le défi	21
Journal de Luka	30
Des perles de lune	41
Journal de Luka	46
Le crotale	49
Journal de Luka	58
Selim	63
De l'amour...	72
Le chasseur	82
Journal de Luka	89
La maison de la Juive	95
Dalia	106
Préludes...	117

Journal de Luka 128

L'aube 136

Journal de Luka 144

Rumeurs et complots 148

Journal de Luka 154

Dans la steppe 161

Journal de Luka 168

L'enfant de la trinité 176

Journal de Luka 195

Le chaos 207

La dernière nuit 216

Journal de Luka 225

Achevé d'imprimer en septembre 2007
par l'imprimerie Barnéoud à Laval
pour le compte de

H&O
ÉDITIONS

BP 90 - 34502 Béziers cedex
Tél. 04 99 43 05 52 - Fax 04 67 35 14 23
E. mail : heto1@wanadoo.fr
Internet : www.ho-editions.com

Dépôt légal : septembre 2007
N° d'imprimeur : 708011
Imprimé en France